최성윤 교수와 함께 읽는

운영전 / 영영전

서연비람은 조선 시대 왕궁 내, 강론의 자리였던 서연(書筵)에서 강관(講官)이 왕세자에게 가르치던 경전의 요지를 수집하여 기록한 책(비람備覽)을 말합니다. 서연비람 출판사는 민주주의 국가의 주인인 시민들 역시 지속 가능한 과거와 현재, 미래의 이치를 깨우치고 체현해야 한다는 믿음으로 엄선한 도서를 발간합니다.

서연비람 고전 문학 전집 9
최성윤 교수와 함께 읽는 운영전 / 영영전

초판 1쇄 2019년 4월 22일
엮은이 최성윤
민화 이애재
펴낸이 윤진성
펴낸곳 서연비람
등록 2016년 6월 29일 제 2016-000147호
주소 서울시 강남구 도곡로 422, 5층
전화 02-563-5684
팩스 02-563-2148
전자주소 birambooks@daum.net

ⓒ 서연비람 2019, Printed in Korea.

ISBN 979-11-89171-18-6 04810
ISBN 979-11-89171-06-3 (세트)

값 12,000원

이 도서의 국립중앙도서관 출판예정도서목록(CIP)은 서지정보유통지원시스템 홈페이지(http://seoji.nl.go.kr)와 국가자료종합목록시스템(http://www.nl.go.kr/kolisnet)에서 이용하실 수 있습니다. (CIP제어번호 : CIP2019012298)

서연비람 고전 문학 전집

9

최성윤 교수와 함께 읽는

운영전 / 영영전

최성윤 엮음

차례

책머리에

「운영전(雲英傳)」과 「영영전(英英傳)」을 한데 묶는다. 각각 '수성궁몽유록(壽聖宮夢遊錄)', '상사동기(相思洞記)'라는 제목으로도 일컬어지는 두 작품은 왕족의 사적인 궁궐 안에서 생활하는 궁녀와 재주 있고 용모 준수한 선비의 사랑을 소재로 채택하고 있다. 말하자면 '금지된 사랑'인 셈인데, 당대 봉건사회의 제도가 쌓아 놓은 높은 장벽을 뛰어넘으려는 인물들의 투쟁이 기본 서사의 축으로 작용하게 된다.

서로 시대적 배경이나 인물의 이름을 달리하고 있기는 하나 「운영전」과 「영영전」은 위와 같이 여러 모로 공통점이 많은 작품들이다. 「운영전」의 '특'이나 「영영전」의 '막동'과 같이 꾀 많은 하인이 등장한다는 점, 「운영전」의 '무녀'나 「영영전」의 '노파'처럼 두 연인 사이의 가교(架橋) 역할을 하는 인물이 등장한다는 점도 기억해 둘 만하다.

반면 두 작품의 가장 뚜렷한 차이점은 역시 결말 구조에 있다. 「운영전」이 '이루지 못한 사랑'의 한스러움을 주된 정조로 한 작품이라면, 「영영전」은 금기를 뛰어넘어 결국 '사랑을 성취'하는 행복한 장면으로 마무리되는 작품이다.

그 외에 역사적 실존 인물인 안평 대군과 회산군이 작품 속에 어떻게 그려지고 있는지도 한번 살펴볼 만하다. 「운영전」의 안평 대군은 작중 인물로서 잘 성격화되어 있는 반면, 「영영전」의 회산군은 절대적인 전제 조건으로만 존재하는 기능적 인물이다. 이 또한 두 작품의 차이점으로 거론할 수 있다.

「운영전」과 「영영전」은 원작자가 밝혀지지 않은, 이른바 '작자 미상'의 작품이다. 「영영전」은 한문본이, 「운영전」은 한문본과 한글본이 모두 전하는데, 한문으로 먼저 쓰인 것을 나중에 한글로 옮겼을 것이다. 이 중 「운영전」의 경우 현재 전하는 많은 판본들은 인물명, 지명, 장소 등의 한문 표기 및 연쇄되는 한시(漢詩)들의 순서 등에서 간혹 차이를 보이지만, 대체로 내용은 동일하거나 유사하다.

그러므로 해당 작품의 '현대어 한글본' 하나를 추가하는 이번 작업에서는 한문을 한글로 번역하는 과정에서의 오류를 발견하고 수정하는 과정에 과하게 매달리지 않기를 희망했다. 그보다는 작품의 전체적인 맥락 속에서 각 에피소드들이 지니는 기능과 인물들의 감정이 선명하고도 매끄럽게 드러날 수 있도록 하는 데 집중하려 했다.

다만 작품들의 특성상 빈번하게 나타나는 한시 텍스트의 처리는 쉽지 않았다. 기존의 현대어 한글 번역본을 참조하여 적극적으로 수용하면 될 일이겠으나 마냥 그럴 수 없었던 것은, 직역 때문에 시적 분위기가 감쇄되거나 지나친 의역이나 오역으로 의미가 왜곡된 경우가 있었기 때문이다. 서정시다운 운치를 살리면서 원문의 의미로부터도 멀어지지 않도록 최선을 다하여 보았으나 끝내 만족스러운 표현을 얻지 못한 부분이 많다.

또한 현대의 독자들에게는 불친절하게 느껴질 수 있는 요약 서술과 빠른 장면 전환 등은 적절한 추가 서술과 각주를 통해 이해하기 쉽도록 다듬어 놓았다. 작품에 등장하는 인물들의 내면 묘사에도 부분부분 가필(加筆)하여, 가능하다면 그들의 표정까지 생생하게 떠올릴 수 있도록 배려하고자 했다. 이 때문에 불가피하게 텍스트가 길어진 감이 있으나, 늘어난 부분에서 원작의 의미가 잘못 전달되지 않기를 바라는 마음이다.

「운영전」의 경우, 몽유록의 양식상 특성에 따라 '겉 이야기'와 '속 이야기'가 구분되는데, 각각의 서술 층위를 구분한 것이 독서의 과정에서 복잡하거나 번거롭게 느껴지지 않도록 각별히 신경을 썼다.

좋은 작품은 시공을 초월하여 인간에게 감동을 준다. 어느 시대 어느 사회에서도 인간은 사랑하며 살아갔다. 아무런 저항이나 제약 없이 이루어지는 사랑은 드물기 때문일까? 이별의 아픔이나 그리움을 담은 노래는 끝없이 다시 태어난다.

「운영전」의 운영과 「영영전」의 영영이 감내해야 했던 현실적 질곡(桎梏)을 현대의 독자들은 짐작조차 하기 어렵다. 조선 시대를 살아 보지 않았고, 그 시대의 여러 공간 중에서도 사적인 욕망이 가장 강하게 통제되었던 '궁궐 안'이라는 장소를 경험해 보지 않은 까닭이다. 그런데도 수백 년이 흐른 지금 '이룰 수 없는 사랑'을 꿈꾸는 인물들의 한 서린 이야기를 접하면서 텍스트 안에 감정을 이입할 수 있는 것은 그들도 우리와 똑같은 감정을 가진 인간이기 때문이다.

비단 사랑뿐이 아닐 것이다. 사랑의 성취를 방해하고 인간의 자유를 억압하는 현실적 조건은 무엇인지, 그것은 우리가 살아가는 현대 사회와 비교할 때 무엇이 다른지, 혹은 모습을 바꾼 채 여전히 남아 있는 문제는 없는지 곰곰이 생각해 볼 필요가 있을 것이다.

「운영전」과 「영영전」을 읽기 전에

비람 교수님, 조선 시대는 신분 사회였잖아요?

교수님 그렇지.

비람 남녀 간의 차별도 심한 사회였고요.

교수님 그도 그렇지.

비람 무엇이 더 심한 차별이었을까요?

교수님 글쎄, 그렇게는 생각해 보지 않은 것 같은데?

비람 아무튼 천한 신분의 여자가 가장 불쌍한 존재였겠네요.

교수님 물론 양반이나 남자라고 해서 무조건 행복한 것은 아니었을지도 몰라. 하지만 사람을 구분하고 그사이에 벽을 만들어 넘나들지 못하게 하는 세상에서라면, 천민이나 여성들이 불쌍한 존재였다는 건 뻔한 일 아니겠니? 그런데 누가 더 불쌍했을까 하는 문제라면……. 비교의 기준과 방법을 먼저 고민해 봐야겠구나.

비람 고통의 크기를 재는 자나 한의 무게를 재는 저울이 있으면 얼마나 좋겠어요?

교수님 참 그런 게 있다면 편리하겠네. 그런데 네가 말한 고통이라거나 한이라거나 하는 것들도 대단히 추상적이고 상대적인 그 무엇이라서 비교의 대상이나 기준으로 삼기에는 마땅치 않을 것 같다. 그럴 때는 구체적인 시대나 장소의 현실적인 상황을 가정하고 그 속에서 움직이는 사람들의 삶을 관찰해 봐야 하지 않을까?

비람　또 소설 작품을 읽자는 말씀이시지요? 하긴 어차피 저도 오늘 교수님께 읽을 만한 소설을 소개받으려고 온 것이지만요.

교수님　넌 참 눈치도 빠르다. 내가 직업병이 있는 걸 다 알아채고 말이야.

비람　헤헤, 별말씀을요. 오늘 권해 주실 작품은 무엇인가요?

교수님　「운영전」과 「영영전」이란다. 운영이라는 이름의 여자 이야기, 마찬가지로 영영이라는 여자 이야기지. 별로 길지 않으니까, 두 작품을 함께 읽어 보는 것이 어떨까?

비람　주인공인 여자들의 이름이 비슷하니까 소설의 제목도 비슷해졌네요. 그런데 어떤 사람이 쓴 작품인가요?

교수님　조선 후기를 살고 있던 어떤 문인이겠지. 한문으로 쓰인 소설이고 삽입된 한시도 많으니, 아무나 입담만 가지고 쓸 수 있는 작품은 아니란다. 그런데 정확히 누가 언제 지었다는 기록은 아직 발견되지 않았어. 이른바 작자 미상, 연대 미상의 작품이지.

비람　운영, 영영. 참 예쁜 이름인데요, 그들은 어떤 여자인가요?

교수님　운영과 영영은 궁녀란다. 두 작품은 궁궐 안에 갇혀서 외부와의 소통이 단절된 주인공이 허락되지 않은 사랑을 하다가 고통받는 이야기야. 물론 그 궁녀를 사랑한 남자도 고통을 견뎌야 할 것은 당연한 일이지. 궁궐의 주인인 안평 대군, 회산군 등의 왕자는 단순히 집 주인이 아니라 거대한 권력이요, 살아 있는 법이라고 할 수 있지 않겠니? 그러니 궁궐 담장을 몰래 넘어 사랑한다는 것은 왕가의 권위에 도전하는 것이고, 즉 죽음을 각오하지 않고는 불가능한 일이지.

비람   정말 용감한 연인들이네요. 그들은 결국 사랑을 이루어 결혼하게 되나요?

교수님   그런데 두 작품의 결말은 사뭇 다르단다. 「운영전」의 두 사람은 운명적인 죽음을 맞이하게 되는 반면, 「영영전」의 두 사람은 결합하여 불가능할 것만 같았던 행복한 가정을 마침내 꾸리게 되니까.

비람   그런데요, 「영영전」의 주인공들이 결혼하게 된다는 결말은 조선 사회에서 실제로 가능한 일이었을까요?

교수님   물론 불가능한 일에 가까웠겠지. 소설은 영영의 주군이었던 회산군이 세상을 떠났다고 설정해 두고 있어서 일종의 틈을 만들어 두긴 했단다. 그리고 남자 주인공 김생에게 회산군 부인의 친척인 친구가 있었다고 하여 그의 도움을 얻을 수 있도록 하고 있지. 하지만 「영영전」의 결말은 현실을 반영하는 측면보다 당대 독자들의 기대에 부합하는 측면이 더 앞서는 것이라고나 할까?

비람 그나저나 운영은 참 안됐네요. 그 애인도요. 안평 대군이 얼마나 원망스러웠을까요?

교수님 그러게 말이다. 운영의 비극을 통해 금기에 도전한 인간의 절망을 읽을 수 있겠다. 그리고 사랑이라는 것이 죽음을 불사할 정도로 강력한 욕망이라는 사실도 미루어 짐작할 수 있지. 한 가지 덧붙이고 싶은 건 「운영전」에 등장하는 다른 궁녀들이 보여 주는 화끈한 우정이란다. 같은 처지의 친구를 위해 똘똘 뭉치는 궁녀들의 모습에서 우리는 강력한 지배 체제와 질서에 저항하는 피지배계급의 감동적인 협동과 연대를 살펴볼 수 있어. 「운영전」은 끝내 비극적인 이야기로 끝을 맺었지만, 이들이 보여 준 단결된 힘의 가능성은 그냥 넘겨 버릴 수 없는 숨은 주제라고 할 만하다.

비람 알겠습니다. 그럼 우선 읽고 나서 궁금한 점이 생기면 다시 한번 교수님께 여쭤보러 올게요.

교수님 그래, 또 만나자꾸나.

운영전

선비 유영의 수성궁 나들이

한양성 서쪽 인왕산[1] 기슭에 아름다운 궁궐이 있었다. 옛날 안평 대군[2]이 살던 수성궁(壽城宮)[3]이다. 일찍이 수성궁이 자리 잡은 곳은 매우 경치가 아름다웠다. 마치 용이 그 둘레를 감싸고 범이 웅크려 앉아 지키는 듯한 형상을 하고 있었다. 남쪽으로 사직[4]이 있고, 동쪽으로는 경복궁이 자리하였으니, 그야

---

1 **인왕산(仁王山)** : 서울특별시 종로구 옥인동·누상동·사직동과 서대문구 현저동·홍제동에 걸쳐 있는 산. 조선 초기 '서산'이라 하다가 세종 때부터 '인왕산'이라 불렀다.

2 **안평 대군(安平大君, 1418~1453)** : 세종의 셋째 아들이며 어머니는 소헌 왕후(昭憲王后) 심씨(沈氏)이다. 큰형은 문종이고 둘째 형이 세조이다. 이름은 용(瑢), 자는 청지(淸之)이며 비해당(匪懈堂)·낭간거사(琅玕居士)·매죽헌(梅竹軒) 등의 호를 썼다. 1428년(세종 10년) 안평 대군에 봉해졌다. 단종 즉위 후 둘째 형인 수양 대군과 권력 다툼을 벌였으나 계유정난으로 희생당했다. 어려서부터 학문을 좋아하고 시·글씨·그림에 모두 뛰어나 삼절이라 불렸으며 거문고에도 능했다.

3 **수성궁(壽城宮)** : '수성궁'의 한자를 '壽聖宮'으로 표기한 이본이 다수 있다.

4 **사직(社稷)** : 사(社)는 토지의 신, 직(稷)은 곡식의 신을 상징한다. 예부터 중국의 천자나 제후 또는 우리나라의 왕이 나라를 세워 백성을 다스릴 때는 사직단(社稷壇)을 만들어 나라의 태평함과 백성의 평안함을 기원하는 제사를 지냈다. 사직은 그 제하 혹은 제사를 지내는 장소를 뜻한다. 조선 시대의 사직단은 현재의 종로구 사직동에 위치해 있다.

말로 명당이라고 부를 만했다.

인왕산의 한 줄기가 굽이쳐 내려오다 수성궁 자리에서 우뚝한 봉우리를 이루고 있었다. 그리 높지는 않았지만, 그 봉우리에 올라 아래를 내려다보면 한양이 한눈에 내려다보였다. 사방으로 트인 거리에 늘어선 상점들, 바둑판의 돌이나 하늘의 별들처럼 성 안에 가득한 집들이 손으로 낱낱이 가리킬 수 있을 정도로 또렷했다. 그것들은 흡사 베틀의 씨줄과 날줄처럼 펼쳐져 있었다. 동쪽을 바라보면 아스라이 왕궁의 모습이 보이는데, 복도가 공중을 가로지른 듯하고 아침저녁마다 비취빛 구름과 안개가 드리워졌다.

그곳의 풍광과 아래로 내려다보이는 아름다운 전망을 사람들이 사랑하지 않을 리 없었다. 술과 활쏘기를 즐기는 당대의 한량들이나 노래하는 기생들, 피리 부는 아이들, 시를 짓고 글을 쓰는 선비들이 꽃 피는 봄이나 단풍 드는 가을이면 언제나 찾아와서 시간 가는 줄 모르고 풍류에 젖곤 했다. 맑은 바람과 밝은 달을 노래하다 보면 돌아가야 한다는 것조차 깜빡 잊을 정도였다.

청파에 사는 유영(柳詠)[1]이라는 선비도 수성궁 터의 경치가 아름답다는 소문을 귀에 익도록 여러 차례 들었다. 한번 놀러 가고 싶은 생각이 간절했지만, 자신의 허름한 차림새나 꾀죄죄한 얼굴을 다른 사람들

---

1 **유영(柳詠)** : '유영'의 한자를 '柳泳'으로 표기한 이본도 다수 존재한다.

이 비웃을까 봐 망설이고 있는 참이었다.

신축년(1601년) 3월 16일, 유영은 마침내 용기를 내어 수성궁 구경을 가기로 했다. 집을 나서는 대로 우선 막걸리 한 병을 샀다. 몸종도 없고 함께 가는 벗도 없이 술병만 차고 혼자 가는 길이었다. 터벅터벅 걸음을 옮기던 유영은 두근두근하는 가슴을 애써 가라앉히며 궁궐 문 안으로 들어섰다. 아닌 게 아니라 구경 온 사람들이 모두 서로 돌아보며 유영을 손가락질하고 비웃었다. 유영은 부끄러워 후원 쪽으로 얼른 자리를 피했다.

높은 곳에 올라 사방을 둘러보니, 전쟁이 막 끝난 뒤라 궁궐과 화려했던 집들은 모두 무너져 버렸다. 부서진 담과 깨진 기와, 묻혀 버린 우물, 나뒹구는 섬돌 사이로 잡초만이 무성했다. 오직 동문 두어 칸만이 쓸쓸히 서서 지난날의 화려함을 기이하게 히고 있았다.

유영은 고요한 연못이 있는 서쪽 정원 깊숙한 곳까지 들어가 보았다. 맑은 연못 물 위에는 우거진 온갖 풀의 그림자가 비쳐 있고, 오랫동안 사람의 발길이 닿지 않은 땅 위에는 가득 떨어진 꽃잎의 향기가 불어오는 바람을 타고 번져 나갔다.

유영은 바위 위에 걸터앉아 소동파[1]의 시구를 읊었다.

---

1 **소동파(蘇東坡, 1036~1101)** : 중국 송나라 때의 문인. 본명은 소식(蘇軾)이며 자는 자첨(子瞻)이다. 동파라는 호는 동파거사(東坡居士)에서 따온 별칭이다. 당나라 때와 송나라 때의 뛰어난 시인을 뜻하는 당송팔대가(唐宋八大家) 중의 한 사람이다.

내 조원각에 올라 보니 봄은 반이나 지나갔고,
떨어진 꽃잎 가득한데도 쓸어 낼 사람이 없네.[1]

유영은 허리춤에 차고 있던 술병을 끌러 단번에 다 마셔 버렸다. 금세 취기가 올라오는 것을 느낀 유영은 더 이상 남의 눈치 볼 것 없이 돌을 베개 삼아 바위 옆에 드러누웠다.

---

[1] 내 조원각에 올라 보니 봄은 반이나 지나갔고, 떨어진 꽃잎 가득한데도 쓸어 낼 사람이 없네 : 유영이 읊은 구절은 소동파가 지은 시 「여산(驪山)」의 일부분이다. 중국 섬서성(陝西省) 서안시(西安市)에 있는 조원각(朝元閣)은 여산의 화청궁(華淸宮)에 딸린 전각이다.

수성궁 달밤의 기이한 만남

잠시 후 술이 깬 유영이 고개를 들고 살펴보니 궁궐터에서 즐기던 사람들은 모두 사라지고 없었다. 벌써 동산에는 달이 떴다. 안개는 버들가지를 포근히 감싸고, 불어오는 바람은 꽃잎을 어루만지고 있었다.

어디선가 한 줄기 부드러운 목소리가 바람결에 들려오는 것 같았다. '나 말고도 아직 돌아가지 않은 사람이 있는가?' 이상하게 여긴 유영은 자리를 털고 일어나 소리가 나는 쪽으로 가 보았다. 그곳에는 한 젊은이와 절세의 미인이 자리를 깔고 마주 앉아 정답게 이야기하고 있었다.

두 사람은 유영이 다가오는 것을 보고 반가운 얼굴로 일어나 맞이했다.

유영은 젊은이와 공손하게 인사를 나누고 나서 물었다.

"수재1께서는 어떠한 분이기에 낮에 이곳을 찾지 않으시고 이렇게 밤에 나와 계십니까?"

---

1 **수재(秀才)** : '재주가 뛰어난 사람'이라는 뜻으로 젊거나 미혼인 남자를 높여 부르던 말이다.

젊은이는 엷은 웃음을 지으며 대답했다.

"옛 사람이 말했지요. '처음 만났지만 오랜 친구처럼 이야기를 주고받는 사이'[1]가 있다지 않습니까? 바로 우리를 두고 한 말인 것 같습니다."

유영과 낯선 남녀는 자리를 잡고 둘러앉았다. 여인이 나지막한 목소리로 누군가를 부르니 숲속에서 아름다운 시녀 두 사람이 걸어 나왔다. 여인은 시녀들에게 분부했다.

"오늘 저녁 옛사랑을 다시 만나는 이 자리에서, 기약하지 않았던 반가운 손님을 한 분 더 만났구나. 이렇게 된 바에야 이 밤을 쓸쓸히 보낼 수 없으니, 너희는 술과 안주를 준비하고 붓과 벼루도 가지고 오너라."

잠시 후 두 시녀는 술과 안주를 차려서 돌아왔다. 그들의 움직임은 민첩하고 가벼워서 마치 새가 오락가락하는 것 같았다. 유리 술병에는 자하주[2]가 가득 담겨 있고, 진기한 과일과 음식이 은반 위에 가득했다. 젊은이는 유리잔에 술을 따라 유영에게 권했다. 술이나 안주의 맛이 모두 인간 세상에서는 볼 수 없는 것들이었다.

---

1 **처음 만났지만 오랜 친구처럼 이야기를 주고받는 사이** : 경개약구(傾蓋若舊)라는 한자 성어의 풀이이다. '경개'는 수레를 멈추고 덮개를 기울인다는 뜻이다. 우연히 한 번 보고 서로 친해짐을 이르는 말로 공자가 길을 가다 정본(程本)을 만나 수레의 덮개를 젖히고 정답게 이야기를 나누었다는 데서 유래했다.

2 **자하주(紫霞酒)** : '자하'는 신선이 사는 곳에 서리는 보랏빛 노을이라는 뜻으로 신선이 사는 궁전을 비유적으로 이르는 말이다. 자하주는 곧 신선이 마시는 술을 뜻한다.

젊은이와 유영 사이에 술잔이 세 번쯤 오간 후, 아름다운 여인이 다시 술을 권하는 뜻으로 가만가만 노래를 부르기 시작했다.

깊고 깊은 궁 안에서 고운 님과 이별하였더니,
하늘의 인연이 그치지 않았으나 만날 길이 없었네.
꽃피는 봄날이면 상심했던 것이 몇 번인가.
구름과 비가 되어 만나는 꿈[1]은 이뤄지지 않았네.
지난 일은 닳고 허물어져 먼지가 되었는데도
부질없이 사람들의 눈물을 자아내어 수건 젖게 만드네.

여인은 노래를 마치고 한숨을 쉬며 흐느껴 울기 시작했다. 얼굴 가득 구슬 같은 눈물이 흘러내렸다.

여인의 갑작스러운 눈물에 유영은 걱정스러워하면서도 한편으로는 무슨 사연이 있구나 싶어 궁금증이 들었다. 그래서 여인을 향해 사례한 후에 공손히 말했다.

"제가 비록 시와 문장에 뛰어난 사람은 아니지만, 어릴 적부터 글공

---

1 **구름과 비가 되어 만나는 꿈** : 중국 초나라 때 양왕이 낮잠을 자다가 꿈속에서 한 여인과 잠자리를 같이했는데, 다음 날 아침에 그 여인이 떠나면서 '저는 무산 동쪽 높은 언덕에 살고 있는데, 날마다 아침이면 구름이 되었다가 저녁에는 비가 됩니다.' 했다는 고사에서 유래한 구절이다. 이 고사에서 부부 사이의 정을 일컫는 '운우지정(雲雨之情)'이라는 말이 나왔다.

부를 하여 어느 정도는 시의 품격을 알 수 있습니다. 지금 이 노래를 들으니 격조가 맑고 뛰어나지만 담긴 뜻이 구슬프고 처량하니 이유를 알 수 없군요. 우리가 만난 오늘 밤은 달빛이 대낮처럼 밝고 맑은 바람 또한 솔솔 불어와 참으로 즐길 만한데, 이렇게 서로 마주 대하여 슬피 우는 건 무슨 일입니까?"

유영은 두 사람을 번갈아 바라보며 대답을 들을 사이도 없이 말을 덧붙였다.

"술잔을 서로 권하면서 우리 사이가 정다워진 것 같으면서도 아직 상대방의 이름도 모르지 않소. 그리하여 마음 놓고 회포를 풀지도 못하고 있으니 저로서는 두 분의 마음을 헤아리기가 더욱 어렵습니다. 그럼 제 이름부터 말씀드리지요. 제 성은 유(柳), 이름은 영(詠)입니다. 아직 급제하거나 벼슬을 하지 못하고 있으니 사람들은 그저 유생(柳生)이라고 부르지요"

젊은이는 유영이 막무가내로 조르는 바람에 난감한 표정을 지었다. 그러다가 잠시 후 조용히 한숨을 쉬며 입을 열었다.

"저희들이 이름을 밝히지 못하는 데는 사정이 있습니다. 당신이 구태여 알기를 원한다면 몇 글자 이름을 말씀드리는 게 뭐가 어렵겠습니까? 그러나 이렇게 주저할 수밖에 없는 사정을 이야기로 풀어내자면 한없이 길답니다."

유영은 젊은이의 수심 가득한 표정을 보았다. 그럴수록 궁금증은 커져 갔다. 마침내 젊은이가 다시 입을 열었다.

"제 성은 김가(金哥)입니다. 열 살에 이미 시와 문장의 이치를 알아 글재주로 이름이 났습니다. 열네 살에 과거에 급제하여 그때부터는 사람들이 저를 김 진사라고 불렀지요. 하지만 어린 나이에 넘치는 혈기와 호탕한 마음을 스스로 억누르지 못했습니다. 또 그때 만난 여인과의 인연 때문에 부모님께서 물려주신 몸을 지키지 못하고 일찍 목숨을 끊어 천지간의 큰 죄인이 되었습니다. 이런 죄인의 이름을 왜 꼭 알려고 애쓰십니까?"

젊은이는 옆에 앉은 여인과 뒤에 나란히 선 시녀들을 한번 돌아보고 다시 창연한 표정을 지었다. 옛날의 일이 떠오른 것인지 여인들의 얼굴에도 슬픈 빛이 서렸다. 젊은이는 유영에게 여인들을 소개하기 시작했다.

"이 여인의 이름은 운영(雲英)입니다. 저 두 여인의 이름은 녹주(綠珠)와 송옥(宋玉)입니다. 이들은 모두 옛날 안평 대군의 궁녀였습니다."

유영은 그제야 이들이 뿜어내는 신비로운 분위기를 이해할 수 있었다. 네 사람은 이 세상 사람이 아니었던 것이다. 안평 대군의 궁녀요, 그 시대의 선비라니……. 이미 허물어졌으나 그 고색창연한 흔적마저 아름다운 수성궁처럼 이들의 옛적 사랑도 맑고 우아했을 것 같았다.

"진사께서 말씀을 꺼내시긴 했으나 여기서 멈춘다면 제겐 충분치 않습니다. 아예 처음부터 이야기를 하지 않은 것만 못합니다. 안평 대군이 활약하던 당시의 일을 소상히 알고 계시겠군요. 대군과 혹시 친분이 있으셨습니까? 그런데 진사께서는 그때의 일을 떠올리면서 왜 이리 상심하시는 겁니까? 외람되지만 그 곡절을 제가 들을 수 있겠는지요?"

진사는 대답하는 대신 고개를 돌려 운영을 바라보았다.

"해가 여러 번 바뀌어 세월이 이미 많이 흘렀는데, 그 오래 전 일을 당신은 자세히 기억할 수 있겠소?"

운영이 대답했다.

"가슴속에 깊이 맺힌 원한인데 그동안 어느 날인들 잊고 살았겠습니까? 제가 한번 이야기해 볼 터이니 낭군께서 들으시면서 기록해 주세요. 그리고 혹시 제가 빠뜨린 것이 있으면 덧붙여 주십시오."

운영은 또 시녀에게 눈짓을 보내며 말했다.

"너는 먹을 갈아 주겠느냐?"

밤하늘에 퍼지는 나직하고도 맑은 목소리를 따라 운영의 이야기가 시작되었다. 동시에 김 진사의 붓은 달빛 아래 흰 종이 위를 거침없이 달리기 시작했다.

안평 대군과 궁녀 열 명[1]

장헌 대왕[2]께는 여덟 분의 왕자님이 있으셨습니다. 그중 셋째 왕자이신 안평 대군이 가장 총명하셨지요. 그래서 임금께서는 안평 대군을 몹시 사랑하셨습니다. 많은 식읍[3]과 재물을 상으로 내리시니, 여러 대군들 중 단연 최고였습니다. 그러다가 십삼 세가 되던 해에 대궐에서 나와 자신의 궁을 짓고 살게 되었습니다. 그곳이 바로 이 수성궁입니다.

수성궁에 거처하게 된 이후에도 대군께서는 밤에는 책을 읽고 낮에는 시를 읊거나 글씨를 쓰면서 조금의 시간도 허송하는 일 없이 학업에 힘쓰셨습니다. 당시의 유명한 문인들과 재주가 뛰어난 선비들이라면 누구나 수성궁에 모여 제 실력을 서로 견주었고, 그러다가 새벽닭이 울

---

1 '**안평 대군과 궁녀 열 명**'부터는 운영이 유영 선비에게 들려주는 이야기이다. 즉 이 부분의 화자(話者) '나'는 운영이다.
2 **장헌 대왕(莊憲大王)** : 세종 대왕(世宗大王)을 가리킨다. '장헌 대왕'은 세종 대왕의 시호이다.
3 **식읍(食邑)** : 예전에 국가에서 왕족이나 공신들에게 하사하여 조세(租稅)를 받을 수 있게 하는 마을을 이르던 말

때까지 토론이 계속되는 날도 많았답니다. 안평 대군은 특히 서예에 뛰어난 재능을 보였지요. 대군의 글씨 쓰는 법은 더욱 공교해져서 나라 전체에 그 이름을 드날리게 되었습니다.

문종 대왕께서 아직 세자로 계실 적에, 집현전의 여러 학사와 함께 안평 대군의 글씨에 대해 논평하실 때면 항상 이렇게 말씀하시곤 하였습니다.

"내 아우가 만약 중국에서 태어났다면 비록 왕희지1에게는 미치지 못하겠지만, 조맹부2에게는 뒤지지 않을 것이오."

문종 대왕께도 대군의 글씨는 그렇게 자랑스러움과 칭찬의 대상이었지요.

하루는 안평 대군께서 저희에게 말씀하셨습니다.

"아무리 재주 있는 선비라 하더라도 평안하고 조용한 곳에 나아가 부지런히 스스로를 갈고 닦은 후에야 비로소 제가 뜻한 학문을 이룰 수 있을 것이다. 도성 바깥은 사람들이 사는 마을에서 떨어져 조용하고 한적하니, 거기서 정신을 집중하여 공부하면 크게 성공하리라."

대군께서는 곧 적당한 곳에 깔끔한 십여 칸 규모의 집을 짓고, 비해

---

1 왕희지(王羲之, 307~365) : 중국 진나라 때의 서예가. 고금을 불문하고 최고의 명필로 평가받고 있다. 예서에 능하였고 해서, 행서, 초서체를 예술적인 서체로 완성하였다.

2 조맹부(趙孟頫, 1254~1322) : 중국 원나라 때의 서예가. 글씨는 물론 그림과 시에도 뛰어났다. 서예 방면에서는 왕희지의 전형으로 복귀할 것을 주장했다.

당1이라는 이름을 붙였습니다. 그리고 또 그 옆에 좋은 시를 지을 것을 맹세한다는 뜻의 맹시단(盟詩壇)을 쌓았습니다.

당대의 뛰어난 문장가들과 명필로 이름난 서예가들이 그곳에 모이게 되었습니다. 문장으로는 성삼문2이 단연 돋보였고, 글씨는 최흥효3가 으뜸이었습니다. 하지만 모두 대군의 재주를 따라가지는 못하였습니다.

하루는 적당히 취한 대군께서 여러 궁녀들을 불러 놓고 말씀하셨습니다.

"하늘이 사람에게 재주를 내리시면서 어찌 남자에게만 풍족하게 하고 여자에게는 부족하게 하였겠느냐? 요즘 세상에 글깨나 쓴다고 자처하는 사람은 많지만 모두 본받을 만한 것은 아니고, 그중 특출하다고 평가할 만

---

1 **비해당(匪懈堂)**: 안평 대군이 인왕산 기슭 골짜기에 지은 집의 이름. 비해당은 안평 대군의 호이기도 하다. 경복궁을 나가 인왕산에 집을 지은 안평 대군이 아버지인 세종 대왕을 알현했을 때, 세종 대왕이 집 이름을 비해당으로 하라고 권유했다는 이야기가 있다. '비해(匪懈)'는 『시경』「증민(蒸民)」편에서 따온 두 글자로, 이 시는 '이른 아침부터 늦은 밤까지 한 임금만을 섬긴다'는 뜻을 담고 있다. 안평 대군은 재주가 뛰어났지만 맏아들이 아니었기 때문에 세종은 아들 형제 간 권력 다툼이 일어날 것을 염려했다. 그래서 세종은 안평 대군에게 형 문종을 임금으로 섬겨 달라는 당부의 뜻으로 이렇게 권했다는 것이다.

2 **성삼문(成三問, 1418~1456)**: 조선 세종 때의 문신. 세종을 도와 훈민정음을 창제하는 데 힘썼다. 사육신(死六臣) 가운데 한 사람으로 단종 복위를 꾀하다가 실패하여 처형되었다.

3 **최흥효(崔興孝)**: 고려 말기(1370년경)에 태어나 조선 초기에 활약한 문인. 문종 2년(1452)까지의 기록이 있으나 정확한 타계 연도는 밝혀지지 않았다. 조선 초기 서예가 가운데서 가장 뛰어나다는 평가를 받는다.

한 사람 또한 보이지 않는다. 그러니 너희들도 힘써 공부하도록 하여라."

대군께서는 궁녀들 중에서 나이가 어리고 용모가 아름다운 열 명을 선발하여 직접 가르치셨습니다. 먼저 『소학(小學)』을 가르치신 후에, 『중용(中庸)』, 『논어(論語)』, 『맹자(孟子)』, 『시경(詩經)』, 『서경(書經)』, 『통감(通鑑)』, 『송사(宋史)』 등을 차례로 익히게 하셨지요. 그뿐이 아니었어요. 이백1과 두보2의 시를 비롯하여 당나라 때의 좋은 시 수백 편을 골라 힘써 가르치셨습니다. 그러니 오 년이 지나지 않아 과연 열 명의 궁녀들 모두 뚜렷한 성취를 보이게 되었습니다.

대군께서 저희들과 함께 시간을 보내실 때면 늘 시를 지어 읊게 하셨습니다. 간혹 잘못된 곳이 있으면 바로잡아 주시기도 하고, 누구의 것이 낫고 누구의 것이 못한지 가린 다음 상을 주거나 벌을 주어 격려하셨지요. 반복된 공부에 저희들의 솜씨는 눈에 띄게 늘었습니다. 비록 탁월한 기상을 지닌 대군께는 미치지 못할지라도 음률의 청아함과 시구의 원숙함은 감히 당나라 시인들의 울타리를 넘볼 만해졌답니다.

---

1 **이백(李白)** : 당나라 현종(玄宗)과 양귀비의 시대에 뛰어난 자질을 발휘하며 살아간 천재 시인이다. 성은 이(李), 이름은 백(白), 자는 태백(太白), 호는 청련거사(淸蓮居士)라고 한다. '시선(詩仙)'이라 불리며 두보(杜甫)와 함께 중국 시사의 거성으로 추앙받는다.

2 **두보(杜甫)** : 당나라 때의 시인으로 이백과 함께 중국 최고의 시인으로 꼽힌다. 자는 자미(子美)이고, 조상의 출생지를 따서 두소릉(杜少陵) 또는 두릉(杜陵)이라고도 불리며, 그가 지낸 관직 명칭을 따서 두습유(杜拾遺) 또는 두공부(杜工部)라고도 불린다. 장편 고체시를 확립했으며 그의 시는 '시로 쓴 역사'라는 의미의 '시사'라고 불린다.

궁녀 열 명은 각자 소옥(小玉), 부용(芙蓉), 비취(翡翠), 비경(飛瓊), 옥녀(玉女), 금련(金蓮), 은섬(銀蟾), 자란(紫鸞), 보련(寶蓮), 운영(雲英)이라는 이름을 가졌습니다. 그중 운영이 바로 저랍니다. 대군께서는 우리들을 매우 사랑하셨어요. 또 가련하게 여기며 보살펴 주셨지요. 그러나 궁궐 바깥으로 절대 나가지 못하게 했고, 다른 사람들과는 간단한 말을 주고받는 것도 엄하게 금지하셨습니다.

대군께서는 날마다 글 잘 쓰는 선비들과 어울려 재주를 겨루고 가끔은 술자리도 베풀었지만, 우리 열 명은 그 근처에 얼씬거리지도 못했습니다. 아마 외부 사람들이 저희들의 존재를 알까 봐 걱정이신 것 같았어요. 서슬 푸른 목소리로 항상 이렇게 명령하셨지요.

"궁녀가 궁궐 바깥으로 한 번이라도 나간다면 그 죄는 죽어 마땅할 것이다. 궁 외부의 누군가가 너희들의 이름만 알아도 역시 죽음을 면치 못하리라."

어느 날 대군께선 바깥에서 돌아오는 길로 저희를 부르셨습니다.

"오늘 선비들과 술을 마시는데, 상서로운 푸른 연기가 궁중의 나무에서 피어올라 아른거리더니 성벽의 위를 휘감아 두르기도 하고, 이내 산기슭으로 날아가 버리는 것이 아니겠느냐? 그 오묘한 분위기에 마음이 움직여 내가 먼저 오언절구[1] 한 수를 지었다. 그런 다음 자리에 모인

---

1 **오언절구(五言絶句)** : 한 구가 다섯 글자씩으로 된 네 줄의 한시

선비들에게도 내 시의 운을 본떠 한 수씩 읊어 보라고 했는데, 하나같이 마음에 들지 않더구나. 그런즉 너희들의 솜씨를 좀 보아야겠다. 지금 모두 같은 시제(詩題)로 저마다의 시를 짓고 나이 순서대로 내게 보이도록 해라."

맨 먼저 소옥이 시를 지어 올렸습니다.

비단 실처럼 가느다란 푸른 연기가
바람 따라 문으로 스며드네.
희미하게 깊다가는 다시 열어지니
황혼이 가까운 것도 미처 깨닫지 못했네.

두 번째로 부용이 다음과 같은 시를 올렸습니다.

공중으로 날아올라 요대1의 비가 되고,
땅에 떨어져 다시 구름이 되었네.
저녁이 가까워 산 빛은 어둑한데,
그윽한 생각은 초나라 임금을 향하였네.2

---

1 **요대(瑤臺)** : 옥으로 장식한 아름다운 누대(樓臺). 신선이 사는 곳을 뜻한다.
2 **그윽한 생각은 초나라 임금을 향하였네** : 초나라 회왕(懷王)을 생각한다는 뜻. 간신의 모함을 받은 굴원(屈原)이 시를 지어 자신의 충성스러운 마음을 표현했다는 이야기에서 따온 것이다.

세 번째 비취의 시는 다음과 같았습니다.

  구름이 꽃을 덮으니 벌은 갈 길을 잃고,
  대숲 속의 새들은 아직도 깃들지 못하였네.
  황혼녘에는 가느다란 비로 내리니,
  창밖으로 부슬부슬 빗소리가 들리는구나.

네 번째는 비경의 차례였습니다.

  작은 살구나무는 싹을 틔우기도 어려운데,
  외로운 대나무는 홀로 푸른빛을 지키고 있구나.
  열었던 그림자는 잠깐 다시 보니 무거워지고,
  해가 저무니 다시 황혼이 되었네.

다섯 번째 옥녀도 지지 않고 시를 지어 올렸습니다.

  해를 가린 가볍고 얇은 비단인 듯
  산에 비끼어 비취빛 긴 띠로 걸려 있네.
  산들바람 불어와 잠깐 흩어지지만,
  이내 작은 연못을 촉촉하게 적셨다네.

여섯 번째로 금련이 나섰습니다.

　　산 아래 차가운 구름이 모이더니,
　　궁중의 나무 옆에 비끼어 날리네.
　　바람이 불어 스스로 갈 곳을 모르더니,
　　지는 해가 푸르던 하늘을 가득 채웠네.

다음은 일곱 번째 은섬의 시입니다.

　　산골짜기엔 짙은 그늘이 드리우고,
　　연못가에는 푸른 그림자 흘러가네.
　　날아서 돌아간 곳이 어디인지 찾을 수 없더니,
　　연잎에 이슬방울 되어 매달렸구나.

여덟 번째로 자란의 차례가 되었습니다.

　　아까는 마을 어귀를 향하여 어둑어둑하더니,
　　키 큰 나무 아래로 비스듬히 비끼어 있네.
　　깜박할 사이에 홀연히 날아가는구나.
　　서쪽 산등성이로, 맞은편 시냇가로.

궁녀들 한 사람 한 사람이 앞으로 나아가 시를 올리고 자기 자리로 돌아오는 동안 점점 가슴이 조여 오는 것 같았습니다. 제 차례도 어김없이 돌아왔습니다. 쓴 시를 들고 나아가는 발걸음이 떨려 구름 위를 걷는 것처럼 불안했습니다. 저는 얼른 제 자리로 돌아와 시를 읽고 있는 대군의 안색을 살짝 엿보았습니다.

멀리 바라보니 푸른 안개 아스라해지는데,
아름다운 사람은 비단 짜기를 멈추는구나.
바람을 마주하여 홀로 슬퍼하는 마음은
날아올라 무산1에 가서 떨어지리라.

언뜻 본 대군의 표정은 알 듯 모를 듯했습니다. 뒤이어 보련이 마지막으로 시를 올리기 위해 자리에서 일어났습니다. 저도 그만 엿보기를 그치고 고개를 숙이고 말았답니다. 열 번째 보련의 시는 다음과 같았습니다.

나지막한 계곡에 봄 그늘이 드리우고,
장안2은 물 기운으로 가득하네.

---

1 **무산(巫山)** : 중국 사천성에 있는 산. 초나라 양왕이 꿈에 무산의 선녀를 만나 하룻밤을 보냈다는 전설이 있다.
2 **장안(長安)** : 주나라 이래 수나라와 당나라 등 중국의 오랜 수도인데, 여기서는 조선의 수도인 한양을 일컫는다.

사람의 세상을 바꾸어

홀연히 푸른 구슬 궁궐로 만들어 놓았네.

대군께서는 저희들의 시를 다 살펴보시고는 얼굴 가득 놀라는 빛을
띤 채 말씀하셨습니다.

"너희가 비록 시를 배운 지는 얼마 되지 않았지만, 내 지금 보니 당나
라 때의 좋은 시들과 비교해 보더라도 전혀 손색이 없구나. 근보[1]보다
못한 자라면 감히 비평한답시고 너희 시에 시비를 걸 엄두를 낼 수도
없으리라."

그렇게 두 번 세 번 읽어 보셨지만, 좀처럼 우열을 가리지는 못하고
있었습니다. 한참 후에야 저희들의 시에 대한 대군의 평가가 시작되었
습니다.

"부용의 시에는 임금을 생각하는 가상한 마음이 잘 표현되어 있다.
하지만 비취의 시가 전에 비해 훨씬 우아해졌구나. 그리고 소옥의 시
에는 고상한 뜻이 잘 담겨 있고, 마지막 구절에 그윽한 맛이 잘 살아
있다. 오늘 지은 글 중에서는 비취와 소옥의 것을 으뜸으로 삼아야 하
겠다."

대군께서는 잠깐 생각에 잠겨 있다가 다시 말씀하셨습니다.

"너희들의 시를 처음 보았을 때는 모두 훌륭하여 우열을 가리기 어려

---

1 근보(謹甫) : 성삼문의 호

울 정도였다. 그런데 두 번 세 번 연거푸 읽어 보니 자란의 시 또한 그 뜻이 깊어서 보는 사람으로 하여금 탄식하고 춤추게 하는구나. 일일이 이름을 부르지는 않았으나 나머지 시들도 모두 다 맑고 아름답게 지어졌구나. 그런데 유독 운영의 시만은 쓸쓸하고 누군가를 사모하며 그리워하는 마음이 나타났다. 과연 누구를 그리워하는지 마땅히 캐물어야 하겠으나 그 재주를 아까워하여 오늘은 그냥 덮어 두겠다.”

저는 지체 없이 뜰 아래로 뛰어 내려가 엎드렸습니다. 그리고 울면서 아뢰었지요.

“시를 지을 때에 우연히 나온 것이지, 결코 다른 뜻은 없었습니다. 지금의 상황을 어찌해야 좋을지 모르겠습니다. 주군의 의심을 받느니보다 차라리 만 번 죽는 것이 낫겠습니다.”

대군은 저를 불러 올려 자리에 앉으라 하신 후에 다시 말씀하셨습니다.

“시는 마음에서 저절로 우러나는 것이니 혹 가리거나 숨기고 싶은 것이 있어도 뜻대로 되지 않는 법이다. 다시 말할 필요 없다.”

그러고는 저희 열 명에게 좋은 비단 열 필을 상으로 골고루 나누어 주셨습니다.

이전에도 그리고 이 일이 있은 이후에도 대군께서는 제게 사사로운 마음을 드러내신 적이 없었습니다. 하지만 궁녀들은 그렇게 생각하지 않은 모양입니다. 대군께서 제게 마음을 두신 것이 틀림없다고 모두가 믿게 되었습니다.

궁녀 열 명은 대군 앞에서 물러나 모두 동방[1]에 모였습니다. 돌아와서도 밤이 늦도록 촛불을 밝히고 책상에 당나라 때의 시를 모아 놓은 책 한 권을 펼쳐 놓았습니다. 그리고 옛날 궁중 사람들이 지은 시를 돌려 읽으며 비평하는 것이었습니다. 하지만 늘 하는 일인데도 저는 어쩐지 마음이 쉽게 잡히지 않았습니다. 그래서 홀로 병풍에 기댄 채 입을 다물고 진흙으로 빚은 인형처럼 조용히 근심에 젖어 있었습니다.

그런 저를 보고 소옥 언니가 무슨 눈치를 챘다는 듯이 말했습니다.

"운영아, 너는 어째서 그리 말이 없는 것이냐? 아까 낮에 안개를 노래한 시로 대군의 의심을 산 것 때문이로구나? 정녕 그것이 걱정이 되어 말을 않는 것이냐? 그렇지 않으면 대군께서 너를 마음에 두고 계시니 그 마음을 훔친 것이 좋아서 이러고 있는 것이냐? 네가 무슨 생각을 하고 있는지 도무지 알 수가 없구나."

저는 옷깃을 여미고 정색을 했습니다.

"언니는 내가 아닌데 어찌 내 속을 그리 환하게 들여다봅니까? 나는 지금 좋은 시가 막 생각날 것 같아 좋은 구절을 떠올려 보려고 애쓰던 참이랍니다. 그것을 고민하다가 잠시 말을 하지 않은 것뿐이니 그렇게 넘겨짚지 마세요."

은섬이 말꼬리를 잡았습니다.

"뜻이 향하는 곳에 마음은 없는 게로구나. 그러니 주위 사람들이 하

---

1 **동방(洞房)** : 잠자는 방

는 말이 바람처럼 귀를 스쳐 지나기만 하는 것이다. 네가 입을 다물고 말하지 않아도 알아내기가 어렵지는 않다. 내가 한번 시험해 볼까?"

은섬은 '창밖의 포도'라는 제목으로 당장 칠언사운[1]의 시를 지어 보라고 제안했습니다. 아닌 게 아니라 여러 사람들의 의심과 질투를 그냥 그러라고 둘 수는 없는 노릇이었으니, 은섬의 제안을 받아들일 수밖에요.

저는 바로 그 자리에서 시를 한 수 지어 보였습니다.

구불구불한 넝쿨은 용이 기어가는 것 같고,
푸른 잎은 그늘을 이루어 그 속에도 정이 있구나.
여름날 따가운 햇살이 내리쬐기를 그쳐도,
맑은 하늘엔 한 그림자가 도리어 밝아라.
덩굴 뻗어 난간을 감은 것은 뜻이 있는 것이요,
열매 맺어 구슬을 드리우는 것은 정성을 다하기 위함이라.
어느 날엔가 무엇으로든 내 몸 변할 수 있다면,
때맞춰 비구름을 타고 삼청궁[2]에 오르리라.

---

1 **칠언사운(七言四韻)** : 일곱 글자를 한 구로 하여 여덟 구로 한 편의 시를 지은 것이다. 2, 4, 6, 8구의 끝에 운자(韻字)를 쓴 형식이다.

2 **삼청궁(三淸宮)** : 도가에서 신선이 산다고 하는 하늘 위의 세 궁전. 옥청궁(玉淸宮), 상청궁(上淸宮), 태청궁(太淸宮)을 가리킨다.

다행히도 소옥 언니는 시를 보고 나서 의심이 풀린 것 같았습니다. 자리에서 일어나 절까지 하면서 제 시를 칭찬하였으니까요.

"참으로 훌륭한 재주로구나. 시풍이 소박한 것은 옛 노래의 가락과 비슷하지만, 갑자기 시를 지은 것이 이와 같다니 정말 놀라운 일이다. 내로라하는 시인들도 이렇게 하기는 힘들 것이다. 제자 칠십 명이 공자에게 고개를 숙였던 것은 진심으로 복종하는 뜻에서였겠지. 나도 그런 마음으로 기꺼이 네게 고개를 숙여야겠다."

그것을 본 자란은 얼굴에 웃음을 띠고 차분한 목소리로 말했습니다.

"말이란 삼가지 않으면 안 되는 것입니다. 그렇게 과한 칭찬을 할 것까지야 있나요? 아무튼 운영의 시가 나쁘진 않네요. 문장이 완곡한데다가 날아오르는 듯한 느낌이 잘 표현되었어요."

자란의 비평에 다른 모든 궁녀들이 고개를 끄덕였습니다. 우연히 지은 시 덕분에 저는 사람들의 의심 섞인 시선에서 잠시 벗어날 수 있었습니다. 하지만 그저 잠시 묻힌 것이었을 뿐 저에 관한 소문이나 의혹이 다 풀리거나 사라진 것은 아니었습니다.

바로 그 다음 날이었습니다. 궁문 밖에서 요란한 수레 소리가 들리더니, 문지기가 달려와 알렸습니다.

"손님들이 오셨습니다."

대군께서는 동쪽 누각을 깨끗이 치우게 하고 손님들을 거기 모셨습니다. 모두 내로라하는 문인들과 재주 있는 선비들이었습니다. 대군께서는 손님들을 각각의 자리에 앉게 하시고 이내 시 열 편을 돌려 읽어 보도록 하셨습니다. 그것은 바로 저희들이 안개를 주제로 하여 지은 시들이었지요. 손님들은 모두들 깜짝 놀랐다고 하더군요.

"오늘 뜻밖에 당나라 때나 있었던 격조 높은 시를 보게 되었습니다. 저희들이 요즘 짓는 시와는 비교도 할 수 없겠습니다. 이렇게 훌륭한 글을 어디서 얻으셨습니까?"

대군은 미소를 지으며 말씀하셨습니다.

"그 정도입니까? 하인 아이가 우연히 길에서 주워 왔더군요. 누가 지은 것인지는 알 수 없으나 아마도 여염집 선비가 지은 것이 아니겠소?"

손님들은 도무지 믿을 수 없었나 봅니다. 조금 후에 성삼문이 나서서 다시 여쭈었습니다.

"글재주를 다른 시대에서 빌려 올 수는 없겠지요. 고려 때부터 육백여 년 동안 시로써 우리나라에 이름을 떨친 자는 그 수를 헤아릴 수 없을 정도로 많습니다. 그러나 어떤 사람은 흐릿하고 거칠어 우아하지 못하고, 어떤 사람은 지나치게 가볍고 화려하여 결국 음률이 맞지 않고 성정을 잃어버리기가 일쑤였습니다. 그런데 이 시들은 맑고도 참된 풍격을 지녔고, 담긴 뜻이 높아서 때 묻은 속세의 흔적을 찾을 수 없군요. 이는 틀림없이 바깥출입을 하지 않거나 사람을 만나지 않고 다만 옛 사람의 시를 읽으며 밤낮으로 암송하다가 스스로 그 정서와 묘미를 체득한 결과입니다."

대군은 별 대꾸 없이 성삼문이 하는 말을 듣고만 있었습니다. 성삼문과 대군의 표정이 어떨까 몹시 궁금하여 못 견딜 지경이었지요. 우리들은 모두 밖에서 문틈으로 엿듣고 있었거든요. 성삼문은 계속 말을 이어 나갔습니다.

"여염집 선비라기보다는 궁궐 안의 누군가가 쓴 시일 것입니다. 이 시들의 뜻을 찬찬히 음미해 보면, '바람을 마주하여 홀로 슬퍼한다'는 구절에는 임을 그리워한다는 뜻이 들어 있습니다. '외로운 대나무는 홀로 푸른빛을 지킨다'는 구절에는 정절을 지키려는 뜻이 있고요. '바람이 불어 스스로 갈 곳을 모른다'는 구절에는 굳은 마음을 지켜 내기가 쉽지 않다는 뜻이 있으며, '그윽한 생각은 초나라 임금을 향한다'는 구절에는 지극한 마음으로 임금을 섬기려는 정성이 있습니다. '연잎에 이슬방울 되어 매달린다'거나 '서쪽 산등성이로, 맞은편 시냇가로 날아간다'고 한 구절은 사람의 솜씨가 아니라 신선의 솜씨일 것입니다."

우리 궁녀들은 성삼문의 말에 혹은 기뻐하고 혹은 감탄하면서 모두 얼굴이 발갛게 상기되었습니다. 그래도 대군의 입에서는 별다른 대답이 나오지 않았습니다. 성삼문은 마침내 대군을 재촉하기 시작했습니다.

"열 편을 비교할 때 작품의 격조에는 낮거나 못한 점이 없지 않습니다. 그러나 갈고 닦은 훌륭한 솜씨와 높은 기상을 유감없이 보여 주고 있다는 점에서는 한결같다고 하겠습니다. 대군께서는 틀림없이 이 궁중에 선녀 열 명을 양성하고 계신 겁니다. 그렇지 않습니까? 숨기지만 마시고 한번 소개해 주시지요."

대군이라고 어찌 탄복하지 않을 수 있었을까요? 그러나 속마음이야 어떻든 겉으로는 시치미를 떼시는 것이었어요.

"누가 근보 자네에게 시를 보는 눈이 있다고 했는가? 그대들이 밤낮없이 드나드는 이 궁궐에 누굴 숨겨 두고 말고 한다는 말인가? 괜한 의심을 하네그려."

사실 대군께 말고는 저희들의 시를 보여 준 일도 없고, 비평을 받아 본 일도 없었는데요, 이날 오가는 말을 엿들은 궁녀들은 성삼문을 왜 당대의 재사¹라고 일컫는지 알 것 같았습니다. 그의 혜안²을 인정하지 않을 수 없었으니까요.

그날 밤이었습니다. 저와 절친한 자란이 조심스레 다가와 말을 걸었습니다.

"운영아, 여자가 태어나면 그를 시집보내려 하는 것은 모든 부모의 마음이다. 더구나 당사자로서 시집을 가고픈 마음이 없는 처녀가 있겠니? 네 마음속에 품은 사람이 누구인지는 모르겠다만, 곁에서 보는 나는 안타깝구나. 네 얼굴은 날로 수척해져만 가는데, 친구가 되어서 해

---

1 **재사(才士)** : 재능이 출중한 선비
2 **혜안(慧眼)** : 사물을 꿰뚫어 보는 지혜로운 눈. 모든 집착과 차별을 떠나 진리를 밝게 보는 눈

줄 수 있는 것이 없으니 말이다. 진정으로 묻는 것이다. 나에게만이라도 귀띔해 주지 않으련?"

제 처지를 헤아려 주는 자란의 정성 어린 말에 왈칵 눈물이 쏟아질 뻔했습니다. 믿음직한 자란에게만큼은 비밀스러운 이야기를 해도 좋을 것 같았습니다. 저는 자리에서 일어나 감사의 인사를 하고 숨겨 두었던 이야기를 차근차근 풀어내기 시작했습니다.

숨겨 둔 마음을 털어놓다1

 자란아, 너에게는 숨길 수가 없구나. 그동안 보고 듣는 사람이 하도 많아 소문이 두려워 말을 못 했는데, 네가 이렇게 간곡히 물으니 내 솔직한 마음을 이야기해 줄게.

기억나니? 작년 가을 국화꽃이 피고 단풍잎이 떨어지기 시작할 무렵이었지. 대군께서는 서당에 앉아 비단 위에 시를 쓰고 계셨어. 우리 궁녀들은 곁에서 먹을 갈고 있었다.

그러던 중 바깥에 동자가 와서 아뢰었지.

"웬 나이 어린 선비가 찾아왔습니다. 자기를 김 진사라고 하면서 대군을 뵙고 싶다 하옵니다."

나는 그때 대군의 얼굴이 환하게 밝아지는 것을 보았어.

"김 진사가 왔구나. 어서 들라 하라."

---

1 **'숨겨 둔 마음을 털어놓다'** 부분은 운영이 자란에게 하는 이야기이다. 즉 운영이라는 화자(話者)가 자란이라는 청자(聽者)에게 전하는 말이므로 작품의 다른 부분과 서술의 층위가 구분된다.

많은 손님들이 드나들었지만 대군께서 그렇게 반갑게 맞이하는 모습은 흔치 않았다.

잠시 후 베옷을 입고 가죽 허리띠를 맨 선비가 걸어 들어왔지. 다른 사람의 눈엔 어땠는지 모르겠다만 나는 계단을 하나씩 밟고 올라오는 그 사람의 모습이 마치 날개를 펼친 새처럼 보였어. 대군 앞에서 손을 모으고 절한 후 자리에 앉을 땐 신선이 아닐까 생각했단다.

대군께서는 김 진사라는 이의 첫인상이 썩 마음에 들었던 것 같아. 마주앉은 대군의 시선을 느끼면서 그가 말했지.

"보잘것없는 저를 과분하게 사랑해 주셔서 벌써 여러 번 찾아오라는 명을 받았습니다. 이제야 그 말씀을 받들게 되니 황송하기 이를 데가 없사옵니다."

대군께서는 질책하지 않으시고 오히려 위로의 말씀을 건네셨어.

"나 또한 김 진사의 명성을 들은 지가 오래되었는데, 이렇게 직접 찾아와 주니 반갑네. 그대가 들어오고 나서 이 방 안이 다 환해지는 것 같네."

진사님은 처음 들어올 때부터 우리 궁녀들과 얼굴이 마주쳤어. 대군께서는 우리들과 함께 있다가도 손님이 오시면 늘 자리를 물러나도록 하셨잖아? 그런데 그날은 진사님의 나이가 어리고 순진하다고 그냥 편하게 생각하셨나 봐. 그래서 우리더러 나가라고 명하지 않으셨겠지.

대군께서 진사님에게 말씀하셨어.

"가을 경치가 매우 좋으니, 시를 한 수 지어 이 집이 더욱 빛나도록 해 주지 않겠는가?"

진사님은 겸손하게 고개를 숙이고 대군의 부탁을 사양하더구나.

"헛된 명성이 실제의 모습을 가린 것뿐입니다. 어려서 아직 배움이 부족한 제가 어찌 시 쓰는 법을 안다고 할 수 있겠습니까?"

대군께서는 그때 그저 슬쩍 웃으셨던가? 아무튼 조금도 서두르지 않는 것처럼 고개를 돌리시고 금련에게 노래를 부르도록 시키셨어. 부용에게는 거문고를 타게 하셨지. 보련은 그때 피리를 불었고, 비경은 술잔 심부름을 했어. 그리고 나는 벼루를 맡아서 먹을 갈았단다.

그때 내 나이 열일곱 살이었잖니. 가까운 곳에서 진사님의 얼굴을 보니 그만 어지럽고 가슴이 울렁거려 견디기 힘들었다. 진사님도 이따금 나를 돌아보고 살짝 웃더구나. 어쩐지 시간이 지날수록 그 미소 띤 눈길이 더 자주 내 옆얼굴에 와 닿는 것 같았어.

잠시 후 대군께서는 다시 진사님에게 말씀하셨지.

"나는 그대가 오기를 진심으로 바랐다. 그리고 이 자리에서도 지극한 정성으로 대접하며 기다릴 만큼 기다렸다. 그대는 어찌 옥구슬과 같은 시 한 수 짓기를 아까워하여 내 집의 체면이 서지 않도록 하는가?"

그제야 진사님은 붓을 잡고 시를 한 수 써 내려가더구나.

떠돌이 기러기가 남쪽으로 날아가니,
궁중에는 가을빛이 깊어라.
차가운 물 위 연잎은 구슬을 터뜨리고,

서리 내린 자리 국화는 금빛을 드리운다.

비단 자리 위엔 홍안1의 여인,

거문고 줄에 뛰노는 백설가2 곡조.

유하주3 한 말에

먼저 취하니 몸 가누기 어려워라.

대군께서는 두세 차례 읊으시면서 놀라운 빛을 숨기지 않았어.

"진실로 하늘 아래 둘도 없는 재주로다. 어찌하여 내가 자네를 이제야 만났단 말인가?"

우리 궁녀들도 서로 돌아보며 감탄하고 또 감탄했단다.

"왕자진4이 학을 타고 인간세계에 온 것이 틀림없다. 어찌 속세에 이런 사람이 있을 수 있겠니?"

이렇게 모두들 한목소리로 속삭이며 말했지. 내 생각도 꼭 그랬단다.

대군께서는 잔을 들어 권하면서 물으셨어.

---

1 **홍안(紅顔)** : 붉은 얼굴이라는 뜻으로 젊어서 혈색이 좋은 얼굴을 이르는 말

2 **백설가(白雪歌)** : 중국 춘추 시대 초나라의 가곡. 남이 따라 부르기 어려운 고상한 노래를 가리키는 말로 쓰인다.

3 **유하주(流霞酒)** : 쌀누룩을 이용해 빚는 술로 원래 신선들이 마시던 술이라고 전한다. 만도라는 사람이 신선을 만나 이 술을 얻어 마셨는데, 한 잔을 마시니 몇 달 동안 배가 고프지 않았다는 이야기가 전해지고 있다.

4 **왕자진(王子晉)** : 주나라 영왕의 태자. 피리를 잘 불었으며, 신선이 되어 갔다가 30여 년 만에 백학을 타고 구씨산에 내려왔다고 한다.

"옛날 시인 가운데 누가 가장 뛰어나다고 생각하는가?"

진사님은 이렇게 대답하더구나.

"배움이 짧은 탓에 부족하나마 제가 느낀 대로 말씀 올리겠습니다. 이백(李白)의 시를 보면 그가 하늘나라의 신선이라고 하는 말을 믿지 않을 수 없습니다. 오래도록 옥황상제의 향안1 앞에 머물던 그가 현포2에 놀러 와서 옥액3을 다 마시고, 그만 취한 흥을 이기지 못하여 온갖 나무의 기이한 꽃들을 꺾다가 비바람을 타고 인간 세상에 떨어져 내린 격이라고 할까요. 그런가 하면 노조린4과 왕발5은 바다의 신선이라고 할 만합니다. 수평선 위로 해가 뜨고 지는 것, 구름이 일고 푸른 파도가 요동치는 것이나 고래가 물줄기를 내뿜는 것, 섬들의 아스라한 풍경과 울창한 초목, 갈대꽃처럼 일렁이는 물결, 물새들의 노래와 교

---

1 **향안(香案)** : 제사 지낼 때, 향로나 향합을 올려놓는 상
2 **현포(玄圃)** : 중국 전설 속 곤륜산의 꼭대기에 있다는, 신선이 사는 곳
3 **옥액(玉液)** : 옥에서 나는 즙으로 마시면 오래 산다고 한다.
4 **노조린(盧照鄰, 637~689)** : 중국 당나라 때의 시인. 자는 승지(升之), 호는 유우자(幽憂子)이다. 뜻이 크고 재주가 높았으며 박학하였으나 중병 때문에 벼슬도 그만두고 결국 고통을 감당하지 못하여 영수(潁水)에 투신자살하였다고 한다. 그의 전기 시는 재기가 넘치고 분방하며 힘이 있었고, 후기 시는 처절하고 고통스러워서 현실에 대한 불만과 불평이 드러난다. 당나라 초기 4걸(四傑) 중의 한 사람이다.
5 **왕발(王勃, 650~676)** : 중국 당나라 때의 시인. 자는 자안(子安)이다. 양형, 노조린, 낙빈왕과 함께 시문으로 명성을 떨쳤으며, 당나라 초기 4걸(四傑)로 일컬어졌다. 그의 시는 개인의 생활을 묘사하는 데 치우쳐 있으나 정치적인 감개나 은연중 현실에 대한 불만을 담은 작품도 있다. 「등왕각서(滕王閣序)」가 가장 유명하다. 아버지를 만나러 가다가 바다에 빠져 죽었다고 전한다.

룡[1]의 눈물을 모두 운몽[2]의 가슴속에 품은 격이니, 이야말로 시의 조화입니다. 또한 맹호연[3]은 소리를 다루는 솜씨가 으뜸이니 이는 사광[4]에게서 배운 것입니다. 이의산[5]은 신선의 도술을 연마하여 일찍부터 자유자재로 시마[6]를 부렸으니 일생 동안 그가 지은 시들 중 귀신의 말이 아닌 것이 없습니다. 그밖에도 독특한 장점을 지닌 여러 시인들이 많으나, 어찌 이 자리에서 일일이 거론할 수 있겠습니까?"

대군께서는 천천히 고개를 끄덕이며 진사님의 이야기를 귀담아 듣고 계셨지. 그런데 진사님의 말이 끝나자 고개를 갸우뚱하며 질문하셨어.

"언제나 글 쓰는 선비들과 시를 논할 때면 두보(杜甫)를 으뜸으로 꼽는 이가 많네. 무엇 때문이라고 생각하는가?"

진사님은 두보 이야기가 나올 줄 미리 알았다는 듯 술술 대답했어.

"그렇습니다. 세속의 선비들이 시를 염두에 두고 숭상하는 바는 마

---

1 **교룡(蛟龍)** : 용과 비슷한 상상 속 동물. 때를 만나지 못해 뜻을 이루지 못한 영웅을 비유하는 말로 쓰인다.
2 **운몽(雲夢)** : 초나라의 큰 못으로 사방이 구백 리나 된다고 한다.
3 **맹호연(孟浩然, 689~740)** : 중국 당나라 때의 시인. 주로 전원의 풍경과 떠돌아다니는 나그네의 심정을 묘사한 시가 많다. 시어가 자연스럽고 시풍이 맑으며 운치가 깊어서 당대의 대표적인 산수 시인으로 꼽힌다.
4 **사광(師曠)** : 춘추 시대 진나라의 악사로 음률을 잘 아는 것으로 유명했다. 소리를 잘 듣기 위해 스스로 눈을 찔렀다는 이야기가 전한다.
5 **이의산(李義山, 812~858)** : 중국 당나라 때 시인인 이상은(李商隱). 의산(義山)은 그의 자이다. 화려한 표현으로 유명하다.
6 **시마(詩魔)** : 시를 짓고자 하는 마음을 불러일으키는 마력

치 회와 구운 고기가 사람들의 입을 즐겁게 하는 것과 비슷합니다. 두보의 시는 회와 구운 고기처럼 세속 선비들의 입맛에 맞는 것일 테지요."

대군께서는 진사님의 대답이 썩 마음에 들지 않는 눈치였어.

"두보로 말하자면 온갖 문체를 고루 구비하였고 비유 등의 표현 또한 극히 정교한데, 그대는 어찌 두보를 그렇게 가볍게 여기는가?"

진사님은 별로 당황하는 빛도 없이 차분히 이야기를 이어 나갔단다.

"저처럼 어리고 부족한 서생이 어찌 그를 가볍게 여길 수 있겠습니까? 두보의 장점을 논한다면 한두 가지로 설명할 수 없습니다. 한나라 무제[1]가 미앙궁[2]에 있을 때 오랑캐들이 중원을 어지럽히는 것에 분노하여 장수들로 하여금 쳐 없애기를 명령하니, 기세등등한 백만 군사들이 수천 리에 걸쳐 늘어선 것과 같다고 할 수 있겠습니다. 또한 그의 위대함을 논한다면, 사마상여[3]에게 「장문부」[4]를 짓게 하고 사마천[5]에게 「봉

---

1 **무제(武帝, B.C.156~B.C.87)** : 중국 전한의 제7대 황제. 진시황제, 강희제 등과 더불어 중국의 가장 위대한 황제 가운데 한 사람으로 꼽힌다.
2 **미앙궁(未央宮)** : 한나라 고조 때 만든 궁전
3 **사마상여(司馬相如, B.C.179~B.C.117)** : 중국 전한의 문인이다. 자는 장경(長卿). 정치에 흥미를 보이지 않고 황제 측근의 문학자로서 무제에게 총애를 받았다.
4 **장문부(長門賦)** : 한 무제 때 진황후가 장문궁으로 쫓겨나자 사마상여에게 황금 백근을 주고 짓게 한 글. 무제는 이 글을 보고 깨달은 바가 있어 다시 진황후를 총애하였다고 전한다.
5 **사마천(司馬遷, B.C.145경 ~ B.C.85경)** : 중국의 역사서 가운데 가장 중요한 것으로 꼽히는 『사기(史記)』의 저자이다.

선서」1를 짓게 한 것에 비할 수 있겠습니다. 사람이 아닌 신선의 일로 빗대어 설명한다면, 동방삭2으로 하여금 좌우에서 모시게 하고 서왕모3로 하여금 천도복숭아를 바치게 하는 것과 같다고 할 수 있겠습니다. 이 때문에 두보의 문장은 온갖 문체를 고루 구비했다고 말할 수 있는 것입니다. 그러나 만약 이백과 비교한다면 하늘과 땅이 다르고 강이 바다와 다른 것과 마찬가지입니다. 왕발이나 맹호연과 비교한다면 사정이 다르겠지요. 두보가 수레를 몰아 앞서 달리는 것이라 할 때 왕발과 맹호연이 채찍을 잡고 길을 다투며 뒤쫓는 형국이라고 할까요?"

대군께서는 진사님의 기개 있는 말과 행동을 보고 무척 기특하게 여기시는 것 같았다. 생각이 다른 것에 대해서는 더 다투지 않고 넘기려 하시더구나.

"내 오늘 그대의 말을 들으니 가슴이 확 트이는 것 같네. 마치 긴 바람을 타고 태청궁4에 오르는 것 같네그려. 그러나 두보의 시에 대한 그대의 비평은 그대로 받아들이기 어렵군. 그의 시가 악부5에 적합하지

---

1 **봉선서(封禪書)** : 사마천이 지은 『사기』의 한 부분. 천자가 하늘과 땅에 제사 지내는 것을 이르는 '봉선(封禪)' 의식의 기원과 역사에 대한 기록이다.
2 **동방삭(東方朔)** : 중국 한나라 무제 때의 문신. 서왕모의 천도복숭아를 훔쳐 먹고 삼천갑자(18만 년)를 살았다는 전설이 있다.
3 **서왕모(西王母)** : 중국 신화에 나오는 여신이며, 곤륜산에 산다고 한다.
4 **태청궁(太淸宮)** : 옥청궁(玉淸宮), 상청궁(上淸宮)과 함께 신선이 산다는 삼청궁(三淸宮) 가운데 하나
5 **악부(樂府)** : 한시의 한 갈래. 백성의 노래로부터 발전한 중국의 시가 형식을 가리킨다. 글귀에 장단이 있어 운율 즉 음악성이 강조되는 형식이다.

않은 면은 있지만, 누가 뭐래도 천하의 으뜸이라 할 만한 문장일세. 어찌 왕발이나 맹호연과 길을 다툴 수준이겠는가? 아무튼 그 이야기는 이만큼 해 두고, 자네의 다른 시를 보고 싶군. 한 수 더 지어서 이 집을 더욱 빛나게 해 주겠는가?"

진사님은 곧 시 한 수를 지어 꽃으로 붉게 물들인 종이 위에 써 내려갔지.

안개 흩어진 연못에 이슬 기운 차가운데,
하늘은 물결치듯 푸르고 밤은 길기만 하구나.
가느다란 바람은 무슨 뜻이 있는지 주렴1을 들추고,
흰 달은 정답게 작은 방에 깃드네.
뜰에 그늘이 걷히니 소나무 비치고,
잔 속의 술은 물결쳐 국화 향기 맴도네.
완공2은 나이 어리다지만 능히 마실 줄 아니,
술 항아리 사이에서 취하더라도 이상타 하지 말라.

대군께서는 다시 한번 감탄을 금치 못하시더니 자신도 모르는 사이 진

---

1 **주렴(珠簾)** : 구슬 따위를 실에 꿰어 만든 발
2 **완공(阮公)** : 중국 위나라의 선비인 완적(阮籍, 201~263)을 가리킨다. 술을 좋아하고 거문고를 잘 탔다고 한다. 정치에 등을 돌리고 자연 속에서 풍류를 즐기며 세월을 보낸 죽림칠현(竹林七賢) 가운데 한 사람이다.

사님의 앞으로 바짝 다가앉으셨단다. 그리고 진사님 손을 덥석 잡았지.

"그대는 분명 지금 세상의 선비가 아니로세. 내가 자네 시의 수준을 비평할 자격이 없는 듯하네. 게다가 문장만 능숙한 것이 아니고 글씨 쓰는 솜씨 또한 지극히 신묘하네그려. 하늘이 그대를 우리나라에 나게 하신 것은 우연한 일이 아닐 걸세."

아닌 게 아니라 진사님의 글씨는 최고의 명필이라는 왕희지의 글씨와 견줄 만한 것 같았어. 그분이 글씨를 쓸 때에 마침 한 방울 먹물이 튀어 내 손가락에 떨어졌단다. 파리가 날아와 앉은 것처럼 말이야. 나는 그것마저도 영광스러워서 닦을 생각도 하지 않았지 뭐야. 곁에 있던 궁녀들은 그것을 보고 서로 미소 지으며 '너, 출세했구나' 하고 놀렸단다.

이윽고 밤이 깊었어. 대군께서도 피곤하신지 기지개를 켜며 하품을 하셨지.

"나는 벌써 취했네. 그대도 이만 물러가 쉬게. '내일 아침 뜻이 있거든 거문고를 안고 오라'[1] 하는 시구가 있으니 잊지 말게나."

이튿날 아침, 대군께서는 진사님이 쓴 두 편의 시를 읽고 또 읽으시면서 말씀하셨어.

"김 진사의 시는 과연 근보 성삼문과 자웅을 겨룰 만큼 뛰어나다. 청아한 맛이 있는 점에서는 오히려 더 낫다고 할 수도 있겠다."

---

1 내일 아침 뜻이 있거든 거문고를 안고 오라 : 명조유의포금래(明朝有意抱琴來), 이백의 시 「산중여유인대작(山中與幽人對酌)」의 한 구절

그날부터란다. 내가 좀처럼 잠을 이루지 못하고, 밥을 먹어도 맛을 느끼지 못하고, 마음이 어수선하고 괴로워 허리띠가 느슨해지는 것도 깨닫지 못하게 된 건 그분과 눈이 마주친 이후부터야.

자란아, 너는 늘 내 옆에 있었는데, 아무것도 눈치채지 못했나 보구나.

벽 틈으로 전한 편지[1]

길고 긴 제 이야기를 다 듣고 나서, 자란은 걱정 어린 눈빛으로 말했습니다.

"그래, 난 그날의 일을 까맣게 잊고 있었구나. 네 이야기를 듣고서야 마치 술이 깬 것처럼 정신이 맑아져서 또렷이 기억이 난다. 괜히 미안하구나. 너 혼자서 속을 앓느라 얼마나 힘들었겠니?"

하지만 저는 조금도 서운하지 않았습니다. 늦게라도 속을 털어놓을 수 있어서 오히려 자란에게 고마웠답니다.

그날 이후에도 대군께서는 자주 진사님을 만났습니다. 하지만 다시는 진사님과 어울리는 자리에 저희 궁녀들을 들이지 않으셨습니다. 저희들은 그저 문틈으로만 방 안의 일들을 엿볼 수 있을 뿐이었지요.

어느 날 저는 곱고 깨끗한 종이를 펼쳐 놓고 시 한 수를 썼습니다.

---

1 '벽 틈으로 전한 편지'부터는 다시 운영이 유영 선비에게 들려주는 이야기이다.

베옷을 입고 가죽 띠를 두른 선비
그의 옥 같은 얼굴이 신선과 같구나.
언제나 주렴 사이로만 엿볼 수 있으니,
어찌하여 월하의 인연1을 만들지 못하는가.
얼굴을 씻으며 흐르는 눈물은 끝이 없고,
거문고 타노라면 맺힌 한이 줄을 울리네.
한없는 가슴속의 원망은
머리 들어 외로이 하늘에 아뢸 뿐.

그것은 진사님께 전하고 싶은 제 마음이었지요. 하지만 서로 만날 수 없으니 그저 애만 태울 뿐이었습니다. 시를 쓴 종이와 금비녀 한 쌍을 곱게 싸서 진사님께 드리려고 기회만 보고 있었답니다. 하지만 마땅한 방법이 있을 리가 없지요. 그러는 동안 시간만 하염없이 흘러 갔습니다.

어느 날 달 밝은 밤이었습니다. 대군께서는 문인들을 초청하여 술 자리를 겸한 잔치를 벌였습니다. 그 자리에서 대군께서 진사님 얘기를 꺼내셨어요. 진사님의 글 짓는 재주를 칭찬하면서 지난날 받은 시 두 수를 모인 손님들에게 보여 주었습니다. 손님들은 모두 진사님이 쓴

---

1 **월하의 인연** : 부부의 인연을 맺어 준다는 월하노인(月下老人)이 점지하는 인연

시를 돌려 보며 경이롭다는 표정을 짓고, 한결같이 찬탄을 금치 못했지요. 그리고 너나없이 진사님을 만나게 해 달라고 대군께 간절히 청했습니다.

대군께서는 그 자리에서 바로 사람을 보내어 진사님을 부르셨습니다. 얼마나 지났을까요. 수성궁에 진사님이 도착했습니다. 그런데 잔치가 벌어지는 자리로 올라오는 모습이 예전과는 많이 달랐습니다. 무슨 근심이 있는 것인지 얼굴이 몹시 초췌하고 당당하던 풍채와 기상도 간 데가 없었습니다.

대군께서는 걱정스러운 표정을 짓고, 짐짓 농을 걸어 위로를 전하려 하셨습니다.

"그대는 아직 초나라를 걱정할 나이가 아닌데, 굴원이 되어 연못가를 거닐면서 시를 읊다가 이렇게 수척해진 것인가?"[1]

대군의 말에 손님들은 모두 크게 웃었습니다. 이에 진사님은 자리에서 일어나 사례하고 이렇게 말했습니다.

"저처럼 보잘것없는 선비가 외람되이 대군의 은총을 입었습니다. 복이 지나치면 화가 이르는 법이지요. 갑자기 병에 걸려 며칠 동안 먹지도 마시지도 못하고, 움직이는 것도 불편하여 남에게 의지하고 지냈습니

---

1 **그대는 아직 ~ 수척해진 것인가** : 중국 전국 시대 초나라의 굴원(屈原)이 조정에서 쫓겨난 후 초췌한 모습으로 물가에서 소일하고 시를 읊다가 어부를 만나 대화를 나눈 내용이 그의 「어부사(漁父辭)」에 담겨 있다.

다. 오늘 다시 대군께서 부르시니 그 두터운 은혜를 받들어 억지로 몸을 이끌고 와서 뵈옵는 것입니다."

손님들은 모두 얼굴에서 웃음기를 거두었습니다. 그리고 자세를 바로 하여 진사님께 예의를 갖추었습니다.

진사님은 모인 손님들 가운데에서 가장 나이가 적었기 때문에 맨 끝자리에 앉아 계셨습니다. 술자리가 베풀어진 방의 밖에는 저희 궁녀들이 저마다 벽 틈으로 안쪽을 엿보고 있었는데요, 저는 진사님이 앉아 계신 자리 가까이에서 벽에 눈과 귀를 대다시피 하고 있었지요. 손을 뻗지 않아도 닿을 것 같은 거리에 그토록 그립던 낭군님이 앉아 있었던 거예요. 우리 두 사람의 사이에는 다만 벽 한 겹이 있을 뿐이었습니다.

어느덧 밤이 깊었습니다. 대군과 손님들은 모두 한껏 취했습니다. 저는 벽에 나 있는 작은 구멍으로 진사님을 보고 있었는데, 진사님은 벌써부터 제가 거기 있는 것을 눈치채셨던가 봐요. 슬쩍 구석을 향하여 돌아앉으시는 게 아니겠어요? 이때다 싶어 저는 벽 틈으로 편지를 던졌습니다. 진사님은 제 편지를 얼른 받아 소매에 감추고 시치미를 떼다가 잔치가 끝난 후 집으로 돌아갔답니다.

나중에 들어서 안 일이지요. 진사님은 편지를 열어 제 시와 사연을 읽어 보고 슬픔과 서러움을 이길 수 없었다더군요. 차마 손에서 놓지 못하고 두 번 세 번 읽고 또 읽었대요. 그리워하는 마음은 예전보다 오히려 커져서 몸을 가눌 수조차 없었다나요. 그 자리에서 즉시 답장을 하여 간절한 마음을 전하고 싶었겠지만, 전해 줄 푸른 새1가 없으니 어떡하겠어요. 홀로 탄식하며 애만 태울 뿐이었답니다.

---

1 **푸른 새** : 편지를 전해 준다는 청조(靑鳥)를 말함. 서왕모(西王母)의 뜻을 전달하는
  임무를 맡았다고 하는 전설의 새

옥 같은 얼굴은 눈에 있는데

동대문 밖에 무녀 한 사람이 살고 있었습니다. 영험하기로 소문이 나서 궁중에도 자유롭게 드나들 만큼 신임을 받고 있었다 합니다. 진사님도 우연히 그 소문을 들었나 봐요. 무녀가 안평 대군의 신임을 받고 있어 수성궁을 자주 출입한다 하니, 그 편에 답장을 전할 수 있을까 생각했던 것이지요. 그래서 무턱대고 무녀의 집을 찾아가 보았답니다.

무녀의 나이는 그때 삼십이 거의 다 되었는데, 얼굴이 꽤 예뻤습니다. 일찍 과부가 된 그녀는 제 입으로 남자를 좋아하고 춘정[1]을 밝히는 기질이 있다고 떠벌리고 다녔어요. 마침 진사님이 찾아오니 마음이 설레지 않을 리가 없었겠지요. 무녀는 진사님의 젊고 잘생긴 외모에 홀린 듯이 직접 주안상을 마련하여 맞이했습니다. 진사님의 호기심을 얻으려는 수작이었지요.

진사님은 무녀가 내민 술잔을 잡기는 했지만 마시지는 않았다고 해

---

1 **춘정(春情)** : 남녀 간의 정욕

요. 그리고 자리를 털고 일어서며 말했다지요.

"오늘은 급히 해야 할 바쁜 일이 있으니 내일 다시 오겠소."

그 이튿날도 진사님은 무녀의 집을 찾아갔습니다. 무녀는 전날과 똑같이 주안상을 차리고 후하게 대접할 온갖 준비를 다했습니다. 하지만 진사님은 이번에도 말을 꺼내지 못하고 그냥 돌아왔답니다. 바쁘다는 핑계도, 다시 오리라는 약속도 그대로였겠지요.

무녀는 보고 또 볼수록 진사님의 늠름한 모습이 마음에 들었나 봐요. 매일 와서는 아무 말도 못 하고 가는 것은 세속에 때 묻지 않은 순진함 때문일 것이라고 여겼지요. 아직 나이가 어리니 부끄러워 그러는 것이 아니겠는가 하고 생각한 무녀는 가슴속에 숨겨 두었던 불길이 활활 타오르는 것을 느꼈습니다.

'오늘도 그 젊은이는 다시 오겠지? 이번에는 내가 먼저 마음을 고백하고 은근히 유혹하며 가지 말라고 잡아야겠다. 그리고 밤이 되면 강제로라도 잠자리를 함께하리라.'

무녀는 이른 아침부터 온몸을 깨끗이 씻고, 집 안 구석구석을 말끔히 청소했습니다. 평소보다 짙게 화장을 하고 화려한 옷을 입었지요. 그런 다음 비단 이부자리를 깔고 예쁜 방석을 놓았답니다. 그리고 하녀를 시켜 문밖에서 기다리다 마중하도록 했습니다.

진사님은 그날도 어김없이 무녀의 집을 찾았습니다. 하지만 전에 없이 화려하게 화장한 모습이라든지 집 안을 황홀하게 꾸민 것에 대해서는 한

마디 말도 하지 않았대요. 무녀가 속으로 실망하였는지는 알 수 없지만, 아무튼 진사님이 속으로는 그냥 좀 괴상하다고 생각하였을 뿐이라더군요.

그렇다고 섣불리 실망하거나 포기할 무녀는 아니었겠지요. 여전히 말수 적은 진사님에게 먼저 말을 걸더랍니다.

"오늘 밤 대체 무슨 인연이 있기에 제가 이토록 훌륭한 분을 모시게 되었을까요? 기쁘기 한량없습니다."

무녀가 하는 말이 무슨 뜻인지는 진사님도 눈치를 챘습니다. 하지만 무녀에게 아무 관심이 없으니 무어라고 할 말 또한 없었습니다. 게다가 순박한 성정을 지녔기에 지나치게 화려한 치장이나 짙은 유혹을 즐기지도 않았습니다.

여전히 무뚝뚝한 진사님의 태도에 무녀는 결국 화가 치밀었지요.

"여기는 과부의 집입니다. 젊은 사내가 아무 거리낌 없이 드나드는 데는 무슨 이유가 있을 것 아닙니까?"

진사님은 그제야 고개를 들고 진지한 목소리로 말했습니다.

"소문을 듣자니 그대가 신통하게 점을 잘 본다던데, 그것이 사실이라면 내가 이처럼 찾아온 이유를 모를 리가 없지 않은가?"

진사님의 침착한 목소리를 듣자마자 무녀는 저도 모르게 자세를 고쳐 앉았습니다. 그리고 신단1 앞으로 나아가 절을 하고 방울을 흔들기 시작했지요. 온몸을 사시나무 떨듯 떨기도 하고 한참을 중얼거리며 엎드려

---

1 신단(神壇) : 신령에게 제사를 지내는 단

있기도 하더니, 마침내 몸을 일으켜 진사님을 돌아보고 말했답니다.

"낭군께선 정말 가련하십니다. 순리에 맞지 않는 방법으로 이루기 어려운 일을 도모하고 있으니 말입니다. 그 뜻을 이루지 못할 것은 물론이고, 앞으로 삼 년이 채 되지 않아 황천[1] 사람이 될 팔자입니다."

무녀의 이야기를 들은 진사님은 눈물을 흘리며 간절히 말했습니다.

"그대가 말하지 않아도 나 또한 그것을 알고 있네. 그러나 마음 가운데 이미 원한이 깊어 무슨 약으로도 고칠 수 없는 지경에 이르렀다네. 그대가 나를 좀 도와줄 수 없겠는가? 그대의 도움으로 요행히 내 편지가 전해질 수만 있다면, 나는 그 자리에서 죽더라도 여한이 없겠네."

진사님의 지극한 정성에 무녀는 적잖이 감동한 모양이었어요. 결국 어쩔 수 없다는 듯이 이렇게 답했다지요.

"제사를 지낼 때 가끔 수성궁을 출입하기는 하지만, 저는 그저 천한 무녀일 뿐입니다. 대군께서 명하여 부르지도 않으셨는데 함부로 들어갈 수는 없는 일이지요. 하지만 낭군의 사정이 딱하니 한번 가 보기는 하겠습니다."

진사님은 품속에서 편지 한 통을 꺼내어 건네주며 신신당부했습니다.

"잘못 전하지 않도록 조심해 주시게. 일이 틀어지면 큰 화가 미칠 수 있으니……."

다음 날 무녀는 위험을 무릅쓰고 용기를 내어 수성궁으로 들어갔습

---

1 **황천(黃泉)** : 사람이 죽은 다음 그 혼이 가서 산다는 세상

니다. 진사님의 편지를 몰래 숨기고서 말이에요. 궁 안의 사람들은 무녀의 모습을 보고 웬일인지 궁금해하기도 하고, 무슨 제사가 있는 건 아닌지 서로 물어보기도 했어요. 하지만 무녀는 천연덕스럽게 이리저리 둘러대며 자신에게 쏠리는 눈들을 비켜갔습니다. 워낙 영험하기로 소문난 무녀였기에 궁중에서도 찾는 사람이 많았거든요.

이리저리 액을 쫓는 시늉을 하며 궁 마당을 서성거리던 무녀는 사람의 눈이 적은 틈을 타서 저를 조용히 불렀습니다. 그리고 들키지 않게 조심하며 후원으로 데리고 가더군요. 그곳에서 무녀는 제게 진사님의 편지를 얼른 건네더니, 아무 말도 없이 곧장 궁 바깥으로 나가 버렸습니다.

황급히 편지를 품 안에 숨기고 방으로 돌아온 저는 터질 듯한 심장을 억누르며 조심조심 겉봉을 뜯어보았지요.

한 번 꿈같이 눈길을 주고받은 후에,
마음은 들뜨고 넋을 잃어 좀처럼 진정할 수가 없었습니다.
날마다 수성궁을 바라보며 남 몰래 애간장을 태웠습니다.
뜻밖에도 벽 틈으로 그대의 편지를 받았을 때는,
잊을 수 없는 그 옥구슬 같은 목소리가 떠올라,
미처 펴 보기도 전에 목이 메어 왔지요.
반도 읽지 못했는데 눈물이 흘러 글자를 적시고 있었습니다.
그 뒤로는 잠을 자도 자는 것 같지 않고,
밥을 먹어도 목구멍을 넘어가지 않았습니다.

옥 같은 얼굴은 눈에 있는데

병은 골수에 맺혀 어떤 약으로도 다스리지 못할 지경이니,
다만 황천에서나 만날 수 있다면 하고 바랄 뿐입니다.
하늘이 어여삐 여기시고 귀신이 도와서,
행여나 생전에 한 번 만날 수 있다면,
그렇게 이 원한을 풀 수만 있다면,
이 몸을 부수고 뼈를 갈아 내어서라도,
그것으로 천지신명께 제사를 올리겠습니다.
붓을 들고 종이를 대하여 답장을 하려는 이 순간에도,
서러움에 목이 메니 무엇을 더 말하겠습니까?
삼가 예의를 갖추지도 못하고 서둘러 적습니다.

애절한 편지 뒤에는 시 한 수가 적혀 있었습니다.

깊고 깊은 누각 문 굳게 닫힌 저녁에,
나무 그늘도 구름 그림자도 모두 희미하네.
떨어진 꽃잎 실은 물은 개울 따라 흘러가고,
어린 제비는 흙을 물고 처마 아래로 돌아가네.
베개에 기대어도 호접몽은 꾸지 못하고,
눈이 빠지도록 기다려 봐도 반가운 소식은 오지 않네.
옥 같은 얼굴은 눈에 있는데 무슨 말을 하리.
푸른 수풀 속 꾀꼬리 우는데 눈물은 옷깃을 적시네.

저는 진사님의 편지와 시를 보고 한탄을 하는 것조차 힘들었습니다. 웬일인지 귀가 막힌 것처럼 먹먹하고, 입에서는 아무 말도 나오지 않았습니다. 다만 두 눈에서 뜨거운 눈물만이 흘러내릴 뿐이었지요. 그마저 남에게 들킬까 두려워 병풍 뒤에 몸을 숨긴 채였습니다.

무녀가 다녀간 뒤로 저는 세월 가는 것조차 잊은 채 한시도 진사님을 그리워하지 않는 때가 없었습니다. 누가 보면 영락없이 천치나 미치광이가 된 줄 알았을 거예요. 그러니 주위 사람들이 어찌 이상하게 여기지 않았겠습니까? 대군께서 의심하신 것도, 궁녀들 사이에 소문이 난 것도 괜한 일이 아니었습니다.

제 친구 자란에게도 세상 사람들이 모르는 슬픈 사연이 있었습니다. 그래서 제 이야기를 듣고 더욱 안타깝게 여겼던가 봐요. 자란은 동정의 눈물을 흘리며 말하곤 했습니다.

"시는 마음에서 저절로 우러나는 것이라더니……. 혹 가리거나 숨기고 싶은 것이 있어도 뜻대로 되지 않는 법이라더니……."

하루는 대군께서 무슨 생각을 하셨는지, 비취를 불러 말씀하셨습니다.

"너희 열 사람이 한 방에서 지내니 공부에 방해가 되는가 보다. 너희 중 다섯 사람은 서궁(西宮)으로 거처를 옮기도록 하여라."

그래서 갑작스럽게 저는 자란과 은섬, 옥녀, 비취와 함께 서궁으로 방을 옮기게 되었습니다.

짐을 풀어 정리하면서 옥녀가 말했습니다.

"그윽한 꽃과 가녀린 풀, 흐르는 물에 향기로운 숲까지, 여긴 꼭 경치 좋은 별장 같구나. 아닌 게 아니라 잡념 없이 책 읽기에는 정말 좋겠다."

하지만 저는 경치가 눈에 보이기는커녕 한숨만 나오는 것이었어요.

"우리가 무슨 도 닦는 사람도 아니고 비구니도 아닌데, 이렇게 깊은 궁 안에 갇혀 있으면서도 더욱 깊은 곳으로만 옮겨 가게 되는구나. 이런 걸 두고 장신궁[1]이라 하는 것이다."

제가 한숨 섞어 말하는 것을 듣고 나머지 궁녀들도 어쩐지 풀이 죽은 것 같았습니다.

서궁에서도 무심한 세월은 흐르고 흘렀습니다. 저는 틈만 나면 진사님께 보내 드릴 글을 써서 가슴에 품고, 언제나 무녀가 오려는가 하고 매일 기다렸습니다. 하지만 무녀는 끝내 오지 않았습니다. 따지고 보면 무녀도 섭섭했겠지요. 진사님이 자기 마음을 몰라주는 것도, 진사님의 마음이 온통 제게 쏠려 있는 것도 못내 불쾌한 일이었을 테니까요.

---

1 **장신궁(長信宮)** : 중국 한나라 때의 궁전으로 주로 황제의 어머니인 태후가 살았다. 궁궐 안 여인의 외로움과 그리움을 그린 한시의 배경으로 쓰였다.

궁녀들의 우정

 어느 날 저녁의 일이었어요. 자란이 가만히 다가와서 말했습니다.

"궁중의 사람들은 해마다 한가위 무렵이 되면 탕춘대[1] 아래에 있는 개울에서 빨래를 하고 술자리도 벌인단다. 올해는 장소를 옮겨 소격서동[2]에서 행사를 치르면 좋지 않겠니? 그러면 그때 몰래 무녀를 찾아갈 기회가 생길 수 있을 것 같다."

자란의 말을 들은 저는 머릿속의 안개가 환하게 걷히는 듯한 느낌이었습니다. 그렇게 알뜰히 챙겨 주는 자란이 더없이 미덥고 고마웠습니다. 그 뒤로 하루를 일 년같이 한가위가 오기만을 기다렸습니다.

그런데 우리가 몰래 말하는 것을 비취가 모두 엿들었나 봐요. 모른

---

1 **탕춘대(蕩春臺)** : 현재 서울 종로구 신영동에 있던 누대로 연산군 11년(1505년)에 탕춘대를 마련하고 앞 냇가에 정자를 짓고 아름다운 여인들과 놀았다고 하여 유래된 이름이다. 「운영전」의 시대적 배경은 연산군 때보다 앞선 세종 연간이니, 작가 혹은 후대 필사자에 의해 연대의 오류가 생겨난 것이라고 할 수 있다.

2 **소격서동(昭格署洞)** : 현재의 서울 종로구 삼청동에 있는 골짜기. 소격서(昭格署)는 성제단(星祭壇)을 세우고 제사 지내던 곳이다.

척 시치미를 떼며 저에게 이렇게 묻겠지요.

"우리 운영이는 처음 궁에 왔을 때 얼굴빛이 배꽃처럼 환해서 굳이 화장을 하지 않아도 어여쁘기 그지없었지. 그 자연스러운 아름다움에 우리 궁녀들이 모두 괵국 부인[1]이라고 부르지 않았니? 그런데 요새는 대체 무슨 일이 있기에 얼굴빛이 예전만 못하고 점점 어두워지는 것일까?"

저는 비취의 태도나 말투가 얄미웠지만, 굳이 맞서기는 싫었습니다.

"나는 태어날 때부터 약골인데다 여름이 되면 매년 더위를 먹는단다. 아침저녁으로 찬바람이 불고 오동잎이 떨어질 때쯤 되면 좀 나아지겠지."

그러자 비취는 슬쩍 시 한 수를 지어 읊었습니다.

그럭저럭 두어 달이 지나가면,

어느덧 계절은 가을로 접어들겠지.

서늘한 바람 옷깃을 파고들면,

저녁 국화는 금빛으로 피어나겠지.

풀숲의 벌레들은 춥다고 우는데,

하얀 달은 한껏 밝게 빛나리라.

---

1 **괵국 부인(虢國夫人)** : 당 현종의 후궁 양귀비의 언니이다. 미모가 양귀비 못지않아 당 현종의 총애를 받았다고 한다. 자신의 얼굴이 고운 것을 자랑하기 위해 화장을 하지 않고 임금을 뵈었다고 한다.

가을이 온 것이 아무리 반가워도
겉으로는 티를 내지 못하리라.

들어 보니 저를 놀리는 시였어요. 그런데도 그 속뜻이 기가 막히게 절묘하여 감탄하지 않을 수 없었습니다. 저는 그 글재주에 놀라는 동시에 한편으로는 부끄러워 말을 잇지 못했습니다.

은섬 또한 눈치를 챘는지 은근히 돌려 말했습니다.

"그리운 사람에게 소식을 전하기 좋은 때가 머지않았으니, 인간 세상의 즐거움이 어찌 천상의 즐거움과 다르겠니?"

저는 더 이상 모든 사람들을 속이는 것이 불가능하다는 걸 깨달았습니다. 그래서 서궁의 궁녀들에게는 먼저 사실대로 이야기할 수밖에 없었지요. 다만 남궁의 사람들에게는 당분간 비밀을 지켜 달라고 부탁했답니다.

기러기 떼가 남쪽으로 날아가기 시작했습니다. 풀잎에 구슬 같은 이슬이 맺히는 가을이 되었습니다. 맑은 시냇물을 찾아가서 빨래를 할 시절이 당도한 것입니다. 남궁과 서궁의 궁녀들은 한데 모여 일 년에 한 번밖에 없는 나들이를 어느 날에 어디로 갈 것인지 의논했습니다. 하지만 빨래할 장소를 놓고 의견이 분분하여 쉽게 정하지 못했습니다.

남궁에 거처하는 궁녀들은 맑은 계곡으로 보나 깨끗한 바위로 보나 탕춘대 아래보다 나은 곳은 없다고 주장했습니다. 서궁의 궁녀들은 가까운 소격서동의 샘이나 바위가 성문 밖의 탕춘대 주위보다 못하지 않은데 왜 군이 먼 곳으로 가려 하느냐고 맞섰습니다. 소격서동으로 가려 하는 서궁 궁녀들의 사정을 남궁의 궁녀들이 알 리 없지요. 그들이 고집을 꺾지 않으니 결국은 어디로 갈 것인지 정하지 못하고 그날 회의는 끝나고 말았습니다.

그날 밤 자란이 서궁의 궁녀들을 모아 놓고 말했습니다.

"남궁의 다섯 궁녀들 가운데는 소옥 언니가 가장 어른이다. 언니의 마음만 돌리면 다른 궁녀들은 모두 따를 것이니, 내가 좋은 꾀를 내어 보겠다."

자란은 등불을 앞세우고 남궁을 찾아갔습니다. 금련이 자란을 보고 반갑게 맞이하며 말했습니다.

"우리가 남궁과 서궁으로 나뉘어 살게 된 후부터 서먹서먹하기가 진나라와 초나라 사이 같구나. 그런데 오늘 저녁 뜻밖에 귀한 손님이 오셨네. 정말 반갑고 고맙다."

하지만 옆에 있던 소옥은 괜히 비꼬는 말을 했습니다.

"그렇게 고마울 것까지야 있겠니? 얘는 우리를 설득하려고 온 것뿐인걸."

자란은 옷깃을 여미고 정색을 하며 말했습니다.

"언니는 남의 마음을 잘 읽으시나 봐요. 그런데 제가 무엇을 설득하려 한다는 것인가요?"

소옥은 한발 나서며 대답했습니다.

"서궁의 궁녀들은 모두 소격서동으로 가자고 하는데, 내가 고집을 세워서 못 가게 되지 않았니? 그러고서 이 밤중에 네가 찾아왔으니, 무엇을 설득하려는지는 뻔한 일이 아니냐?"

자란은 침착하게 되받았습니다.

"서궁의 궁녀들이 모두 소격서동으로 가자고 했던 것은 아니랍니다. 처음부터 유독 성문 안의 가까운 곳으로 가자고 주장한 사람은 저예요."

소옥은 의아한 표정을 지으며 물었습니다.

"자란이 네가? 네가 유독 그런 생각을 한 것은 무엇 때문이냐?"

자란은 준비해 간 말을 차근차근 풀어내기 시작했습니다.

"소격서는 옛날부터 하늘과 별에 제사를 지내던 곳이라고 들었어요. 그래서 마을 이름을 삼청동[1]이라고 하지요. 내내 생각했던 건데요, 우리들 열 사람은 틀림없이 삼청궁의 선녀였을 거예요. 지금 이렇게 사는 것은 경전을 잘못 읽은 죄로 인간 세상에 귀양을 온 때문이겠지요. 어차피 속세로 쫓겨 온 바에야 산인들 어떻고 들인들 어떻겠어요? 농사짓는 집에 머물든 바닷가에 살든 무슨 상관이 있겠어요?"

어느덧 소옥은 자란의 말에 조금씩 귀를 기울이기 시작했습니다. 자란은 다행스럽게 여기며 이야기를 계속했습니다.

"그런데 지금 우리의 모습을 보세요. 깊은 궁중에 갇힌 꼴이 새장 안

---

1 **삼청동(三淸洞)** : 삼청동 동명은 태청(太淸), 상청(上淸), 옥청(玉淸)의 삼청성진(三淸星辰)을 모신 삼청전(三淸殿)이 있던 데서 유래되었다.

의 새와 같지 않아요? 봄날 꾀꼬리 노래를 들어도 구슬피 우는 것만 같이 생각되고, 푸른 버들잎을 보고도 깊은 한숨을 쉬지요. 제비는 짝을 지어 날고, 둥지의 산비둘기들도 서로 마주 보며 꾸벅꾸벅 졸지 않던가요? 들에서 자라는 풀 가운데도 합환초1가 있고, 나무 중에도 연리지2가 있어요. 미물인 새들과 생각 없어 보이는 풀이나 나무도 음양이 어울려 함께 즐거워하지요. 왜 우리들 열 사람만 무슨 큰 죄를 지었다고 이렇게 적막하고 깊은 궁궐에 갇혀서 외로워해야 할까요? 무슨 이유로 꽃구경 한창인 봄날이나 달 놀이로 떠들썩한 가을날이나 그저 등불만을 벗하며 멍하니 청춘을 썩혀야 할까요? 이것이 타고난 운명이라면 너무나 기박하지 않습니까?"

이제 소옥은 자란이 쳐 놓은 그물에 완전히 걸려든 것 같았습니다. 자란은 얼굴빛을 더욱 처연하게 하고서 말했습니다.

"생각해 보세요. 한 번 사는 인생, 늙으면 다시 젊어질 수 없는 것이 세상의 이치이지요. 저는 그 생각만 하면 슬퍼서 가슴이 다 무너집니다. 그러니 일 년에 한 번밖에 없는 이 기회에 맑은 시냇물로 몸을 깨끗하게 씻고, 옥황상제를 모신 태을사3에 들어가 머리를 조아려 백 번이고

---

1 **합환초(合歡草)** : 낮에는 잎들이 양쪽으로 나뉘어 벌어져 있다가 밤이 되면 하나로 합쳐지는 풀
2 **연리지(連理枝)** : 뿌리는 다른데 나뭇가지가 서로 이어진 나무
3 **태을사(太乙祠)** : 태을(太乙)은 태일(太一)과 의미가 통하며 본래 별의 이름이다. 소격서 안에 태일전(太一殿)과 삼청전 등이 있어 옥황상제를 비롯한 수백 개의 신위(神位)와 상(像)들이 마련되어 있었다고 한다.

절한 후에 두 손을 모아 축원을 드리려는 거예요. 혹 하늘의 도우심으로 우리의 가련한 처지를 면하고자 하는 것이니, 이밖에 무슨 다른 뜻이 있겠어요? 그동안 우리 궁녀 열 명은 서로 위하는 마음이 친자매와 같았지요. 그런데 이만한 일로 서로 의심하게 되다니 섭섭합니다. 제가 아무 까닭 없이 고집을 부리는 것은 아니니 이해해 주시면 좋겠어요."

소옥은 자란의 말에 적잖이 감동한 것 같았습니다. 몸을 일으켜 사죄하며 말하는 것이었지요.

"자란아, 내 생각이 짧았다. 이치를 살피는 것으로 따지자면 나는 한참 멀었구나. 애초에 소격서동으로 가자는 것에 반대한 이유는 도성 안에 불량한 무리가 많다는 소문을 들어서였다. 뜻밖의 봉변을 당할지도 모르지 않니? 아무튼 이렇게 의견이 다른데도 무시하거나 멀리하려 않고 찾아와 생각지 못했던 것들을 깨우쳐 주니 고맙구나. 앞으로는 네가 무슨 말을 하든 믿고 따르겠다. 대낮에 구름을 타고 하늘을 오르겠다고 해도, 물을 건너 바닷속으로 들어가겠다고 해도 말이야."

그런데 옆에서 듣고 있던 부용이 갑자기 끼어들었습니다.

"무슨 일이든 마음이 정해지는 대로 따르는 것이 마땅하다. 이번의 일은 먼저 마음을 정하지 못한 사람들이 서로 다투었으니 순리대로 풀리지 않은 것이다. 게다가 궁중에서 일어나는 일을 대군께 먼저 고하지도 않고 여인네들끼리 몰래 의논하니, 이는 충성스럽지 못한 처사가 아니냐?"

부용은 소옥에게로 고개를 돌려 계속 말했습니다.

"낮에 다투던 사람이 그날 밤이 깊기도 전에 뜻을 바꾸어 굴복한다면 그를 어떻게 신뢰할 수 있겠어요? 또한 맑은 연못과 옥구슬 같은 시내는 어디든 있는 것인데, 굳이 성 안의 사당으로 가야 한다고 우기는 것도 저는 이해할 수 없네요. 또 비해당 앞은 개울물도 맑고 바위도 깨끗하여 해마다 거기서 빨래를 했던 것인데, 올해 갑자기 장소를 바꾸려는 이유도 납득되지 않아요. 저는 그 의견을 따르지 않겠어요."

자란도 소옥도 난감한 상황이 되었습니다. 막내인 보련도 제 의견을 또박또박 말하였습니다.

"예로부터 말이란 몸을 빛내는 도구와 같다고 했습니다. 말을 삼가면 복을 받지만, 삼가지 못하면 재앙이 따르지요. 입을 봉하고 말을 삼가는 것이야말로 군자가 할 일입니다. 한나라 때의 장상여¹는 하루 종일 말을 하지 않고서도 이루지 못한 일이 없었다고 합니다. 색부는 현란한 말솜씨로 거침없이 사람의 마음을 움직였으나, 장석지가 그의 잘못을 꾸짖었습니다.² 제가 보기에 자란 언니의 말은 마음을 숨기고서 다 드러내지 않았어요. 소옥 언니의 말은 마지못해 따르는 것이고요. 그리고 부용 언니의 말은 꾸미는 데만 힘쓰는 것 같아요. 모두 제 뜻에는 맞지 않으니, 이번 행사에 저는 함께하지 않겠습니다."

---

1 **장상여(張相與)** : 한나라 고조(高祖), 문제(文帝) 때의 공신. 말주변이 없었다고 한다.
2 **색부는 현란한 말솜씨로 거침없이 사람의 마음을 움직였으나, 장석지가 그의 잘못을 꾸짖었습니다** : 한나라 문제 때 색부(嗇夫)가 질문에 대답을 잘해 높은 벼슬을 내리려 하자, 장석지(張釋之)가 나서서 '말 잘하는 것 때문에 벼슬을 준다면 모든 사람들이 말 잘하기만을 다투어 내실이 없게 될 것'이라고 간언(諫言)하였다고 한다.

가만히 보고 있던 금련은 『주역』[1]을 꺼내 들고 말했습니다.

"오늘 밤에도 끝내 결론을 내지 못하였으니, 우리가 화해하고 뜻을 맞출 수 있을지 점을 한번 쳐 보아야겠다."

금련은 책을 펼쳐 점을 치고 점괘가 나오자 이렇게 풀이하였습니다.

"내일 운영은 반드시 대장부를 만나게 될 것이다. 운영의 용모와 행동하는 태도는 속세의 사람과 사뭇 달라 대군께서 마음을 주신 지 이미 오래되었다. 그런데도 운영이 죽음을 무릅쓰고 항거하는 것은 차마 대군 부인의 은혜를 저버릴 수 없기 때문이지. 대군께서도 또한 운영에게 상처가 될까 하여 그저 바라만 보고 계신 것이 아니겠니? 운영이 지금 이 쓸쓸한 궁을 떠나 저 번화한 세상 속으로 향하려 하는데, 장안의 놀기 좋아하는 젊은이들이 운영의 미모를 보게 되면 반드시 넋을 잃고 빠져 버릴 것이다. 운영의 곁에 가까이 오지 못하더라도 손가락질을 하거나 눈길을 보낼 테니 이 또한 욕된 일이야. 예전에 대군께서 '궁녀가 궁궐 문을 나가거나 외부 사람이 그 이름이라도 알게 된다면 마땅히 죽게 될 것'이라고 말씀하셨지. 나도 겁이 나서 이번 행차에는 따라가지 못하겠다."

자란은 일이 제 뜻대로 이루어지지 않을 것을 알고 울적한 표정으로 인사를 한 후 자리에서 일어섰습니다. 그러자 비경이 울면서 자란의 허리를 부여잡고 억지로 끌어 앉혔습니다. 서먹서먹해진 분위기를 달래려

---

1 **주역(周易)** : 유학의 다섯 가지 경서 가운데 하나. 길흉화복(吉凶禍福)을 점치는 데 사용되었다.

고 잔에 술을 따라 그 자리에 있던 모든 이들에게 권하기도 했지요. 궁녀들은 모두 술잔을 들어 마셨습니다. 서로 맞서고 다투기는 했지만, 무안하고 섭섭하면서도 마음 한구석에는 누구나 깊숙이 숨겨 둔 한스러움이 있었을 테니까요.

금련이 다시 말을 꺼냈습니다.

"오늘 밤 모임은 조용히 끝냈어야 하는데, 비경이 울음을 터뜨리니 참으로 괴롭구나."

비경이 대답했습니다.

"우리가 모두 남궁에 있을 때 나는 운영이와 무척 친하게 지냈다. 죽고 사는 것도, 영광과 치욕도 함께하기로 약속했었지. 지금 남궁과 서궁으로 사는 곳을 나누었다고 해서 그 약속을 잊을 수 있겠니? 며칠 전 대군께 문안 인사를 드리다가 운영의 모습을 보니 그 가느다란 허리가 더 여위었고, 얼굴빛은 초췌하며 목소리는 입에서 겨우 새나오듯 작아졌더구나. 심지어 다 함께 일어나 절을 올릴 때는 힘없이 쓰러지기까지 하니, 내가 곁에서 부축하여 일으키고 몇 마디 위로를 건넸단다. 그때 운영이 말하더구나. '불행히도 병에 걸려 곧 죽을 것 같구나. 나처럼 미천한 목숨이야 죽어도 아까울 것이 없다. 하지만 너희 아홉 명의 글솜씨가 일취월장[1]하여 언젠가는 아름다운 시구로 세상을 빛낼 터인데, 그것을 보지 못하게 되니 몹시 슬프구나.' 그 애의 말이 얼마나 처절하게

---

1 일취월장(日就月將) : 날마다 달마다 발전하거나 성장함.

느껴지던지 나도 모르는 사이에 눈물이 하염없이 흘렀다. 지금 생각해 보면 운영의 병이란 임을 그리워하다가 생긴 것이었구나."

비경은 눈물을 흘리며 이야기하다가 자란 쪽으로 고개를 돌렸습니다.

"자란아, 너야말로 운영의 참된 벗이다. 하지만 우리가 계획하는 일이 곧 죽게 된 사람을 하늘 위의 제단에 올리고자 하는 것은 아닐까? 참으로 두렵구나. 그렇다고 하여 오늘의 계획을 이루지 못한다면 지하에 가서도 눈을 감지 못할 것이고, 그의 원한은 남궁 쪽으로 향할 테니 어찌해야 좋을지 모르겠다. 『서경』1에, '선한 일을 하면 하늘이 백 가지 복을 내리시고, 악한 일을 하면 백 가지 재앙을 내리신다'고 했는데, 오늘 우리의 의논은 과연 선한 일이냐, 악한 일이냐?"

맏언니인 소옥이 결심을 굳힌 듯 단호하게 선언했습니다.

"나는 벌써 자란의 의견대로 따르겠다고 하지 않았느냐? 나 말고도 의견이 같은 사람이 더 있는 듯한데 어찌 도중에 그만두겠니? 만약 들켜서 운영이 위험에 빠진다면 우리도 무사할 리는 없겠지. 하지만 그렇게 되더라도 두말하지 않겠어. 나도 기꺼이 따라 죽을 각오가 되어 있다."

자란은 고개를 저으며 말했지요.

"언니 말씀은 참 고맙습니다. 하지만 뜻을 같이하겠다는 사람이 반, 그렇지 않은 사람이 반이니 이번 일은 틀렸습니다."

---

1 **서경(書經)** : 유학의 다섯 가지 경서 가운데 하나. 성왕(聖王), 명군(名君), 현신(賢臣)이 남긴 어록이자 선언집이다. 중국 정치의 규범이 되는 책이다.

자란은 일어서서 나가는 시늉을 하며 재빨리 다른 사람들의 의중을 탐색했습니다. 부용, 보련, 금련 모두 뜻을 함께하고자 하는 마음은 있으나, 한입으로 두말하는 격이 될까 봐 주저하고 있는 것 같았습니다. 비경이야 운영을 걱정하는 마음으로 가득하여, 다른 사람들의 눈치만 살피고 있었고요.

궁녀들의 속내를 짐작한 자란은 침착하게 목소리를 가다듬고 말했습니다.

"세상을 살다 보면 정도(正道)를 따라야 할 때가 있고, 상황에 따라 대처해야 할 때도 있다. 상황에 따라 대처하는 길을 택하더라도 그것이 사리에 어긋나지 않는다면, 그 또한 정도라고 할 수 있는 것이다. 앞에 한 말이 있다고 해서 그것을 지키겠다고 고집을 부리다가 상황에 맞는 대처 방법을 놓쳐서야 될 말인가?"

근심하고 혹은 주저하던 모든 궁녀들이 고개를 끄덕이며 자란의 손을 잡았습니다. 자란은 그제야 안도의 숨을 내쉴 수 있었습니다.

"내가 본래는 나서기를 싫어하는 성미인데, 내 일이 아니라 남의 일이다 보니 이렇게 정성을 다하게 되었구나."

비경도 울음을 그치고 자란의 어깨를 두드리며 말했습니다.

"옛날에 소진[1]이라는 사람은 여섯 나라로 하여금 힘을 합치게 하였

---

1 **소진(蘇秦)** : 중국 전국 시대의 책사. 강성한 진나라를 견제하기 위해 나머지 여섯 나라가 동맹하여 대항해야 한다는 합종책을 설파했다.

다는데, 지금 자란 또한 다섯 사람의 마음을 돌려 힘을 합쳤으니, 과연 훌륭한 말솜씨로구나."

자란도 비경의 등을 토닥여 주며 농담을 던졌습니다.

"소진은 그 공로로 여섯 나라에서 재상 벼슬을 하지 않았니? 나한테는 무슨 좋은 선물을 주려느냐?"

그러니 금련이 농담으로 되받았지요.

"힘을 합쳐서 여섯 나라는 모두 이익을 얻었지 않느냐? 지금 우리가 힘을 합친다고 남궁의 다섯 사람에게 무슨 이익이 있니?"

자란과 남궁의 다섯 궁녀는 비로소 크게 웃었습니다.

자란은 서궁으로 돌아오기 전에 맏언니 소옥을 향해 정식으로 다시 사례했습니다.

"남궁 사람들이 모두 마음이 고와 운영으로 하여금 절박했던 목숨을 다시 잇게 하였으니, 어찌 감사의 인사를 아낄 수 있겠습니까?"

말을 마치고 일어나 절하니 소옥도 일어나 맞절을 했습니다. 자란은 다른 궁녀들에게도 일일이 인사하며 다짐의 말을 하였습니다.

"오늘 일은 모두가 뜻을 하나로 모은 것이다. 위로는 하늘이 있고, 아래로는 땅이 있으며, 여기 밝혀진 촛불과 귀신 또한 낱낱이 보고 들었으니, 내일 생각이 달라져서는 안 될 것이다."

남궁 다섯 궁녀들은 모두 중문 밖까지 나와서 자란을 배웅하였답니다.

자란은 서궁으로 돌아와서 제게 이 이야기를 해 주었습니다. 자란이 늦게까지 돌아오지 않아 낙심하고 있던 저는 벽을 잡고 일어서서 몇 번이고 자란에게 큰절을 했습니다.

"자란아, 나를 낳아 준 사람은 부모이지만, 나를 살린 사람은 너로구나. 죽어서 땅에 묻히기 전에 맹세코 이 은혜를 갚을 것이다."

우리는 얼싸안고 함께 눈물을 흘렸습니다.

위험한 사랑

자란과 저는 앉아서 밤을 꼬박 새우다시피 하고 아침이 오기를 기다렸습니다. 대군께 문안 인사를 올리러 가니, 소옥을 비롯한 남궁의 궁녀들도 시간에 맞춰 모였습니다. 문안을 마치고 대군의 앞에서 물러 나온 우리 궁녀들은 한데 모여 막 이야기꽃을 피울 참이었지요.

소옥이 가운데로 나서서 궁녀들에게 말했습니다.

"마침 하늘은 맑고 물은 차가우니, 비단옷 빨래를 할 때가 된 것 같구나. 오늘 소격서 계곡에 자리를 잡고 천막을 치는 게 좋겠다."

궁녀들은 서로 눈짓만 주고받을 뿐 모두 다른 어떤 말도 하지 않았습니다.

저는 서궁으로 물러 나와 흰 비단 적삼[1] 한 가닥에 마음속의 간절한

---

1 **적삼(赤衫)** : 윗도리에 입는 홑옷. 여름에는 저고리 대신 겉옷으로 입지만, 겨울에는 저고리 안에 속옷으로 입는다.

슬픔과 원망을 적었습니다. 그것을 몰래 가슴에 품고 빨랫감을 챙겨서 나갔지요. 궁녀들은 모두 말을 타고, 채찍을 잡은 어린아이와 함께 길을 나섰습니다. 그렇게 궁궐 문을 나서 본 것이 얼마 만인지요? 코로 밀려 들어 오는 공기부터 다른 것 같았어요. 하지만 그렇게 상쾌한 분위기에 취해 넋을 놓고 있을 수만은 없었습니다.

자란과 저는 다른 궁녀들보다 뒤에서 출발하여 일부러 조금씩 뒤처 졌습니다. 그러다가 간격이 어느 정도 벌어지자 채찍을 잡고 말을 몰던 어린아이에게 소곤소곤 말했지요.

"동대문 밖에 영험한 무녀가 살고 있다는 것은 너도 알고 있지? 거기 서 잠깐 내 병이 어떤 상태인지 물어 보려고 한다. 오래 시간 끌지 않고 곧장 저들을 뒤따라 갈 터이니 그쪽으로 먼저 가자꾸나."

어린아이는 별 의심 없이 제 말을 따랐습니다.

무녀의 집에 다다른 저는 급히 안으로 뛰어 들어가고, 자란은 밖에서 주위를 살피고 있었습니다. 무녀는 갑작스러운 방문에 좀 놀란 눈치였 는데요, 저는 간절한 표정과 공손한 말로 애원했습니다.

"진사님을 한 번이라도 만나고 싶어 무작정 여기로 찾아왔습니다. 무 례한 부탁인 줄 압니다만, 진사님께 연락을 해 주십시오. 목숨이 다할 때까지 이 은혜를 잊지 않고 보답하겠습니다."

무녀는 딱한 표정을 짓더니 어쩔 수 없다는 듯 제 부탁을 받아들였습 니다. 제 애처로운 꼴을 보고 차마 거절할 수 없었던 것이었겠지요. 무 녀는 즉시 사람을 보내 김 진사 댁에 알리고 가능한 빨리 찾아오라는 전갈을 했어요.

얼마 지나지 않아 진사님이 허둥지둥 달려왔습니다. 진사님과 저는 막상 얼굴을 마주 대하자 아무 말도 할 수 없었습니다. 그저 목이 메어 눈물만 흘릴 뿐이었어요. 그러는 중에도 시간은 자꾸 흘러갔습니다. 궁녀 일행을 곧 뒤따라가리라 약속해 놓았으니 조금도 시간을 지체할 수 없었지요. 게다가 자란은 밖에서 망을 보느라 얼마나 초조하겠어요? 저는 진사님에게 편지를 건네며 말했습니다.

"무슨 수를 써서라도 오늘 밤 다시 이곳으로 오겠습니다. 낭군님은 여기서 절 기다려 주세요. 꼭입니다."

그렇게 눈 깜짝할 사이의 만남을 뒤로한 채 자란과 저는 말을 타고 계곡으로 갔습니다.

진사님은 넋을 잃은 듯 제 뒷모습을 바라보다가 문득 생각난 것처럼 편지를 열어 보았다지요. 저는 편지에 이렇게 적었어요.

지난번 무산의 선녀[1]가 전해 준 편지에는 맑고 고운 낭군님의 목소리가 가득 차 있었습니다. 그간 평안하셨는지요?

두 손으로 받들어 몇 번이고 읽자니 슬픔과 기쁨이 뒤섞여 마음을 가라앉힐 수 없었습니다. 곧 답장을 보내고는 싶었지만, 전해 줄

---

1 **무산의 선녀** : 김 진사의 편지를 전해 준 무녀를 초나라 양왕(襄王)이 만났다는 무산(巫山)의 선녀에 빗대어 표현한 것이다.

만한 믿음직한 사람이 없었습니다. 비밀이 탄로 나면 화를 당할까 두려워 목을 길게 빼고 하늘만 바라보았지요.

훌쩍 날아가면 어떨까 생각하다가도 날개가 없으니, 애간장은 녹고 넋은 희미해집니다. 병이 깊어 다만 죽을 날을 기다리는 처지가 되니, 죽기 전에 이 짧은 편지로나마 평생의 회포를 풀어 보려 합니다. 엎드려 바라오니, 낭군께서는 마음 깊이 새기시어 두고두고 기억해 주세요.

제 고향은 남쪽 지방입니다. 부모님은 우리 형제들 가운데 유독 저를 몹시 사랑하셨어요. 제가 해 달라는 것은 모두 해 주셨고, 마음대로 나가서 놀아도 그저 제가 하고 싶은 대로 내버려 두셨습니다. 그래서 저는 숲속과 시냇가를 마음껏 쏘다니며 뛰놀았지요. 매화나무, 대나무, 귤나무, 유자나무 그늘 아래에서 한가로운 시간을 보냈습니다. 아침저녁으로 이끼 낀 바위에서 물고기를 낚던 사람들, 소를 이끌고 피리를 부는 아이들과 정담에 어울리기도 했습니다. 그뿐이겠어요? 기억 속을 아름답게 물들인 그 산과 들의 풍경이며 농가의 흥취는 일일이 다 쓰기 어려울 지경입니다.

철들 무렵 부모님은 사람으로서 지켜야 할 도리와 당나라 때의 시들을 가르치셨어요. 글을 읽을 줄 알게 되고, 좋은 책들과 친해지려는 무렵이었지요. 그런데 제 나이 열세 살이 되던 해, 수성궁에서 저를 불렀습니다. 갑작스럽게 부모 형제와 헤어져 궁중의 사람이 되었답니다.

처음에는 날마다 집으로 돌아가고 싶은 생각이 간절했답니다. 그래서 일부러 흐트러진 머리에 꾀죄죄하게 때 묻은 얼굴을 하고 지저분한 옷을 입었습니다. 남들이 저를 추하다고 느끼길 바랐던 것이지요. 그냥 땅에 엎어져 우는 날도 많았습니다.

그러던 어느 날이었어요. 궁녀 한 사람이 저를 지켜보고 '한 떨기 연꽃이 뜨락에 저절로 피어났구나' 하겠지요. 게다가 대군의 부인께서도 저를 어린 자식처럼 보살펴 주시고, 대군께서도 다른 평범한 궁녀들처럼 대하지 않으셨습니다. 그러다 보니 궁중의 모든 사람들과 가족처럼 친해지게 되었지요. 여러 좋은 책을 읽어 세상 이치를 배우고, 시와 음률의 묘미도 깨달아 날로 공부가 쌓이니, 궁안의 사람들이 감탄하며 입을 모아 칭찬하기도 했고요.

지금 머물고 있는 서궁으로 온 후에는 거문고와 책에 더욱 마음을 기울여 조예가 더 깊어졌습니다. 그러고 나니 수성궁에 찾아오는 웬만한 선비들의 시는 하나도 마음에 들지 않았습니다. 제가 남자로 태어났다면, 당대에 이름을 떨칠 포부라도 가졌으련만, 홍안박명1의 신세가 되어 깊은 궁 안에서 세월만 허비하고 있습니다. 원한이 맺히고 병이 깊어 끝내 말라 죽을 운명이니 어찌 슬프지 않겠습니까? 여자의 일생, 한 번 죽고 나면 그뿐, 누가 알아줄 사람이 있겠습니까?

---

1 홍안박명(紅顔薄命) : 얼굴이 예쁜 여자는 팔자가 사나운 경우가 많음을 이르는 말

수를 놓다가 얼이 빠져 등불에 태우기도 하고, 비단을 짜다가 북[1]을 놓치기도 일쑤입니다. 비단 휘장을 찢거나 옥비녀를 꺾어 버리기도 합니다. 그나마 가끔 술이라도 마시면 잠시의 흥에 취해 정원을 산보하는데, 신도 신지 않은 채 이리저리 돌아다니다가 계단 아래의 꽃을 뚝뚝 꺾어 버리기도 하고, 뜰의 풀을 마구 뜯어 버리기도 합니다. 그렇게 마음을 억누르지 못하고 방황하니, 누구든 저를 보면 미치광이라고 했을 테지요.

지난 가을의 어느 밤 낭군님의 옥 같은 얼굴을 처음 보았습니다. 그때는 정말 하늘의 신선이 인간 세상에 내려온 것이 아닌가 생각했었지요. 다른 아홉 궁녀들에 비해 제 용모가 가장 못하다고 생각하던 저는 낭군님의 시선을 빼앗을 수 있으리라고 상상도 하지 못했습니다. 그런데 마치 전생의 인연처럼 낭군님의 붓 끝에서 튄 먹물이 제 손가락에 떨어졌지요. 그 한 점의 먹물이 끝내 제 가슴속의 원한으로 맺힐 줄을 누가 알았을까요?

드리워진 주렴 사이로 애타게 바라보며 부부의 인연을 꿈꾸기도 했고, 잊을 수 없는 아름다운 사랑의 순간을 꿈속에서나마 이어 가려 애쓰기도 했습니다. 단 한 번도 이부자리 위에서의 즐거움을 누려 보지는 못하였으나, 낭군님의 깨끗한 얼굴과 흰 손은 황홀한 기

---

1 북 : 베틀에 딸린 부속품의 한 가지. 베를 짤 때 씨실을 풀어 주는 구실을 하는 배처럼 생긴 나무통

억이 되어 제 눈 속에서 떠나지 않습니다.

배꽃나무 가지 위에 두견이 와서 울어도, 오동나무 잎사귀에 밤비가 떨어져도 그 소리가 너무나 처량하여 차마 들을 수 없습니다. 뜰에 여린 풀이 돋아 자라는 것도, 하늘가에 한 조각 구름이 흘러가는 것도 애처로워 차마 볼 수가 없습니다. 병풍에 의지한 채 앉아 있어도 보고, 난간에 의지하여 서 있어도 보지만, 마침내는 가슴을 치고 발을 동동 구르며 쓸쓸히 푸른 하늘에 호소할 뿐입니다.

낭군께서도 저를 이토록 생각하는지 알 수 없어 두렵습니다. 낭군님을 만나기 전에 이 몸이 먼저 죽을지도 모르겠습니다. 그러나 하늘과 땅이 없어지는 날까지도 이 마음은 사라지지 않을 것입니다.

오늘은 궁녀들이 비단옷 빨래를 하러 가는 날입니다. 남궁과 서궁의 궁녀들이 모두 모여 있는 까닭에 다른 곳에서 오래 머무를 수 없습니다. 아, 흐르는 눈물은 먹물과 섞여 비단 위에 번져 가고, 가없은 넋은 올올이 맺힙니다. 낭군께서 읽고 제 마음을 헤아려 주시기를 간절히 바랍니다.

뒤에 덧붙이는 서투른 글귀는 지난번 편지에 동봉하신 은혜로운 시에 답하기 위한 것입니다. 그다지 아름답지는 않으나 영원히 사랑하고자 하는 뜻을 담았습니다.

제가 편지 뒤에 덧붙였던 글은 가을을 슬퍼하는 한 편의 부[1]와 임을 사모하는 한 편의 시였습니다.

해가 기울어 어둑어둑해지자 빨래를 하며 계곡의 정취를 즐기던 궁녀들도 돌아갈 채비를 하기 시작했습니다. 저는 자란과 함께 조금 일찍 일을 마쳤지요. 동대문 밖 무녀의 집에 잠깐 들렀다가 늦지 않게 수성궁으로 돌아가야 하니까요. 저희들이 서두르는 모습을 보고 장난기가 발동한 소옥이 시 한 수를 지어서 건네었습니다. 저를 놀리는 내용일 것이 분명했지만, 부끄러움을 참고 받아서 펴 보았습니다.

태을사 앞으로 한 줄기 물이 굽이치고,
제단의 구름이 걷힌 곳에는 궁궐 문이 열렸구나.
가녀린 허리로는 광풍을 이기지 못하리니,
수풀 속에 피하였다가 날이 저물면 돌아오겠구나.

소옥이 쓴 시의 운자를 따서 비경도 시를 읊었고, 비취와 옥련도 뒤따라 시 한 수씩을 읊었습니다. 모두 저를 놀리는 뜻이었지요. 하지만 위험을 무릅쓰고 이곳까지 와 준 성의를 생각하면, 그들의 우정을 의심할 수는 없었습니다. 걱정스러움과 부러움이 복잡하게 뒤섞인 감정을

---

1 **부(賦)** : 한문 문체의 하나. '부'는 본래 『시경』의 표현 방법 가운데 하나로서, 지은 이의 생각이나 눈앞의 경치 같은 것을 있는 그대로 드러내는 것이다.

짐짓 장난스럽게 표현한 것이었겠지요.

말을 타고 무녀의 집에 다다라 보니 무녀는 뾰로통한 얼굴로 벽 쪽으로 돌아앉아 밖을 내다보지도 않았습니다. 진사님은 제가 편지를 써서 건네었던 비단 자락을 부여잡고 실성을 한 사람처럼 울고만 있었어요. 종일 그러고 있었을 테니 무녀가 기분이 상했을 것은 짐작하고도 남지요. 진사님은 넋을 잃은 사람처럼 눈물을 흘리며 제가 들어오는 것도 보지 못했습니다.

저는 왼손에 끼고 있던 운남[1] 옥이 박힌 금가락지를 빼어 진사님의 품에 넣어 주었습니다.

"낭군께서 저를 경박한 여자로 여기지 않으시고 이 누추한 곳에서 기다려 주셨으니 송구할 따름입니다. 제가 어리석기는 해도 나무토막이나 돌덩이는 아니니, 진사님 또한 저처럼 절실한 마음을 갖고 계시다는 건 넉넉히 헤아릴 수 있습니다. 저는 이 위험한 만남에 목숨을 걸겠습니다. 이 가락지는 죽음을 각오하고 굳게 맹세하는 제 마음이니 간직해 주세요."

돌아갈 길이 급하여 더 이상은 머무를 수 없었습니다. 가락지만 전하고 얼른 일어서서 다음 만남을 기약하려는데, 주체할 수 없이 눈물이 쏟아졌습니다. 저는 작별 인사를 하는 척하며 진사님의 귀에 대고 속삭

---

1 **운남(雲藍)** : 중국 서남부의 윈난성. 중국에서 네 번째로 큰 성이며, 성도는 쿤밍(昆明)이다. 예로부터 미얀마와 인도에서 수입한 옥(玉)이 운남 지방에 모이고 다시 중국 전역에 보급되었다.

였습니다.

"저는 서궁에 있습니다. 어두운 밤을 타서 서쪽 담장을 넘으시면 삼생1에 못다 이룬 인연을 다시 이을 수 있을 것입니다. 기다리고 있겠습니다."

차마 떨어지지 않는 발걸음을 옮겨 무녀의 집을 나선 저는 자란과 함께 말을 타고 수성궁으로 향했습니다. 초조한 마음으로 궁궐 문에 들어서려는데, 마침 여덟 궁녀들이 뒤따라 들어왔습니다.

밤이 이슥해지자 남궁의 소옥과 비경이 촛불을 앞세우고 서궁을 찾았습니다. 소옥은 멋쩍은 표정을 지으며 제 앞으로 와서 말했습니다.

"낮에 지었던 시는 무심코 내뱉은 것이라 너무 장난이 심했구나 하고 내내 후회하였다. 밤이 늦었고 길도 잘 보이지 않지만 개의치 않고 왔으니 내 사과를 받아 주렴."

자란이 나서서 대신 대답했습니다.

"다섯 수의 시는 모두 남궁의 궁녀들이 지은 것이었지요. 우리가 지금은 남궁과 서궁으로 처소를 나누어 살고 있지만 처지가 다를 것이 없습니다. 그런데도 당나라 때의 두 당파2처럼 세력 다툼을 하니, 어쩌다

---

1 **삼생(三生)** : 과거와 현재, 미래를 뜻하는, 전생(前生), 현생(現生), 후생(後生)을 아울러 이르는 말
2 **당나라 때의 두 당파** : 당나라의 우승유(牛僧孺)와 이종민(李宗閔)이 각각 당파를 만들어 세력 다툼을 한 데서 우이당쟁(牛李黨爭)이라는 말이 유래했다.

가 이렇게까지 된 것일까요? 어디서 무엇을 하고 살든 여자의 마음이란 매한가지이지요. 오랫동안 궁중에 갇혀 쓸쓸히 지내면서, 마주 대하는 것이라고는 등불밖에 없고, 하는 일이라고는 거문고를 타며 노래하는 것밖에 없지 않아요? 온갖 꽃들이 웃음을 머금은 봉오리를 터뜨리고, 짝을 지어 나는 제비는 나란히 날갯짓을 하며 노니는데, 가련한 우리들은 깊은 궁궐에 갇혀 만물에 깃드는 봄을 그저 바라볼 뿐 즐기지 못하니, 누군가 그리워하는 마음이 오죽하겠습니까? 무산 선녀는 아침의 구름과 저녁의 비가 되어 초나라 왕의 꿈속에 자유자재로 깃들었고,1 서왕모는 주나라 목왕의 잔치에 몇 번이나 가서 술을 마시며 즐겼다지 않아요?2 어느 여자라고 그렇게 하고 싶은 마음이 없겠습니까? 그런데 남궁의 궁녀들은 유독 항아3처럼 절개를 지킨다고 내세우면서, 신령스러운 약을 훔친 것4은 뉘우칠 줄 모르는 것인가요?"

소옥과 함께 눈물을 흘리며 비경이 말했습니다.

"한 사람의 마음이 곧 온 세상 사람들의 마음이라는 말이구나. 네 말

---

1 **무산 선녀는 아침의 구름과 저녁의 비가 되어 초나라 왕의 꿈속에 자유자재로 깃들었고** : 초나라 왕이 꿈을 꾸었는데, 무산(巫山) 선녀가 와서 잠자리를 섬기고는 떠나면서 아침에는 구름으로 밤에는 비로 내리겠다는 말을 하였다고 한다.
2 **서왕모는 주나라 목왕의 잔치에 몇 번이나 가서 술을 마시며 즐겼다지 않아요** : 주나라 목왕(穆王)이 요지(瑤池)에서 서왕모(西王母)를 만나 술을 마셨다고 한다.
3 **항아(姮娥)** : 중국 신화에 나오는 달의 여신
4 **신령스러운 약을 훔친 것** : 항아는 서왕모가 자신의 남편 예(羿)에게 내린 불사약을 훔쳐 먹었다가 예에게 발각되자 달로 도망가 숨었다.

을 들으니 서글픈 마음이 북받쳐 올라 견디기 어려울 지경이다."

소옥과 비경은 애틋한 눈인사를 하고 남궁으로 돌아갔습니다.

저는 곁을 지켜 주고 있는 미더운 친구 자란에게 말했습니다.

"아까 저녁 때 무녀의 집에서 나는 진사님과 굳은 약속을 했다. 아마 진사님은 오늘 저녁 이곳에 오실 거야. 오늘이 아니라면 내일은 반드시 담을 넘어 나를 찾을 것이다. 오시면 무엇을 대접해야 할까?"

철없는 아이처럼 들뜬 제게 자란은 웃으며 대답했습니다.

"화려하게 수를 놓은 휘장이 겹겹으로 둘러있고, 비단 이부자리가 깔려 있다. 술은 강물처럼 넘쳐흐르고, 고기는 산더미처럼 쌓여 있지 않으냐? 못 오실까 봐 걱정이지 오시기만 한다면야 대접하는 것이 무어 어렵겠니?"

하지만 진사님은 그날 밤 오시지 않았습니다.

진사님은 사실 그날 밤 서궁을 찾기는 찾았더랍니다. 하지만 담장을 뛰어넘자니 생각보다 높고, 날개나 있으면 좋으련만 날아오를 수도 없어서 집으로 그냥 돌아갈 수밖에 없었다지요. 그 실망감이야 오죽했겠어요?

쓸쓸히 귀가한 진사님은 수심이 가득한 얼굴로 앉아 있었답니다. 나가서는 할 수 있는 일이 없고, 집에서는 하고 싶은 일이 없었겠지요. 그러니 아무 일도 손에 잡히지 않을 수밖에요.

그런데 진사님의 집에는 특(特)이라는 이름을 가진 하인이 있었습니다. 그는 교활하고 술책에 능한 젊은이였습니다. 진사님의 안색이 창백

하고 초췌한 것을 본 특은 그 앞에 꿇어앉아 눈물을 흘리며 말했습니다.

"진사님 낯에 서린 기운을 보니 아무래도 오래 사시지 못할 것 같습니다."

특이 엎드려 울음을 그치지 않는 것을 보고 진사님은 적잖이 감동했나 봐요. 진사님은 마당으로 내려가 그의 손을 잡고 마음에 켜켜이 쌓아 놓았던 사연을 모두 털어놓았습니다. 진사님의 이야기를 귀담아 들은 특은 가슴을 치며 말했습니다.

"나리, 왜 진작 제게 말씀하지 않으셨습니까? 제가 무슨 수를 써서라도 마땅한 방도를 찾아 드리겠습니다."

특은 진사님이 보는 앞에서 바로 사다리 한 개를 만들었습니다. 그 사다리는 접었다 폈다 할 수 있는 것이었는데, 접으면 병풍처럼 되고 펴면 길이가 사람 키의 대여섯 배나 되었습니다. 게다가 몹시 가벼워 간단하게 손으로 운반할 수 있을 정도였습니다.

사다리를 건네어 주며 특이 말했습니다.

"이 사다리를 가지고 궁궐 담장을 올라가시면 곧 거두어들여 안쪽에 접어 두십시오. 돌아오실 때도 똑같이 하시면 됩니다."

진사님은 특에게 시험 삼아 사다리를 써 보라고 시켰습니다. 특이 시범을 보이자 진사님도 따라 해 보았는데, 과연 특의 말처럼 어렵지 않았습니다. 진사님은 매우 기뻐하였습니다.

이튿날 밤이었습니다. 특은 진사님이 서궁으로 가려는 것을 보고 제

품속에서 개 가죽으로 만든 덧신을 내어 주며 말했습니다.

"이것을 신으시면 담장을 넘기가 한결 쉬워질 것입니다."

진사님은 특이 건네준 덧신을 신고 걸어 보았습니다. 몸이 가벼운 것이 마치 새가 된 것 같았대요. 또 걸을 때 발자국 소리도 나지 않더라지요.

특의 도움으로 자신을 얻은 진사님은 그날 밤 서궁으로 와서 수월하게 담장을 넘었습니다. 그러고는 대숲 속에 숨어 주위를 엿보고 있었습니다. 달빛은 대낮처럼 밝고 궁궐 안은 고요하여 쉽사리 움직일 엄두가 나지 않았습니다. 그런데 얼마 지나지 않아 가까운 곳에서 사람의 기척이 났습니다. 한 어여쁜 궁녀가 이리저리 뜰을 거닐며 가만히 노래를 읊더랍니다.

"낭군님은 나오세요. 낭군님은 나오세요."

진사님은 대나무를 헤치고 고개를 내밀며 달려 나갔습니다.

"그대는 누구시오? 그대는 나를 찾는 것이오?"

궁녀는 미소를 지으며 말했습니다.

"얼른 나오세요. 얼른."

그 궁녀는 다름 아닌 자란이었습니다. 진사님은 자란에게 덮어놓고 절부터 했답니다.

"나이 어린 사람이 들뜬 마음을 주체하지 못해 만 번이고 죽을 각오를 하고 여기까지 이르렀습니다. 낭자께서는 부디 나를 불쌍히 여겨 주시오."

자란은 답례하며 말했습니다.

"진사님 오시기를 기다리는 것이 저희에게는 큰 가뭄에 비를 기다리는 것과 같았습니다. 이제 진사님을 뵈오니 단비 끝에 무지개를 보는 것 같습니다. 저는 운영의 친구 자란입니다. 의심치 마시고 저를 따라오세요."

진사님은 자란의 뒤를 따라 계단을 올랐습니다. 구부러진 난간을 돌아 어깨를 움츠리고 마침내 안으로 들어왔지요. 그때 저는 촛불이 켜진 방 안에서 창문을 열어 놓고 앉아 있었어요. 상서로운 동물 문양이 새겨진 황금 향로에는 울금향을 은은하게 피워 놓았습니다. 유리로 만든 책상에는 『태평광기』[1] 한 권을 펴 놓았고요. 진사님이 방문을 열고 들어오자 저는 일어나 절하고 수줍게 맞이하였습니다.

주인과 손님의 예를 다한 후에 진사님과 저는 동서로 갈라 앉았습니다. 저는 자란에게 술상을 차려 달라고 부탁했습니다. 자란은 곧 준비해 두었던 진수성찬과 향기로운 술을 가지고 들어왔답니다. 저는 술병을 들어 잔에 자하주를 따르고 진사님께 권했어요. 자란과 저도 한 잔씩 나누어 마셨지요.

술이 세 잔쯤 돌았을 즈음 진사님은 짐짓 취한 체를 하고 물었습니다.

"시간이 얼마나 되었을까요?"

---

1 **태평광기(太平廣記)** : 송나라 태종의 칙령에 따라 중국 한나라 때부터 북송 초기까지의 소설류를 광범위하게 수집한 책

진사님의 의중을 금세 알아챈 자란은 위로 걷었던 휘장을 드리우고 밖으로 나가 방문을 꼭 닫아 주었습니다. 저는 살그머니 촛불을 껐고요.

꿈결과 같았던 밤은 순식간에 지나갔습니다. 새벽하늘이 밝아 오고 첫닭이 울자 진사님은 급히 일어나 옷을 입고 궁궐 밖으로 나갔지요. 짧은 밤은 야속하고 빈 이부자리는 허전하였지만, 그날 이후로 진사님은 매일 저녁 서궁 담장을 넘었습니다. 어둠이 깔리면 궁중에 들어오고 새벽이면 떠나가는 날들이 하루도 빠짐없이 계속되었답니다. 우리의 사랑은 날로 두터워 갔고, 떼려야 뗄 수 없는 사이가 되었어요. 위험한 것을 알면서도 멈출 수가 없었습니다.

어느새 가을이 지나가고 수성궁 뜰에도 첫눈이 내렸습니다. 서궁 안의 뜰에는 소복이 쌓인 눈 위로 어지럽게 낯선 발자국이 찍혔습니다. 궁궐 안의 사람들은 모두 그 사연을 짐작하고 크게 걱정하기 시작했지요.

특의 흉계와 대군의 의심

어느 날 진사님은 문득 걱정에 휩싸여 종일 생각에 골몰하고 있었습니다. 꿈같은 나날을 보내고는 있지만, 이 즐거움은 한순간에 깨질 수 있다는 것을 누구보다도 잘 알고 있기 때문이었지요. 하루하루의 삶이 살얼음판을 딛고 물을 건너는 것과 마찬가지였으니까요. 아무리 두려움을 떨치려 해도 행복 끝에 재앙이 기다리고 있다는 사실은 변함이 없었습니다.

마침 특이 바깥에서 들어와 진사님께 말했습니다.

"지난번 일이 잘 된 데에는 소인의 공이 제법 컸던 것으로 압니다. 무슨 상이라도 내려 주시는 것이 마땅하지 않을는지요."

종일 근심에 빠져 있던 터에 하인의 투정까지 듣게 되니 진사님은 저도 모르게 얼굴을 찡그렸습니다.

"내 너의 공은 마음에 새겨 두고 잊지 않았으니 걱정 마라. 조만간 섭섭지 않게 후한 상을 내릴 것이다."

특은 진사님의 기분을 살피며 다시 말을 걸었습니다.

"그런데 오늘은 또 무슨 걱정이 있으십니까? 나리 안색을 뵈오니 그간에 제가 모르는 다른 일이라도 생긴 것 같습니다. 어찌 그러십니까?"

진사님은 힘없이 대답했습니다.

"보고 싶은 사람을 만나지 못하고 있을 때는 그리워하는 마음이 뼛속까지 사무쳐 병이 되더니, 막상 만난 후로는 날마다 쌓여만 가는 죄를 헤아리기조차 어려울 지경이구나. 어떻게 근심하지 않을 수 있겠느냐?"

특은 주위를 한번 살피더니 손으로 입을 가리고 작게 말했습니다.

"그러면 함께 달아나지 그러십니까? 가만히 데리고 나와서 아무도 모르는 곳으로 가 버리면 되지 않겠습니까?"

진사님은 특의 말이 그럴듯하다고 여긴 모양입니다. 그날 밤 서궁으로 들어온 진사님은 특이 한 말을 제게 들려주었습니다. 저나 진사님이나 언제 꼬리를 밟힐까 하루하루 조바심을 내며 살아가고 있었던 터라, 뾰족한 수라고 우기기만 하면 누가 어떤 말을 하든 쉽사리 귀를 열고 무턱대고 믿어 버리는 셈이었지요.

"특이라는 하인은 본래 영리하고 꾀가 많은 사람이오. 그가 계획한 일이 틀어진 적은 별로 없었소. 이번에도 특의 말을 믿고 한번 따라 보는 것이 어떻겠소?"

저에게도 마땅한 방법이 있을 리 없으니 그냥 고개를 끄덕일 수밖에요. 저는 진사님께 덧붙여 말했습니다.

"진사님께서 하자시는 대로 따르겠어요. 그런데 좀 곤란한 일이 있습니다. 본래 저희 부모님은 재산이 넉넉하여 제가 궁에 들어올 때 좋은 의복과 패물을 많이 주셨습니다. 또 대군께서 하사하신 물건들도 많고요. 그 많은 재물을 모두 버려두고 갈 수는 없는 일입니다. 제 몸 하나 궁궐 바깥으로 빼내는 것은 어렵지 않은 일이나 저것들을 함께 가지고 가려면 말 열 필이 있더라도 부족할 것입니다. 어쩌면 좋을까요?"

두 사람이 머리를 맞대고 밤을 새우다시피 하며 생각해 보았지만 좋은 방책은 떠오르지 않았습니다.

다음 날 진사님은 특에게 가서 제 말을 전하고 의논하기를 청했습니다. 특은 난감해하기는커녕 얼굴빛이 환해질 정도로 크게 기뻐하며 말했습니다.

"그런 일이라면 뭐 어려울 게 있겠습니까?"

진사님은 특에게로 바짝 다가앉았습니다.

"무슨 좋은 수라도 있느냐?"

특은 한껏 거드름을 피우며 대답했지요.

"소인의 동무들 중에 힘깨나 쓴다는 자가 열일곱 명이나 있답니다. 그놈들이 떼를 지어 다니며 사람들을 을러대면, 몹시 두려워 감히 대적할 엄두를 내는 사람이 없지요. 소인과 절친한 사이이니 제 말이라면 반드시 들어줄 것입니다. 분부만 내리시지요. 그놈들에게 맡기기만 하면 태산이라도 옮기기 어렵지 않을 것입니다."

진사님은 궁궐로 들어와 특의 계획을 이야기해 주었습니다. 저도 그러는 게 좋겠다고 대답했고요. 진사님과 함께라면 어떤 위험도 감수할 수 있다고 생각했지요. 그러다 보니 무슨 일이든 우선 저지르고 봐야겠다는 결심을 했나 봐요. 게다가 이 깊고 깊은 궁궐을 드디어 벗어난다는 생각에 들떠 무턱대고 일을 서둘렀던 게지요.

진사님은 제가 동의한 것을 특에게 다시 전했습니다. 특은 은밀하게 십여 명의 동무들을 불러 모았습니다. 그리고 그날 밤부터 제 짐을 싸서 서둘러 궁 밖으로 옮겼습니다. 힘이 세고 민첩한 그들이었지만, 진사님 댁으로 많은 물건들을 다 옮기는 데는 이레가 걸렸습니다. 그 일이 끝나자 특은 진사님에게 제안했습니다.

"이렇게 많은 진귀한 보물을 댁에다 산더미처럼 쌓아 두시면 어르신께서 의심할 것이 뻔하지 않겠습니까? 그렇다고 소인의 집에 둘 수도 없는 일이지요. 이웃 사람들의 눈과 귀를 피할 수 없을 테니까요. 그러니 이것들을 은밀한 곳에 옮겨 두어야겠습니다. 어디 인적이 드문 산속에 구덩이를 깊게 파고 묻어 둔 다음 단단히 지키는 것이 어떻겠습니까?"

진사님도 주체할 수 없을 만큼 많은 짐에 걱정이 컸던지라, 귀가 솔깃해진 모양이에요. 특의 말이 그럴 듯하다고 생각한 것이지요. 하지만 다시 며칠 동안 밤늦은 시간에 남의 눈을 피해 가며 일을 해야 하는 것도, 재물을 온전하게 보관하는 것도 큰 문제였습니다.

"네 말을 듣고 보니 그럴 듯도 하다. 이번에도 네 말대로 하자꾸나. 그러나 만약 실수라도 하는 날이면 나와 너는 도적이라는 누명을 피할 수 없을 것이다. 옮기는 것도, 지키는 것도 극히 조심해야 할 것이다."

특은 진사님의 걱정스러운 표정을 읽고, 자기 가슴을 턱턱 치며 마음 푹 놓으라는 듯이 장담을 했습니다.

"소인만 믿으십시오. 제 꾀를 따를 자가 있겠습니까? 게다가 믿을 만한 동무들이 이처럼 많아 도무지 어려운 일이라곤 없는데, 무얼 그리 두려워하십니까? 물론 옮기는 것부터 남의 의심을 사지 않도록 조심 또 조심하겠습니다. 만약 제대로 숨겨 놓기만 한다면, 그것을 지키는 일은 아무 문제가 없지요. 칼을 차고서라도 밤낮으로 지키겠습니다. 누군가 알고 찾아오더라도 제 눈알을 빼앗길지언정 이 보물은 빼앗기지 않겠습니다. 제 발이 잘리는 한이 있어도 보물은 지킬 것이니, 아무 걱정 마십시오."

진사님이 어떻게 알았겠어요? 특의 속마음은 그렇지 않았다는 것을요. 사실 특의 계획은 무서운 것이었습니다. 특은 보물을 모두 빼돌린후에 진사님과 저를 산속으로 데려가서, 진사님을 죽인 후에 모든 재물과 함께 저까지도 독차지하려는 속셈을 품고 있었습니다. 그러나 세상물정을 모르는 진사님은 특의 말을 조금도 의심치 않았습니다.

특은 다시 며칠 동안 동무들을 이끌고 밤마다 짐을 옮겼습니다. 그물건들이 어디로 가는 것인지 진사님은 알 리가 없었습니다. 짐을 모두옮긴 후에 특은 진사님을 찾아와 또 한번 큰소리를 쳤습니다.

"보물들은 하나도 빠짐없이 안전한 곳에 묻어 두었습니다. 밤낮으로지키고 있으니 진사님은 아무 염려 마시고 낭자를 궁궐 밖으로 빼돌리는 일에만 전념하십시오."

그러던 어느 날이었습니다. 대군께서 진사님을 청해 잔치를 벌였습니다. 대군께서는 예전부터 마땅한 시구를 얻기만 하면 현판에 새겨 비해당에 걸어 두려는 계획을 가지고 계셨습니다. 하지만 그동안 비해당을 찾은 여러 손님들에게서 받은 시들은 대군의 마음에 차지 않았습니다. 그러니 현판을 만들어 거는 것도 계속 미루어졌지요. 진사님을 부른 것은 그 출중한 재주를 신뢰하여 현판에 새길 시구를 얻을 수 있으리라 생각한 때문이었습니다.

대군께서는 과연 진사님에게 비해당의 모습과 주변 경치에 어울리는 시를 한 수 지어 줄 것을 청했습니다. 대군의 간곡한 부탁을 뿌리칠 수 없었던 진사님은 조용히 붓을 들었습니다.

잠시 후 시 한 수를 완성한 진사님은 그것을 조심스럽게 받들어 대군 앞에 올렸습니다. 대군의 표정은 환하게 밝아졌습니다. 글자 한 자, 점 하나도 더하고 뺄 것이 없는 훌륭한 시였기 때문이지요. 한 글자 한 글자를 새기는 동안 주변의 수려한 풍경과 비해당의 운치가 눈앞에 생생하게 펼쳐지는 듯했습니다. 비바람이 놀라고 귀신이 울음을 터뜨릴 만한 경지였다고 할까요? 대군께서는 시를 읊어 보며 한 구절 한 구절마다 칭찬을 아끼지 않았습니다.

"뜻하지 않게 오늘 내가 왕자안[1]을 만났다."

대군께서는 만면에 웃음을 띠고 진사님의 시를 두 번 세 번 다시 소리 내어 읊으셨어요. 그런데 다만 한 구절, '수장암절풍류곡(隨墻暗

---

1 **왕자안(王子安)**: 중국 당나라 초기의 시인 왕발(王勃)을 가리킴. 자안(子安)은 그의 자(字)이다.

竊風流曲)'이라는 구절에 이르러서는 조금 안색이 변하시는 것 같았습니다.

"수장암절풍류곡이라. 담장을 넘나들며 몰래 풍류의 곡조를 훔친다. …… 수장암절풍류곡, 담장을 넘나들어……."

순식간에 어색한 기운이 술자리를 휩싸고 돌았습니다. 대군께서는 입술을 굳게 다물고 시 읊기를 멈추셨습니다. 진사님은 대군의 심기가 불편한 것을 알고 그만 겁이 덜컥 났습니다.

'대군께서 나를 의심하시는 것이 틀림없다.'

진사님은 더 이상 자리에 앉아 있을 수 없음을 깨달았습니다. 그래서 조심조심 눈치를 보며 일어나 하직 인사를 올렸습니다.

"저는 이미 취하여 정신을 차리기 어렵습니다. 이만 물러남을 용서해 주십시오."

대군께서는 어린아이 하나를 시켜 진사님을 부축하게 하고 집으로 돌려보냈습니다.

이튿날 밤이었습니다. 진사님은 서궁으로 저를 찾아와 하얗게 질린 얼굴로 다급하게 말했습니다.

"어서 이곳을 빠져나가야 하오. 어제 내가 비해당에서 지은 시로 말미암아 대군의 의심을 산 것 같소. 오늘 밤 즉시 도망해야지, 시간을 더 끌다가는 무슨 일을 당하게 될지 모르오."

대군께서 진사님을 의심하게 된 것은 제게도 큰일이니 다급해질 수밖에 없었지요. 그런데 제게는 그것 말고도 또 다른 걱정거리가 있었습니다.

"지난 밤 꿈을 꾸었어요. 얼굴이 괴상망측하게 생긴 사람이 나타나 제게 말했지요. '나는 묵특선우¹니라. 미리 약속했던 대로 성 밑에서 너를 오랫동안 기다렸느니라.' 저는 깜짝 놀라 꿈에서 깨었습니다. 자리에서 일어나 생각할수록 괴이쩍은 꿈이었습니다. 아무래도 불길한 꿈 같은데 낭군께선 어떻게 생각하시는지요?"

진사님은 제 꿈 이야기가 대수롭게 여겨지지 않는 모양이었어요. 급히 달아나려는 생각만 하고 왔는데 난데없는 꿈 이야기라니, 하고 생각했는지도 모르지요.

"꿈이라는 건 본래 허황된 것이니, 어찌 그것을 마음에 담아 두고 걱정을 하겠소?"

하지만 저는 그 꿈을 예사롭게 넘길 수 없었습니다. 그래서 그 꿈에 대해 나름대로 풀어 본 것을 진사님에게 말했습니다.

"성 밑이라고 함은 수성궁 담장 아래를 가리키는 말일 것입니다. 그리고 '묵특'은 다름 아닌 '특'을 의미하는 것이지요. 제가 얼핏 보기에는

---

1 묵특선우(冒頓單于, ?~B.C.174) : '선우'는 흉노족의 우두머리를 가리키는 말이다. 묵특선우는 아버지 두만선우를 죽이고 선우 자리에 올랐는데, 진시황의 죽음 이후 중국을 통일한 한나라를 위협할 정도로 용맹스러웠던 흉노족의 지도자였다. 한나라는 흉노족을 당해 내지 못하고 묵특선우에게 공주를 시집보내었으며 해마다 조공을 바쳤다.

운영전

아무래도 미심쩍은 구석이 많은 사람입니다. 낭군께서는 그 하인에 대해 속속들이 알고 계십니까?"

진사님은 고개를 갸웃하며 곰곰이 생각하다가 말했습니다.

"그놈이 본래 음흉하다는 건 나도 알고 있소. 하지만 내게는 늘 충성을 다했지요. 그대와 이렇게 아름다운 인연을 맺은 것도 따지고 보면 모두 특의 계교에 힘입은 바요. 기왕에 이렇게 충성을 다하던 놈이 나중에 배신할 리야 있겠소?"

저는 진사님의 말을 듣고도 어쩐지 안심이 되지 않았습니다. 하지만 특에 대한 걱정은 오히려 둘째였지요. 그보다 먼저 발등에 떨어진 불이 있으니, 그것을 끄는 것도 생각하지 않을 수 없었습니다.

"오늘 밤 당장 달아나자는 말씀이시지요? 낭군께서 이처럼 간절하게 말씀하시는데 어찌 거역할 수 있겠습니까? 다만 자란에게는 미리 말해 두어야 하겠습니다. 자란은 제게 친자매보다도 가깝고 고마운 벗입니다. 자란에게도 알리지 않고 떠날 수는 없어요."

저는 곧 자란을 불러 방 안에 세 사람이 둥그렇게 모여 앉았습니다. 저는 자란에게 진사님의 계획을 설명해 주었습니다. 그러자 자란은 눈을 동그랗게 뜨더니 크게 화를 내며 저를 꾸짖는 것이었어요.

"오랫동안 서로 즐기더니 이제 더 큰 욕심이 나서 스스로 재앙을 불러들이려는 꼴이구나. 두어 달 즐겁게 사귄 것만으로도 고맙게 생각해야지, 담장을 넘어 도망칠 궁리를 해? 그것이 사람으로서 차마 할 수 있는 일이라고 생각하니? 대군께서 네게 오랫동안 마음을 기울이신 것이 네가 도망해서는 안 되는 첫 번째 이유이다. 또 네가 어릴 적부터 불쌍히 여기시고 각별히 애정을 쏟으신 부인의 은혜를 배반할 수 없으니, 이것이 두 번째 이유야. 설사 네가 도망치는 데 성공했다고 치자. 그러면 네게 미칠 화가 네 부모님께도 다다를 것이니, 이것이 도망쳐서는 안 되는 세 번째 이유이다. 그리고 네 번째는······."

자란의 책망을 듣던 저는 얼굴이 화끈 달아올라 고개를 푹 숙이고 있었습니다. 진사님도 아무 할 말이 없어 먼 산을 구경하듯 고개를 들어 애꿎은 벽을 바라보고 있었지요. 그런데 이야기가 잠시 끊기니, 저는 저절로 자란의 얼굴을 보게 되었습니다.

"네 번째 이유는 말이다. 네 행동으로 말미암아 서궁의 모든 사람들에게 화가 미치게 된다는 것이다."

저는 그만 숨이 턱 막히고 말았습니다. 위험을 무릅쓰고 저를 도와준 친구들이 그동안 안중에도 없었던 것입니다. 제 가슴속의 원한만 생각하고, 제 처지만을 애통해할 뿐이었지요. 밤마다 진사님을 만나게 된 이후에도 서궁의 벗들은 그 어떤 즐거움도 함께 누리지 못하면서 저를 지켜 준 것이었습니다. 그 고마움을 까맣게 잊고 지내온 것이 부끄러워 견딜 수 없었습니다.

자란은 망연자실하여 있는 제 등을 토닥이며 말을 이었습니다.

"운영아, 세상천지는 어차피 하나의 그물 속과 같다. 하늘로 솟구쳐 오르든 땅으로 꺼져 들어가든 할 수 있다면 모를까 한순간 도망친다 한들 끝내 어디로 가겠니? 만약 잡히기라도 하는 날에는 그 화가 어찌 네

한 몸에만 그치겠느냐는 말이다. 아까 꿈자리가 뒤숭숭했다고 말했었지? 불길한 징조가 있으니 도망할 수 없다고 그 꿈 핑계를 댈 일도 아니다. 설혹 기분 좋은 꿈을 꾸었다면 어쩌려고? 길한 징조라고 하며 기꺼이 도망가겠다는 것이냐?"

자란의 말은 구구절절이 제 마음을 찔렀습니다. 무엇 하나 옳지 않은 구석이 없었지요. 저는 지혜로운 어머니의 애정 어린 꾸중을 듣는 철없는 딸과 같았습니다. 그러나 궁궐을 떠나고자 들떴던 마음이 가라앉고 식어 가는 만큼 살아갈 의욕도, 희망도 점점 작아지는 것을 느꼈습니다. 제 실망을 자란이 왜 눈치채지 못했겠어요. 자란은 진심으로 마음 아파하며 차근차근 타일렀습니다.

"마음을 다스리고 몸가짐을 바르게 하여 조용하고 차분하게 하늘의 뜻을 기다려라. 우리라고 천년만년 젊을 수 있겠느냐? 나이가 들어 얼굴과 몸이 시들해지면 대군께서 너를 생각하는 마음도 점차 식어 갈 것이다. 돌아가는 형편을 잘 살펴서 병이 들었다고 말하고 한동안 드러누워 나오지 않으면 그만 고향으로 돌아가라고 허락해 주실지도 몰라. 그때까지만 기다리면 진사님과 함께 얼마든지 행복한 나날을 보낼 수 있을 테니, 이보다 더 나은 계획은 없을 것이다. 괜한 잔꾀로 사람을 잠시 속일 수는 있겠지만, 감히 하늘을 속일 수는 없는 법이다."

제 옆에서 묵묵히 자란의 말을 듣고 있던 진사님은 낙심하여 자리에서 일어났습니다. 일이 틀어진 것은 물론이고, 앞날을 기약할 수 없는 기다림만이 남았다는 사실을 인정하지 않을 수 없었으니까요. 진사님은 눈물을 머금고 나직이 탄식하며 집으로 돌아갔습니다.

　속절없이 시간은 흘러 계절은 겨울에서 봄으로 바뀌었습니다. 철쭉꽃이 활짝 핀 어느 날 대군께서는 서궁에 앉아 계시다가 저희 궁녀들에게 시 한 수씩을 지어 보라고 명하셨습니다. 잠시 후 모든 궁녀들이 글을 올리자 대군께서는 하나씩 읽어 보시고 크게 칭찬을 하셨습니다.

　"너희들의 시가 나날이 좋아져 높은 경지에 이르니 참으로 기특한 일이다. 내 너희에게 큰 상을 내려야겠구나."

　그런데 한 장 한 장을 넘겨 가며 시를 읽던 대군의 안색이 갑자기 변하는 것 아니겠어요?

　"다만 운영의 시에는 누군가를 그리워하는 마음이 숨어 있구나. 예전에 안개를 읊은 시에서도 희미하게 그런 뜻을 본 적이 있는데, 오늘 또한 이와 같으니 내 짐작이 맞는 것 같다. 네가 따르고자 하는 이가 누구냐? 지난번 김 진사의 상량문[1]에도 의심스러운 구절이 있었는데, 혹시 네가 마음에 두고 있는 자가 김 진사는 아니냐?"

　저는 마당으로 뛰어 내려가 머리를 조아리며 울었어요.

　"지난번 안개를 읊은 시로 말미암아 대군께서 처음 의심하실 때부터

---

1 **상량문(上樑文)** : '상량'이란 기둥에 보를 얹고 그 위에 마룻대를 올리는 일을 뜻한다. 대개 상량식 때에 그 집의 공사와 관련된 기록이나 축원의 뜻이 적힌 상량문을 올린다.

저는 이미 죽기로 마음을 먹었습니다. 그러나 제 나이 이제 채 스물이 되지 않았는데, 다시 부모를 한번 뵙지 못하고 죽는다면 그 한이 죽어서도 풀리지 않을 것 같아 구차한 목숨을 아꼈던 것입니다. 그리하여 오늘에까지 이른 것인데 이제 또 의심을 받으니 어찌 더 살기를 바라겠습니까?"

저는 대군께 억울함을 호소하고 죽을 결심을 했습니다. 그러나 죽을 땐 죽더라도 진사님과의 일을 사실대로 고할 수는 없었습니다. 제가 죽어 모든 일들이 함께 묻히면 살아남은 이들에게는 아무런 화도 미치지 않을 것이었기 때문이지요.

"제 일거수일투족을 천지신명께서 굽어보고 계셨습니다. 그리고 그 동안 저희 궁녀 다섯 명은 한시도 떨어지지 않고 함께 지냈습니다. 그런데 유독 저에게만 더러운 이름이 들씌워지니 더 이상은 살고 싶은 마음이 없습니다. 차라리 죽느니만 못합니다."

저는 그 길로 달려가 난간에 수건을 걸고 목을 매어 자결하려 했습니다. 다들 갑작스런 일에 크게 당황했지요. 어쩔 줄 몰라 사색이 된 궁녀들을 뒤로하고 자란이 대군 앞으로 급히 나아가 엎드렸습니다.

"누구보다 지혜롭고 총명하신 대군께서 고작 시 한 수 때문에 죄 없는 궁녀로 하여금 스스로 목숨을 끊게 하십니까? 글이 이렇게 무서운 것이라면 저희들은 오늘부터 맹세코 붓을 들지 않을 것입니다."

대군께서는 몹시 화가 나셨지만, 제가 죽는 것까지는 바라지 않으셨나 봐요. 분부가 내리기를 초조하게 기다리던 자란에게 말씀하셨습니다.

"자란은 어서 가서 운영을 구하라."

자란은 제게로 달려와서 얼른 목에 감긴 수건을 풀었습니다. 은섬과 옥녀, 비취도 뒤질세라 달려와 울며 매달렸습니다. 다행히 때를 놓치지 않아 목숨을 건진 것을 확인한 대군께서는 흰 비단 다섯 필을 내어 저희 다섯 궁녀들에게 나누어 주셨습니다.

"너희들이 쓴 시가 아름다워 상으로 주는 것이니라."

그 일이 있은 이후로 진사님은 두문불출[1]하고 병석에 누워 계셨습니다. 대군께서 진사님을 부를 일도 없었고, 저를 찾아 밤마다 서궁 담장을 넘나드는 것도 더 이상은 감히 엄두를 내지 못할 형편이었으니까요. 세상이 다 귀찮다는 듯이 방문을 굳게 닫아걸고 날마다 눈물로 베개와 이불을 적시니, 가여운 목숨은 한 가닥 실낱같이 위태로워졌습니다.

하루는 특이 진사님을 찾아와 이렇게 말하더랍니다.

"사내대장부가 한번 죽으면 죽는 것이지, 어찌 상사병에 걸려 이 꼴이 되셨습니까? 쩨쩨하게 아녀자처럼 마음을 다쳐 가지고서 스스로 천금과 같은 몸을 망치려 하십니까? 지금이라도 늦지 않았습니다. 한밤중 인적이 드물 때 서궁 담장을 넘어 들어가, 여자의 입을 틀어막은 채 둘

---

1 **두문불출(杜門不出)** : 문을 닫아걸고 집 안에 틀어박혀 바깥에 나오지 않음을 뜻하는 고사성어. 세상과의 인연을 끊고 은거한다는 뜻으로 쓰인다.

러웁고 달아나십시오. 누가 애써 쫓으려 하겠습니까?"

진사님은 고개를 저었습니다.

"아서라. 그런 계획이라면 위험하다. 그러느니 내가 한번 더 찾아가서 정성껏 설득하는 것이 나을 것이다."

진사님은 그날 밤 위험을 무릅쓰고 다시 서궁 담장을 넘었습니다. 하지만 저는 병이 깊어 자리에서 일어날 수 없었습니다. 자란이 대신 진사님을 맞이하고 술을 대접하였지요. 자란은 제가 미리 부탁한 편지를 진사님에게 전했습니다. 저는 자리에 누운 채로 겨우겨우 목소리를 내어 말했지요.

"앞으로는 진사님을 다시 볼 수 없을 것입니다. 삼생의 인연도, 백 년의 약속도 오늘 저녁을 마지막으로 모두 부질없는 일이 되었습니다. 만약 하늘이 정해 준 인연이 조금이라도 남아 있다면, 저승에서나 만날는지 모르겠습니다."

진사님은 편지가 든 봉투를 받아 들고 넋을 잃은 사람처럼 한마디 말도 하지 못한 채 우두커니 서 있었습니다. 그렇게 한참 동안 저를 바라보시다가 가슴을 치고 눈물을 쏟으며 밖으로 나갔지요. 자란도 그 비참한 정경을 차마 눈 뜨고 볼 수 없었는지 기둥에 의지하여 몸을 숨기고 뚝뚝 눈물만 흘렸답니다. 잠시 일어나 배웅하지도 못하고 누워서 바라보고만 있었던 제 마음이야 더 말할 필요도 없겠지요.

집에 도착한 진사님은 눈물로 범벅이 된 얼굴을 씻지도 못한 채 봉투를 뜯고 편지를 열어 보았습니다.

팔자 기구한 운영은 낭군께 절하고 아룁니다.

변변한 재주도 없는 제가 낭군님의 관심을 받게 된 것은 차라리 불행이었습니다. 먹물 한 방울의 인연으로 맺어져 서로 그리워한 나날이 며칠이나 되며, 한 번 만난 이후 몇 번이나 더 만날 수 있었던가요. 다행히 구름과 비의 즐거움[1]을 이루었으나 바다와 같이 깊어진 사랑은 끝을 모릅니다.

사람들의 세상에서 좋은 일에는 늘 조물주의 시기가 따르는 법인가 봅니다. 궁녀들이 우리의 관계를 알게 되고 대군께서 의심하게 되니, 큰 재앙이 시시각각 다가오고 끝내는 죽음이 문턱에 이르렀습니다.

낭군께서는 부디 오늘 밤 서로 이별한 이후로는 보잘것없는 저 때문에 마음을 괴롭히지 마세요. 다만 학업에 더욱 힘쓰시고 장원 급제하셔야 합니다. 등용문[2]에 오르셔서 먼 훗날에까지 그 이름을 떨치시고 부모님을 영광스럽게 하십시오.

옮겨 둔 제 옷과 패물들, 값나가는 재물들은 모두 팔아 불공을 드리십시오. 온 정성을 다해 기도하고 지극한 마음으로 소원을 빌면 이 세상에서 우리가 못다 이룬 인연을 후생에서라도 다시 이을 수 있지 않을까 합니다.

---

1 **구름과 비의 즐거움** : 운우지락(雲雨之樂). 부부 사이의 즐거움
2 **등용문(登龍門)** : 입신출세를 위한 어려운 관문이나 시험을 비유적으로 이르는 말

진사님은 제 편지를 미처 다 읽지도 못하고 그만 기절하여 쓰러지고 말았습니다. 집안사람들이 급히 달려와 구호한 덕분에 겨우 소생하였지요. 하지만 눈을 뜨고 숨만 쉴 뿐 아무 기운도 없고, 세상을 살 뜻도 없는 것 같았습니다. 도무지 영문을 알 수 없는 가족들의 걱정은 태산처럼 쌓여만 갔습니다.

특의 흉계와 대군의 의심

들켜 버린 비밀

혼절했던 진사님이 겨우 깨어나자 집안 식구들 틈에 끼어서 걱정스러운 표정을 짓고 있던 특은 사람들이 뿔뿔이 자기 자리로 돌아갈 때까지 기다렸다가 은근슬쩍 진사님 앞에 나아가 앉았습니다.

"나리, 서궁에 다녀오시는 길이지요? 설득이 잘 되지 않으신 겝니까? 그 낭자가 무어라고 했기에 이처럼 죽을 지경이 되셨습니까?"

진사님은 특의 교활한 접근에 어쩐지 신경이 쓰였습니다. 평소의 음흉한 성격을 알고 있는 데다 제가 불길한 꿈 이야기를 한 것도 생각나니 더욱 걱정이 되었겠지요. 하지만 집에서는 이 일에 대해 의논할 상대가 그밖에 없고, 또한 모든 재물을 그의 손에 맡겨 두었으니 일절 말을 끊고 지낼 수도 없는 노릇이었습니다.

"그 재물은 모두 안전하게 보관되어 있겠지? 네가 더욱 신경을 써서 잘 지키고 있어라. 나는 그것을 모두 팔아 부처님 앞에 공양하려 한다. 이는 애초부터 예정되었던 것이나 다름이 없으니, 운영과의 영원한 약속을 실천하는 것이기도 하다."

특은 진사님께 고개를 조아리고 밖으로 나왔습니다. 제 집으로 돌아가는 길에 괜히 실쭉실쭉 웃음이 흘렀습니다.

'궁녀는 나오지 못한 것이 분명하고, 앞으로도 끝내 나올 수 없을 것이다. 그의 재물은 이제 모두 내 것이로구나. 하늘이 내게 그것들을 주신 게야. 기회가 닿으면 그 계집까지 차지하려 했건만, 그것까지는 하늘이 허락하지 않는구나. 그 정도만 해도 이게 웬 횡재냐?'

특은 신바람이 나서 마냥 어깨춤을 추고 싶은 심정이었으나, 남의 눈에 이상하게 보일까 봐 얼른 집으로 들어갔습니다.

며칠 후의 일입니다. 잔뜩 얻어맞은 것처럼 옷이 찢어지고, 코피가 터져 온몸에 범벅이 된 특이 목 놓아 울면서 맨발로 진사님 댁으로 뛰어들어왔습니다. 사실은 스스로 머리를 귀신처럼 풀어헤치고 옷을 마구 찢은 다음, 자기 코를 때려서 낸 피를 이곳저곳에 발랐던 것이지요. 특은 덮어놓고 진사님 댁 뜰에 엎드린 다음 울먹이며 말했습니다.

"나리, 소인이 그만 강도에게 당했습니다."

특은 그 한마디를 내뱉고 엎어져 기절한 척하는 것이었습니다. 순진한 진사님이라지만 특이 또 잔꾀를 부리고 있다는 것은 짐작할 수 있었습니다. 하지만 그냥 내버려 둘 수는 없는 노릇이지요. 무엇보다도 특이 죽거나 잘못되면 그 재물을 어디에 묻었는지 알 수 없게 되는 것이 큰일이었습니다. 그러니 열심히 간호하고 치료하여 회복되도록 애쓸 수밖에요. 특이 정신을 차린 이후에도 진사님은 십여 일 동안이나 술과 고기

119
들켜 버린 비밀

로 대접하여 거뜬히 일어나도록 해 주었습니다.

특은 자리를 털고 일어나서 진사님에게 둘러대었습니다.

"소인이 혼자서 산속을 지키고 있었습니다. 갑자기 도적들이 들이닥쳐 무서운 기세로 소인을 때려죽이려 하니, 도무지 당해 낼 재간이 없어겨우 도망쳤습니다. 어떻게든 구차한 목숨만은 건졌으나 이 꼴을 당하고 보니 원통하기가 그지없습니다. 만약 그 재물만 없었다면 소인에게이와 같은 위험이 있었겠습니까? 그동안의 고생은 일부러 생각지도 않았거니와 험한 꼴을 당하고 보니, 제 팔자가 기구한 것은 알았지만 이정도일 줄은 몰랐습니다. 이러다간 제 명에 죽지 못하지 싶습니다요."

특은 몹시 억울하고 분하다는 듯이 연신 발을 구르고 주먹으로 가슴을 두드리며 다시 목 놓아 울었습니다. 진사님은 기가 막히고 수상쩍기도 하였으나, 부모님과 집안 식구들이 눈치를 챌까 두려워 일단은 특을위로한 후 제 집으로 돌려보냈습니다.

며칠 후 진사님은 믿을 만한 사람들 여럿을 데리고 가서 불시에 특의집을 에워쌌습니다. 하지만 특의 집에는 금비녀 하나와 거울 하나만이남아 있을 뿐이었지요. 진사님은 그것들을 증거로 삼아 관가에 고발할까 생각해 보았습니다. 하지만 그렇게 하자니 모든 사실이 탄로 날까걱정이었습니다.

재물을 찾지 못하면 운영과 약속한 불공을 드릴 수 없을 것이고, 특을 죽여 없애자니 힘으로는 그를 당해 낼 수 없었습니다. 그저 잠자코있는 수밖에 다른 도리가 없었던 것이지요.

그사이 특은 자기가 지은 죄가 있는지라 또 다른 흉계를 꾸미기 시작했습니다. 자신의 죄상이 세상에 드러나면 보나마나 큰 화가 닥칠 것이니 미리 손을 써 두어야겠다고 생각한 것이지요. 특은 서궁 담장 바깥쪽에 있는 맹인 점쟁이를 찾아갔습니다.

"내가 어느 새벽에 우연히 이 부근을 지나가다가 궁궐 안쪽에서 담장을 넘어 밖으로 나오는 자를 목격했소. 나는 그놈이 도적일 것이라고 여기고 고함을 치며 쫓았지 뭐요. 그놈이 놀랐는지 가진 것을 내던지고 도망가더군. 나는 그놈이 버린 물건을 주워다가 집에 보관하면서 주인이 찾아오기를 기다리고 있었소. 그런데 난데없이 우리 주인이 와서, '네가 무슨 값진 물건을 주웠다지?' 하며 내놓으라는 것이 아니겠소? 주인은 내처 우리 집으로 들어와 방구석을 샅샅이 뒤지더군. 나는 주인에게 '별다른 게 아니라 다만 금비녀와 거울 하나를 주운 것뿐입니다' 하고 대답했는데, 주인은 과연 그 두 가지를 찾아내더니 가지고 가 버렸소. 그런데 그게 다가 아니라오. 무슨 보배로운 재물이 더 있으리라 의심한 주인이 나를 필경 죽일 것 같구려. 그래서 지금 도망갈까 궁리하는 중인데, 과연 도망치는 것이 좋겠지요?"

장님은 산통[1]을 꺼내 흔들더니 점괘를 뽑고 말했습니다.

"도망가는 게 좋지. 도망가야 해."

이때 곁에 앉아 있던 구경꾼들 중 한 사람이 참견을 했습니다.

---

1 **산통(算筒)** : 소경이나 점쟁이가 점을 치는 데 쓰는 산가지를 넣어 두는 통

"그런데 대체 네 주인은 뭐 하는 사람이냐? 어떤 사람이기에 하인을 이렇게도 못살게 굴며 학대한단 말이냐?"

특은 속으로 잘 되었구나 싶어 얼른 대답했습니다.

"우리 주인 말씀이시지요? 말해 뭐합니까? 나이 아직 젊지요, 글 잘하기로는 벌써 소문이 났습니다그려. 조만간 급제하여 출세 가도를 달릴 거라고들 하더군요. 그런 사람이 벌써부터 그렇게 재물을 탐하니 긴 말 않아도 알 만하지요. 언젠가 조정을 출입하게 되면 그때 백성들 대하는 마음 씀씀이가 어떻겠습니까? 참으로 볼 만할 걸요?"

점쟁이 집에 모였던 구경꾼들은 저마다 혀를 끌끌 찼습니다. 특은 속으로 '이만하면 되었다' 하고 만족하여 돌아갔습니다. 금세 소문이 퍼질 것은 불을 보듯 뻔한 일이었지요.

입에서 입을 건넌 소문은 무섭게 서울 바닥에 쫙 퍼졌습니다. 궁궐 안에까지 이야기가 번져 결국 대군의 귀에까지 이르게 되었습니다.

크게 노하신 대군께서는 남궁 궁녀들로 하여금 서궁을 수색하라고 명하셨습니다. 남궁의 궁녀들은 살펴본 대로 제 의복과 온갖 보화가 모두 사라진 것을 대군께 아뢰었습니다. 그간의 의심과 소문이 모두 사실이었다는 것을 알게 된 대군께서는 배신감에 치를 떨며 소리쳤습니다.

"당장 마당에 형틀을 갖추고 서궁의 다섯 궁녀 모두를 끌어내라."

저희들은 공포에 떨며 마당에 엎드렸습니다. 죽음이 코앞에 닥친 것을 알고 몸은 저절로 얼어붙었으며 혀는 딱딱하게 굳었습니다. 대군께서는 궁궐 안의 모든 사람들이 들을 수 있도록 큰 소리로 말씀하셨어요.

"이들 다섯을 모두 죽여 나머지 궁녀들의 본보기로 삼으리라."

또 곤장을 든 형리[1]들에게 단호하게 명하셨지요.

"너희들은 매질을 혹독히 하되, 곤장의 수를 헤아리지 말고 다만 죽음을 기준으로 하라."

저희 다섯 궁녀들은 입을 모아 호소했습니다.

"죽더라도 한 말씀만 올리고 죽겠습니다. 저희들의 죄상을 글로 적어 대군께 이실직고하고 그 경위도 낱낱이 밝히겠습니다."

대군께서는 음성을 누그러뜨리지 않은 채 말씀하셨지요.

"무슨 할 말이 있다는 것이냐? 사실대로 털어놓아 보아라."

저희들은 흐르는 눈물을 주체하지 못하면서 먹을 갈고 붓을 들었습니다.

은섬의 공초[2]는 이러했습니다.

남녀 간에 서로를 원하고 그리워하는 것은 음양의 이치로부터 비롯된 것입니다. 신분의 귀하고 천함이나 지위의 높고 낮음에 관계

---

1 **형리(刑吏)** : 예전에 관아에서 형률에 관한 사무를 맡아보던 구실아치
2 **공초(供招)** : 죄인이 스스로 범죄 사실을 자세히 진술하는 일

없이 누구나 가지고 있는 마음일 것입니다. 그런데 여인으로 태어나 한번 깊은 궁궐에 발을 들이면 오직 제 그림자만을 벗하며 외로이 살게 됩니다.

꽃을 보면 눈물을 흘렸고 달을 보면 한숨을 쏟았습니다. 매화나무에 날아든 꾀꼬리에게 매실을 던져 쌍쌍이 어울려 날기를 방해하였고, 대들보에 집을 지으려는 암수 제비로 하여금 집을 짓지 못하도록 발을 쳐 버리곤 했습니다. 제가 그리했던 이유는 모두 외로움에 사무치고 질투심에 불타서이니, 어찌 서글픈 일이 아니겠습니까?

한 번이라도 궁궐 밖을 나가기만 하면 평범한 사람들이 사는 세상의 즐거움을 알 수 있거니와, 그런 마음을 먹지 않은 것은 힘이 모자라거나 마음이 부족해서는 아니었습니다. 다만 대군의 위엄에 고개를 숙이고 스스로 마음을 다독이며 죽어 가는 것이 저희들의 운명이라고 여겼기 때문입니다.

그런데도 오늘 애매한 죄를 물어 저희들을 죽이려 하시니 억울한 마음을 풀 길이 없습니다. 저희들은 황천으로 가서도 눈을 감지 못할 것이옵니다.

다음은 비취가 쓴 글입니다.

대군께서 저희를 불쌍히 여겨 돌보신 은혜와 견주어 보면 산이

높다고 할 수 없고 바다가 깊다고 할 수 없을 것입니다. 지난날을 떠올려 보건대 저희가 대군의 보살피심 아래 궁궐 안에서 한 일이라고는 글을 짓고 거문고를 타며 노래를 한 것밖에 없습니다. 뜻밖에 누명을 덮어쓰고 보니 씻을 길을 찾지 못하겠습니다. 원통함을 견디고 목숨을 구걸하느니 차라리 죽는 것이 낫겠습니다. 속히 죽여 주실 것을 청하나이다.

옥녀도 글을 써서 올렸습니다.

그동안 서궁에서의 좋은 일들을 저희들 모두가 함께 누렸습니다. 이제 서궁에 위태로움이 닥쳐왔는데, 제가 어찌 홀로 그것을 면해 보려 애쓰겠습니까? 화염이 곤륜산을 태울 때에는 옥도 타고 돌도 함께 타는 법이옵니다. 오늘 저희 모두가 함께하게 됨은 제대로 죽을 자리를 얻은 것이옵니다.

자란은 그간에 있었던 일을 상세히 밝히는 한편, 제 처지를 대변하고 자신도 죄를 나누어 가지려고 애썼지요.

오늘의 일은 실로 그 죄를 측량하기조차 어렵습니다. 이렇게 된 마당에 무엇을 더 가슴에 품고 숨기려 하겠습니까? 저희들은 모두 미천하고도 평범한 여염집의 자식입니다. 저희들의 아비는

순임금[1]과 같은 성군이 아니고, 어미는 아황이나 여영[2] 같은 열
녀도 신선도 아닙니다. 그러니 저희에게 어찌 이성을 그리워하는
마음이 없겠습니까? 하물며 목천자[3]는 늘 요지연[4]에서의 즐거
움을 그리워하였고, 항우와 같은 영웅도 장막 안에서 눈물을 흘렸
습니다.[5]

대군께서는 어찌하여 유독 운영에게만 이성을 그리워하는 마음
을 허락하지 않으려 하십니까? 운영이 사랑한 김 진사는 당대에 보
기 힘든 걸출한 인재요, 외모 또한 수려한 남자입니다. 게다가 그런
이를 수성궁으로 불러들인 것도, 운영으로 하여금 그의 곁에서 벼
루를 받들어 먹을 갈게 하신 것도 대군께서 하신 일입니다.

대군께서도 익히 알고 계시겠지만, 오랫동안 깊고 깊은 궁궐에
갇혀 꽃 피는 봄이나 달이 밝은 가을에 마냥 마음을 다치고, 오동잎
지는 소리와 밤비 내리는 소리에도 애간장을 녹이던 운영입니다.
그런 운영이 총명하고 아름다운 김 진사를 만난 것이니, 어찌 눈길

---

1 순(舜)임금 : 중국 태고의 천자 '순'을 임금으로 받들어 이르는 말. 주로 선대의 요
  (堯)임금과 함께 이른바 '요순(堯舜)'이라 하여 성군(聖君)의 대명사로 일컬어진다.
2 아황(娥皇)이나 여영(女英) : 요임금의 딸들이자 순임금의 두 아내. 정절의 상징으
  로 일컬어진다.
3 목천자(穆天子) : 주나라 목왕(穆王)을 가리킴.
4 요지연(瑤池宴) : 목왕이 요지(瑤池)에서 서왕모(西王母)와 함께 즐기던 잔치
5 항우와 같은 영웅도 장막 안에서 눈물을 흘렸습니다 : 항우(項羽)가 유방(劉邦)에게
  패하여 도망가다가 곤경에 처했을 때 우미인을 보며 눈물을 흘렸다는 이야기

이 가지 않고 마음이 가지 않겠습니까? 그 자리에서 넋을 잃고 마음을 빼앗겼습니다.

급기야 그리움의 병이 골수에 맺힌 후에는 아무리 좋은 약과 용한 의원이 있어도 손을 쓰지 못할 지경에 이르렀나이다. 우리 가엾은 운영이 어느 저녁, 한 떨기 이슬처럼 스러지고 만다면 대군께서 측은히 생각하시는 마음이 있다고 한들 무슨 소용이 있겠습니까? 대군께서 그토록 아끼시던 운영을 이제 죽임으로써 저희들에게 무엇을 더 가르치려 하십니까? 아둔한 제 소견으로는, 김 진사로 하여금 한번 운영을 찾아오게 하시고 두 사람을 만나게 하여 쌓인 원한을 풀도록 하시면, 그것이야말로 대군께서 행하시는 가장 큰 적선1이 될 것이옵니다.

운영이 끝내 절개를 지키지 못한 것은 운영의 죄가 아니라 운영을 옆에서 부추긴 저의 죄이오니, 제게 물으시옵소서. 제가 감히 이 말씀을 올리는 것은 위로 대군을 속이지 않고 아래로는 서궁의 벗들을 배반하지 않기 위함입니다. 오늘 대군의 명을 좇아 죽는 것은 도리어 영광스러운 일입니다. 대군 앞에 엎드려 간절히 바라오니, 대군께서는 제 몸으로써 운영의 목숨을 잇게 하소서.

---

1 **적선(積善)** : '적선'은 일반적으로 남을 위하여 하는 착한 일을 뜻한다. 도교의 수행 방법 가운데 한 가지를 일컫는 말로써 도가(道家)에서는 모든 수행의 전제 조건으로 간주한다. 불교적인 의미에서의 적선은 선업(善業)을 쌓는다는 의미이다.

마지막으로 저도 글을 써 올렸지요.

대군께서 주신 은혜가 산과 같이 높고 바다와 같이 깊습니다. 그 은혜를 저버리고 정절을 버린 것이 제 첫 번째 죄입니다.

제가 지은 글로 말미암아 두 번이나 대군의 의심을 받았습니다. 그때마다 끝내 사실을 아뢰지 않은 것이 제 두 번째 죄입니다.

서궁의 궁녀들은 아무 죄가 없습니다. 저로 인하여 그들이 졸지에 죽음을 당하게 되었으니 그것이 제 세 번째 죄입니다.

이처럼 큰 죄를 세 가지나 지었으니 혹여 목숨을 부지하게 되더라도 어떻게 얼굴을 들 수 있겠습니까? 만약 대군께서 제 죽음을 늦추어 주신다 해도 저는 즉시 스스로 목숨을 끊음이 마땅할 것이옵니다.

대군께서는 저희 다섯 사람의 글을 차례차례 읽으셨습니다. 한 번 읽으신 후에는 자란의 글을 골라 다시 한번 읽어 보셨습니다. 그사이 서슬이 퍼렇던 대군의 안색은 조금 누그러진 것 같았습니다.

남궁의 궁녀들은 마당 한구석에 모여 두려움에 온몸을 떨며 속절없이 눈물만 훔치고 있었습니다. 그중 소옥이 죽기를 각오하고 용기를 내어 대군 앞으로 달려 나와 엎드렸습니다.

"대군께서는 제 말씀도 들어주십시오. 지난 가을 비단옷 빨래를 갈 때 소격서동으로 장소를 정한 것은 제가 한 일입니다. 행사 전날 밤 자란이 남궁으로 와서 간곡히 청하기는 하였으나, 그 의중을 알면서도 막지 않았습니다. 그리고 그것에 반대하는 많은 궁녀들의 뜻을 물리친 것도 저였습니다. 궁녀들은 저를 믿고 소격서동으로 가는 결정에 따라 주었던 것입니다. 이것이 운영의 정절을 깨뜨린 동기가 되었습니다. 그러하오니 죄는 운영에게 있는 것이 아니요, 자란에게 있는 것도 아닙니다. 대군께서는 제게 죄를 물으시고 운영의 목숨을 살리시옵소서."

소옥은 땅에 엎어진 채로 흐느꼈습니다. 정말 갈수록 태산이었습니다. 이러다가는 나머지 네 명의 남궁 궁녀들까지 차례로 대군 앞에 엎드려서는 목숨을 내놓겠다고, 운영 대신 가져가라고 부르짖을 것만 같았습니다. 그들의 우정에 저는 목이 메어 왔지만, 제가 한 일이 몇 사람의 목숨을 위태롭게 한 것인가 생각하니 한없이 두려워졌습니다.

다행히 대군께서는 화가 적잖이 풀리신 것 같았습니다. 저를 걱정하고 아끼는 궁녀들의 한결같은 눈물과 호소에 마음이 움직인 것이었겠지요. 대군께서는 다른 네 명의 서궁 궁녀들을 벌하지 않고 모두 풀어 주셨습니다. 그리고 죄가 무거운 저만은 따로 별실에 가두셨지요. 그날 밤 저는 수건으로 목을 매고 한 많은 목숨을 스스로 끊어 버렸답니다.[1]

유영이 운영의 긴 이야기를 듣는 동안 수성궁의 밤하늘은 더욱 깊어

---

1 **'그날 밤 저는 수건으로 목을 매고 한 많은 목숨을 스스로 끊어 버렸답니다'**까지가 운영이 유영 선비에게 들려주는 이야기이다.

졌다. 운영이 마치 꿈을 꾸듯 지난 일을 하나하나 되짚어 갈 때, 곁에서 김 진사는 그 이야기를 남김없이 받아 적고 있었다. 운영이 스스로 목숨을 끊는 대목에 이르자 두 사람은 물기 어린 눈으로 서로 마주 보며 슬픔을 억누르지 못했다. 유영은 수백 년 전 수성궁에서 있었던 일에 호기심을 느끼면서도 두 사람의 슬픔을 마치 오늘의 일인 것처럼 생생하게 느낄 수 있었다.

운영은 겨우 울음을 그치고 눈물을 닦으며 김 진사에게 말했다.

"그 다음 일은 낭군께서 말씀하시지요."

다음 생을 기약하며[1]

그럼 내가 이야기를 이어가 보리다. 운영이 자결한 날, 궁 안의 사람들은 모두 비통해하며 마치 부모님을 잃은 것처럼 목을 놓아 울었소. 그들이 우는 소리가 궁궐 담장을 넘어 밖까지 들렸다오.

나 또한 운영이 스스로 목숨을 끊었다는 소식을 들었소. 순간 말문이 막히고, 온몸이 굳더니 그만 기절하여 쓰러졌지요. 식구들은 놀라 나를 소생시키려고 갖은 애를 썼소. 그런데도 한참 동안이나 깨어나지 않아 집안사람들은 모두 내가 죽은 줄로만 알고 초혼[2]을 하고 발

---

1 '**다음 생을 기약하며**' 부분은 김 진사가 선비 유영에게 들려주는 이야기이다. 즉 이 장에서의 화자(話者) '나'는 김 진사이다. 단 한문본 원전 텍스트에서는 이 부분이 앞뒤와 내용으로만 구분될 뿐 3인칭으로 서술되고 있음을 밝혀 둔다. 이 책에서는 김 진사의 구술(口述)에 실감을 더하기 위해 1인칭으로 바꾸어 옮긴 것이다.

2 **초혼(招魂)** : 사람이 죽었을 때, 그 사람이 생시에 입던 저고리를 왼손에 들고 오른손은 허리에 대어, 지붕에 올라서거나 마당에서 북쪽을 향해 죽은 혼을 부르는 일

상1까지 할 생각을 하였다는군요.

며칠 후 저물녘이 되어서야 요행히 몸이 깨어나고 정신이 돌아왔소. 그러나 모든 일은 어그러지고 난 뒤였지요. 더 이상 살아갈 의미를 찾을 수 없었다오. 하지만 나는 마음을 가라앉히고 여러 가지 정리해야 할 일들을 헤아려 보았습니다. 우선 운영과의 약속을 저버릴 수 없으니 부처님께 공양을 드릴 준비를 해야 했소. 그래야 구천2을 헤매고 있을 운영의 넋이나마 위로할 수 있을 게 아니겠소?

나는 운영의 금비녀와 거울 그리고 돈이 될 만한 벼루나 필기구 등을 팔아 쌀 사십 석을 마련했다오. 그것으로 청량사3에 가서 불공을 드리려 한 것이지요. 그런데 믿고 부릴 만한 하인이 마땅치 않아 다시 특을 부를 수밖에 없었습니다. 나는 특에게 물었습니다.

"지난날 네가 지은 죄를 모두 용서해 줄 테니, 지금부터라도 나를 위하여 충직하게 일할 마음이 있느냐?"

---

1 **발상(發喪)** : '초혼'을 하고 시신을 수습하면 초상이 났음을 선포하는데 이를 '발상'이라 한다. 아들, 며느리, 시집가지 않은 딸들은 모두 관과 겉옷을 벗고 머리를 푼다. 아들이나 손자는 두루마기를 입을 때 아버지의 상에는 왼팔을 꿰지 않고 어머니의 상에는 오른팔을 꿰지 않는다. 이는 슬픔이 복받쳐 경황이 없는 중에 옷을 제대로 입을 겨를이 없음을 의미한다.
2 **구천(九泉)** : 땅속 깊은 밑바닥이란 뜻으로 죽은 뒤에 넋이 돌아가는 곳을 이르는 말
3 **청량사(淸凉寺)** : 서울 홍릉 부근에 있었던 절의 이름. 신라 시대에 창건되었다고 전해진다. 구한말까지 서울 사람들의 휴양지로 사랑을 받았다. 지금은 동대문구 청량리동으로 옮겼다. 이본에 따라서는 '청녕사(淸凉寺)'라고 표기된 것들도 있다. 작품의 배경이 될 만한 곳으로 '청녕사'라는 이름의 절은 확인할 수 없다.

특은 마당에 엎드려 고개를 바닥에 찧으며 울음 섞인 목소리로 대답하더군요.

"제가 비록 어리석고 모난 놈이지만 그래도 목석은 아닙니다. 제가 그동안 지은 죄를 헤아리자면 머리카락을 뽑아 세어도 모자랄 것입니다. 그런데도 나리께서 자비로운 마음으로 용서해 주시니, 저는 말라 죽은 나무에서 잎이 돋아나고 백골에 새살이 돋는 것처럼 새로 태어나는 듯합니다. 진사님께서 다시 주신 목숨이니 진사님을 위하는 일이라면 천 번이고 만 번이고 아끼지 않고 바치겠습니다."

내가 아무리 세상 물정을 모르는 서생이지만 특의 눈물을 곧이곧대로 믿어서는 안 되었소. 하지만 나는 이번에도 바보처럼 그에게 다시 기회를 주겠다는 결심을 하고 말았구려.

"운영을 위해 불공을 드리고자 한다. 그러나 믿고 맡길 만한 사람이 없구나. 이번에는 내 믿음을 저버리지 않고 애써 주겠느냐?"

특은 고개를 조아리며 공손히 답하더군요.

"여부가 있겠습니까? 삼가 분부대로 따르겠습니다."

그러나 특은 금세 본색을 드러내고 말았다오. 사십 석의 쌀을 가지고 청량사로 간 특은 하라는 시주¹는 하지도 않고 사흘 동안 엉덩이를 두

---

1 시주(施主) : 승려나 절에 돈이나 음식 따위의 물질을 베푸는 행위 또는 그러한 행위를 하는 사람

드리며 놀기만 했답니다. 그렇게 늘어지게 누워 뒹굴다가 기껏 스님을 불러 한다는 소리가 정말 가관이었다지요.

"사십 석이나 되는 쌀을 모두 부처님께 드릴 필요가 있겠소? 그러느니 술과 고기를 잔뜩 장만하여 인간 세상의 손님들을 널리 초대한 후 즐겁게 나누어 먹는 것이 낫겠지요."

특이 부를 손님들이야 다 거기서 거기 아니겠소? 그런 불한당 놈들에게 운영의 넋을 위로하는 일을 맡겼으니 지금 생각해 보면 참으로 허망합니다.

그뿐이 아니었더군요. 어느 날 인근 마을의 아낙네가 청량사 앞을 지나가는 것을 본 특은 강제로 위협하여 끌고 들어와 절 방에서 함께 머물도록 했다지요. 그렇게 절간에 머물며 술과 안주를 차려 놓고 음탕한 세월을 보내니, 어느덧 수십여 일이 지나가 버렸습니다. 특이 하는 꼴을 보자니 재[1]를 올리는 일에는 관심조차 없다는 걸 스님들도 알았습니다. 제사를 지내기로 약속된 날짜가 코앞에 다다르자 보다 못한 주지스님이 특에게 말했답니다.

"불공을 드릴 때 가장 중요한 것은 시주하는 사람입니다. 시주하는 사람이 불결하면 불공을 드린다 해도 헛일이 되고 맙니다. 그러니 맑은 물에 씻어 몸이라도 깨끗이 하고 예를 갖춘 뒤에 행하는 것이 좋겠소."

특은 하는 수 없다는 듯이 투덜거리며 냇가에 가서 대충 몸에 물을

---

1 **재(齋)** : 불교에서 공양(供養)을 올리면서 행하는 종교의식

묻혔습니다. 그리고 부처님 앞에 꿇어앉아서 빌기 시작했지요.

"오늘 당장 김 진사가 죽게 해 주십시오. 그리고 운영은 내일 다시 살아나서 특의 신부가 되게 해 주십시오."

사흘 동안 부처님께 밤낮으로 빌었다는 것이 오직 이뿐이었답니다.

절에서 돌아온 특은 바로 내 집을 찾았소. 내 앞에 꿇어앉아 한껏 예의 바른 체하며 이렇게 둘러대더군요.

"운영 아가씨는 반드시 다시 살아날 길을 얻을 것입니다. 재를 베풀던 날, 제 꿈에 나타나셔서는 이렇게 말씀하시지 뭡니까? '정성을 다하여 불공을 올려 주시니 고마운 마음을 말로 다할 수 없소.' 그렇게 인사를 하시면서 눈물을 흘리시겠지요. 저뿐만 아니라 절의 스님들도 모두 똑같은 꿈을 꾸었답니다."

나는 운영의 환생을 본 것만 같아 넋을 잃고 통곡하였지요.

마침 과거 날이 다가오고 있었소. 나는 과거를 볼 뜻이 없었으나 공부에 힘써야겠노라 핑계를 삼아 청량사로 갔다오. 그곳에서 며칠 동안 머무르며 여러 스님들을 만났고, 그들에게서 특이 한 일을 자세하게 들을 수 있었지요. 기가 막히고 분해서 피가 거꾸로 솟을 지경이었습니다. 그러나 당장 옆에 특이 없으니 죄를 물어봐야 무슨 소용이 있겠소?

나는 마음을 애써 가라앉히고 몸을 깨끗이 한 후에 부처님 앞으로 나아갔습니다. 향을 사르고 두 손을 모아 축원하였지요.

"운영이 죽기 전에 했던 약속의 말을 차마 저버릴 수가 없어서 특으로 하여금 정성껏 재를 올리도록 당부하였습니다. 그렇게 하여 운영의 넋이 부처님의 도움으로 저승에서 평안하기를 바랐습니다. 그런데 특이 이곳에서 했던 말과 행동을 비로소 알게 되니 그 패악함이 극에 달하였습니다. 이로써 운영의 마지막 소원도 모두 허사가 되었습니다. 그리하여 제가 다시 축원하옵니다. 운영으로 하여금 환생하게 하여 저와 부부의 연을 맺을 수 있도록 해 주십시오. 그렇게 다음 생에서는 제 원통함을 면하게 해 주십시오. 부처님, 특을 죽이시고, 그에게 철가1를 씌우시고, 영영 지옥에 가두어 주십시오. 부처님께서 이 기원을 들어주신다면, 운영은 비구니가 되어 열 손가락을 불사르고 십이 층의 금탑을 쌓을 것입니다. 그리고 저는 비구2가 되어 오계3를 마음에 새기고, 세 곳에 큰 절을 지어 맹세코 부처님의 은혜에 보답하겠습니다."

나는 부처님께 빌고 또 빌었소. 백 번이고 고개를 조아리고 또한 백 번을 절한 후에야 기도를 마치고 물러 나왔지요.

그로부터 꼭 이레 만의 일이었소. 절에서 내려가 하루하루를 견디고 있던 나는 특이 함정에 빠져 죽었다는 소식을 듣게 되었다오.

---

1 **철가(鐵枷)** : 예전에 죄인의 목에 씌우던 쇠로 만든 형구
2 **비구(比丘)** : 출가하여 승려가 지켜야 할 250가지 구족계(具足戒)를 받은 남자 승려
3 **오계(五戒)** : 불자(佛者)가 지켜야 할 다섯 가지 계율. 살생하지 말 것, 도적질하지 말 것, 음란한 행동을 하지 말 것, 거짓말하지 말 것, 술 마시지 말 것 등이다.

그때부터 나는 세상에서 더 이상 할 일이 없다는 걸 깨달았소. 그래서 몸을 깨끗이 씻고, 새 옷으로 갈아입고, 조용한 방에 누웠습니다. 그렇게 먹지도 마시지도 않고 나흘을 지낸 후 깊은 한숨을 한 번 쉬고는 영영 돌아오지 못할 길을 가게 된 것이라오.

다음 생을 기약하며

주인 없는 수성궁에 봄빛은 옛날과 같은데[1]

김 진사는 그 대목까지 쓴 후에 붓을 던졌다. 진사와 운영은 부둥켜안고 하염없이 눈물을 흘리며 북받쳐 오르는 감정을 억제하지 못했다. 그 모습을 조용히 지켜보던 유영은 두 사람을 위로하며 말했다.

"이렇게 두 분이 다시 만난 것은 지극한 정성으로 소원을 이룬 것이라고 하겠습니다. 원수 놈도 이미 죽여 지옥으로 보내었으니, 분노할 일도 남지 않았습니다. 그런데 어찌하여 이토록 비통한 마음을 거두지 못하십니까? 다시 인간의 세상에 환생하지 못하신 것을 한스러워하시는 것입니까?"

김 진사는 눈물을 닦으면서 유영에게 감사의 뜻을 표한 후 대답했다.

"우리 두 사람은 모두 원한을 품고 죽었습니다. 저승에서 우리의 죄

---

1 이 작품의 마지막 장 '**주인 없는 수성궁에 봄빛은 옛날과 같은데**'는 다시 작품의 시작 부분에서처럼 3인칭 시점으로 돌아가 서술한다. 유영, 김 진사, 운영의 행동과 문답을 서술자가 옮기는 형식이다.

없음을 불쌍하게 여겨 인간들의 세상에 다시 태어날 수 있도록 하려 했지요. 그러나 우리는 그것을 원하지 않았소. 지하 세계의 즐거움이 인간 세상의 즐거움에 비해 결코 덜하지 않았기 때문이지요. 하물며 천상에서 누리는 즐거움이야 두말할 필요가 있겠습니까? 우리에게 인간의 속된 세상은 참혹한 슬픔과 절망의 세계였을 뿐이라오. 다만 오늘 밤 슬픔을 이기지 못하는 데는 다른 이유가 있습니다. 안평 대군은 수양 대군[1]에게 패하여 몰락의 길을 걸었고, 마침내 죽고 나서는 이 궁궐의 주인이 없어졌소. 주인 없는 옛 궁궐터에 까마귀, 까치는 슬피 울고, 사람의 온기는 사라졌으니 참으로 쓸쓸하지 않습니까? 게다가 전쟁[2]을 겪은 후에 화려했던 건물들은 불타서 재가 되어 버리고, 담장은 모두 무너졌구려. 다만 갖가지 꽃들이 돌계단 사이에 피어나고 뜰의 풀들은 무성한 것을 보시오. 수성궁의 봄빛은 옛날과 같은데 인간사는 어찌 이토록 변화무쌍한 것인지 돌이켜 생각하게 됩니다. 다시 찾아와 옛날을 생각하니 어찌 슬프지 않겠소?"

유영은 두 사람을 다시 한번 바라보고 물었다.

"그렇다면 두 분은 천상의 사람이십니까?"

---

1 **수양 대군(首陽大君)** : 조선 제7대 왕 세조의 왕자 시절의 군호(君號). 세종의 둘째 아들로 태어났으며, 제5대 왕 문종이 그의 형이다. 안평 대군은 그 아래로 세종의 셋째 아들이었다.

2 **전쟁** : 이 작품의 첫머리를 보면 선비 유영이 수성궁 터를 방문하는 날짜가 '신축년 (1601년) 3월 16일'로 정확하게 표기되어 있다. 그러니 여기서의 전쟁이란 1592년의 '임진왜란(壬辰倭亂)'을 뜻하는 것이라고 볼 수 있다.

김 진사는 운영과 한 번 눈을 맞추고 대답했다.

"우리들은 본래 하늘나라의 신선이었다오. 오랫동안 옥황상제를 가까이서 모셨습니다. 어느 날 상제께서 제게 하늘 정원의 과일을 따 오라고 명하셨지요. 저는 심부름을 하는 길에 반도[1]와 경실[2], 금련자[3] 같은 온갖 과일들을 넉넉히 챙겨서는 몰래 운영에게 건네주곤 했소. 그러다가 들켜 인간세계로 쫓겨나게 된 것이라오. 상제께서는 우리를 귀양 보내어 인간의 고통을 두루 겪게 하신 후에야 옛날의 잘못을 용서하시고, 다시 삼청궁으로 불러 주셨습니다. 그 후 우리는 지금까지 상제님을 곁에서 모시고 있지요. 그래도 가끔씩은 이렇게 바람을 타고 와서 기억을 더듬으며 옛날에 노닐던 곳을 찾곤 한다오."

김 진사는 잠시 말을 끊고 다시 눈물을 흘리면서 유영의 손을 잡았다. 그리고 간곡한 당부의 말을 하는 것이었다.

"바닷물이 마르고 바위가 다 닳아 없어져도 우리의 사랑은 사라지지 않을 것입니다. 땅이 늙어 주름이 패고 하늘이 황폐해진다 하여도 우리가 품었던 원한은 풀기 어려울 것입니다. 오늘 저녁 뜻하지 않게 그대를 만나 구구절절한 사연을 털어놓게 된 것은 분명 전생의 인연이 있었기 때문일 것이오. 그렇지 않고서야 어떻게 백수십여 년의 시간을 건너 한

---

1 **반도(蟠桃)** : 삼천 년마다 한 번씩 열매를 맺는다는, 신선 세계의 복숭아
2 **경실(瓊實)** : 신선이 먹는다는 과일
3 **금련자(金蓮子)** : 황금 연꽃의 열매

자리에 모일 수 있었겠소? 그러니 오늘의 정다웠던 인연을 빌미 삼아 지금 내가 쓴 글을 그대가 거두어 주면 좋겠소. 이 초고¹가 그냥 썩어 없어지지 않도록 세상에 전해 주시오. 우리의 이야기가 영원히 사람들의 머릿속에 살아 있도록, 다만 어리석고 경솔한 사람들의 입에 올라 우스갯소리로 떠돌지는 않도록 해 주시기를 바랍니다."

김 진사는 적잖이 취한 듯 운영에게로 몸을 기대었다. 그리고 밤하늘에 뜬 달을 바라보며 시 한 수를 읊었다.

꽃잎 져 내린 궁중에 제비 참새 날아드노니,
봄빛은 옛적과 같으나 주인은 간 데 없구나.
깊은 밤 달빛이 이렇게도 서늘한데,
이슬은 가벼이 푸른 날개옷을 적시는구나.

김 진사의 시에 화답하듯 운영도 고운 목소리를 내어 자신의 시를 읊었다. 김 진사도 유영도 좋은 경치와 좋은 술, 좋은 시의 흥취에 흠뻑 젖었다.

고궁의 꽃 버들은 새 봄빛을 띠었고,
천 년의 화려함은 꿈자리를 넘나드네.

---

1 초고(草稿) : 초벌로 쓴 원고

오늘 저녁 옛 자취를 찾아와 노닐다가,

끝내 참지 못한 눈물방울로 수건을 적시노라.

운영의 시 마지막 구절이 가물가물 머릿속을 맴돌 무렵 유영은 취기를 이기지 못하고 깜빡 잠에 빠져들었다.

문득 산새 지저귀는 소리가 요란하게 들려왔다. 구름과 안개가 수성궁 언덕을 자욱하게 덮어 흐르고 있었다. 멀리서 어슴푸레하게 새벽빛이 밝아 오고 있었다. 유영은 잠에서 깨어 벌떡 일어나 주위를 둘러보았다. 김 진사도, 운영도 보이지 않았다. 그들과 함께 술을 마시고 시를 읊던 자리는 흔적도 찾을 수 없이 사라졌다. 다만 김 진사가 쓴 책만 남아 있을 뿐이었다.

유영은 허탈하게 한참을 주저앉아 허공을 바라보다가 김 진사의 책을 챙겨 소매에 넣었다. 그러고는 휘적휘적 걸어 집으로 돌아왔다.

유영은 김 진사의 책을 상자 깊숙이 숨겨 두었다. 때때로 쓸쓸하고 세상일이 허망하게 느껴지는 날에는 책을 꺼내어 뒤적여 보고 깊은 슬픔에 젖어 들었다. 그러다가 마침내 먹고 자는 일조차 잊어버리게 된 유영은 훌쩍 집을 떠나 이곳저곳을 유랑하였다고 한다. 이름난 산을 돌아다니며 노닐었다는 이야기가 있으나 언제 어디서 적막한 생애를 마쳤는지는 아무도 아는 이가 없다.

작품 해설

「운영전」 꼼꼼히 들여다보기

1. 수성궁, 은밀한 사랑과 비극적 운명의 공간

「운영전」의 공간적 배경은 수성궁이다. 작품 속에서 수성궁은 안평 대군의 옛집으로 설정되어 있다. 한양 땅에서 가장 경치가 좋기로 소문 난 터를 구경하려고 한 가난한 선비가 길을 나서는 장면으로부터 이야 기는 시작된다.

청파에 사는 유영(柳泳)이라는 선비도 수성궁 터의 경치가 아름 답다는 소문을 귀에 익도록 여러 차례 들었다. 한번 놀러 가고 싶은 생각이 간절했지만, 자신의 허름한 차림새나 꾀죄죄한 얼굴을 다른 사람들이 비웃을까 봐 망설이고 있는 참이었다.

신축년(1601년) 3월 16일, 유영은 마침내 용기를 내어 수성궁 구 경을 가기로 했다.

정작 수성궁은 옛 영화의 자취만 남았을 뿐 궁성의 웅장한 위용은 찾 을 길이 없었다. 안평 대군이라는 절대 권위를 가진 주인이 세상을 떠난

탓도 있겠지만, 임진왜란의 여파로 궁이 부서진 후이기 때문이다.

신축년(1601년)이라면 임진왜란(1592년)이 발발한 지 꼭 10년째 되는 해이며, 정유재란(1597년)이 끝난 지 4년째 되는 해이다. 국토와 백성들의 마음에 큰 상처를 남긴 일련의 전란이 종식된 후 만 3년이 채 되지 않은 시기라고 보면 된다. 물론 정유재란 때에는 왜군의 침략이 한양에 미치지 않았으므로 수성궁이 전쟁의 피해를 입어 부서진 것이라면 임진년 즈음의 일일 것이다.

왕자가 사랑한 땅과 그 위에 지은 집, 전쟁의 아픔이 채 가시기도 전에 사람들은 다시 그곳으로 꽃구경을 가지만, 폐허 위에서 새로 돋는 봄기운을 보며 감회에 젖지 않을 수 없을 것이다. 어쩌면 일백 수십 년의 시간을 거슬러 올라감으로써 현재의 고통을 잊고자 하는 마음일 수도 있겠다. 그리고 그곳이 가장 화려했던 시절에는 감히 드나들 엄두도 내지 못했을 금단의 영역에서 마음껏 상상의 나래를 펼칠 것이다. 그때 이곳에서는 무슨 일이 있었을까?

장헌 대왕께는 여덟 분의 왕자님이 있으셨습니다. 그중 셋째 왕자이신 안평 대군이 가장 총명하셨지요. 그래서 임금께서는 안평 대군을 몹시 사랑하셨습니다. 많은 식읍과 재물을 상으로 내리시니, 여러 대군들 중 단연 최고였습니다. 그러다가 십삼 세가 되던 해에 대궐에서 나와 자신의 궁을 짓고 살게 되었습니다. 그곳이 바로 이 수성궁입니다.

안평 대군이 열세 살 되던 해는 1430년이다. 세종 대왕의 총애를 받던 그가 대궐을 떠나 자신만의 공간을 구축하기 시작했다. 건물이 지어지고 곳곳에 인력이 배치된다. 모든 것이 안평 대군에 의하여 서서히 자리를 잡아 가고 궁극적으로는 안평 대군을 위하여 완성되었을 것이다. 건물이든 물건이든 자연이든 사람이든 간에 수성궁 안의 모든 것은 안평 대군이 지닌 무소불위의 권력 앞에 복종하여야 하는 존재이다. 안평 대군이 모든 것의 주인이고 살아 있는 법이다.

하지만 사계절 지지 않는 꽃이 없듯이, 영원히 군림하는 권력도 없다. 사람이 사라진 곳에 이야기는 남는다. 그 이야기는 입에서 입으로 전해지다가 어느 샌가 왜곡되기도 하고 와전되기도 한다. 새로 지어지거나 덧붙여지는 이야기도 있고, 입 밖으로 내어놓기를 몹시 아끼다가 그만 잊혀 버리는 이야기도 있다.

선비 유영도 벼르고 벼르다가 수성궁 터로 간다. 그곳에서 보고 느끼는 것이 있는 만큼, 지금은 볼 수 없고 느낄 수 없는 것은 상상력을 동원하여 채워 나가게 될 것이다.

한양성 서쪽 인왕산 기슭에 아름다운 궁궐이 있었다. 옛날 안평 대군이 살던 수성궁(壽城宮)이다. 일찍이 수성궁이 자리 잡은 곳은 매우 경치가 아름다웠다. 마치 용이 그 둘레를 감싸고 범이 웅크려 앉아 지키는 듯한 형상을 하고 있었다. 남쪽으로 사직이 있고, 동쪽으로는 경복궁이 자리하였으니, 그야말로 명당이라고 부를 만했다.

인왕산의 한 줄기가 굽이쳐 내려오다 수성궁 자리에서 우뚝한 봉우리를 이루고 있었다. 그리 높지는 않았지만, 그 봉우리에 올라 아래를 내려다보면 한양이 한눈에 내려다보였다. (…중략…) 술과 활쏘기를 즐기는 당대의 한량들이나 노래하는 기생들, 피리 부는 아이들, 시를 짓고 글을 쓰는 선비들이 꽃 피는 봄이나 단풍 드는 가을이면 언제나 찾아와서 시간 가는 줄 모르고 풍류에 젖곤 했다.

수성궁이 자리 잡고 있던 인왕산 기슭, 수려한 풍광을 자랑하는 봉우리 위에서 술을 마시고 노래를 부르며 아름다운 계절의 흥취를 즐기는 사람들 사이에서, 선비 유영도 한자리를 차지했다. 그런데 어쩐지 유영은 다른 사람들처럼 밝은 분위기에 어우러지지 못하고 겉도는 느낌이다. 시절을 잘못 타고난 불운한 선비의 꾀죄죄한 모습을 하고, 그는 화려한 궁궐의 자태 뒤에 가려진 그늘 속으로 접어들어 마침내 비극적 운명의 한 자락을 들춰낸다.

2. 몽유록, 작품의 전기적(傳奇的) 요소

「운영전」은 꿈 이야기이다. 1600년대를 살아가는 선비 유영이 1400년대를 살았던 김 진사와 운영을 만나 대화한다는 설정이다. 김 진사는 수려한 외모와 뛰어난 재주로 당대를 풍미한 걸출한 선비였고, 운영은 안평 대군을 모시는 총명하고 아름다운 궁녀였다.

잠시 후 술이 깬 유영이 고개를 들고 살펴보니 궁궐터에서 즐기던 사람들은 모두 사라지고 없었다. 벌써 동산에는 달이 떴다. 안개는 버들가지를 포근히 감싸고, 불어오는 바람은 꽃잎을 어루만지고 있었다.

　　어디선가 한 줄기 부드러운 목소리가 바람결에 들려오는 것 같았다. '나 말고도 아직 돌아가지 않은 사람이 있는가?' 이상하게 여긴 유영은 자리를 털고 일어나 소리가 나는 쪽으로 가 보았다. 그곳에는 한 젊은이와 절세의 미인이 자리를 깔고 마주 앉아 정답게 이야기하고 있었다.

　　두 사람은 유영이 다가오는 것을 보고 반가운 얼굴로 일어나 맞이했다.

　　유영과 김 진사, 운영이 시대를 건너뛰어 한자리에 모이고 이야기를 나눌 수 있는 것은 수성궁이라는 공간적 배경 덕이다. 유영은 수성궁 구경을 갔다가 다른 사람들의 시선을 의식하고 인적이 드문 후원으로 몸을 피하는데, 그곳에서 술에 취해 잠들었다가 예전에 이 세상을 떠난 두 사람과 꿈속에서 조우하게 되는 것이다. 물론 수성궁은 김 진사와 운영 그 두 사람에게 남모를 깊은 사연이 서려 있는 공간이다.

　　'몽유록'은 현실에 실재하는 인물이 꿈에서 겪었다는 일을 구성의 형식으로 삼은 이야기 문학의 한 양식이다. 꿈에서의 경험 즉 '속 이야기'가 이야기의 중심 줄거리이고, 꿈꾸기 전과 깨고 난 뒤 즉 '겉 이야기'는 이야기 전개를 위한 도입부와 결말이다. 입몽(入夢)의 단계와 각몽(覺夢)의 단계가 겉 이야기와 속 이야기를 구분하는 경계가 된다.

'몽유록'에서 꿈을 꾸고 낯선 존재를 만난 후 현실로 돌아오는 인물을 '몽유자(夢遊者)'라고 한다. 몽유자가 꿈속에서 만나는 인물은 현실적인 존재가 아닌, 저승이나 영계(靈界), 선계(仙界)의 존재이다. 역사적인 실존 인물, 즉 타계한 위인 등도 해당된다. 이것이 '몽유록' 양식의 전기적 성격을 초래하는 것이다.

「운영전」의 몽유자는 유영이다. 유영이 꿈을 꾸기 전과 꿈에서 깨어난 후는 겉 이야기에 해당한다. 작품의 중심 줄거리는 속 이야기에 있으니 유영이 꿈속에서 만난 김 진사와 운영이 들려준 슬픈 사연이다.

> 문득 산새 지저귀는 소리가 요란하게 들려왔다. 구름과 안개가 수성궁 언덕을 자욱하게 덮어 흐르고 있었다. 멀리서 어슴푸레하게 새벽빛이 밝아 오고 있었다. 유영은 잠에서 깨어 벌떡 일어나 주위를 둘러보았다. 김 진사도, 운영도 보이지 않았다. 그들과 함께 술을 마시고 시를 읊던 자리는 흔적도 찾을 수 없이 사라졌다. 다만 김 진사가 쓴 책만 남아 있을 뿐이었다.

유영이 꿈속에서 들은 이야기는 꿈을 깸과 동시에 그의 머릿속에만 남게 된다. 하루 이틀 잊고 살다 보면 언제든 사라져 버릴 이야기이다. 그런데 꿈속의 존재들이 사라져 버린 그곳에 책 한 권이 남았다고 한다.

이 역시 현실에서는 있을 수 없는 기이한 설정일 뿐이지만, 몽유록의 양식적 특질을 이해하는 독자에게는 일말의 설득력을 부여하는 기능을 한다. 즉 잊힐 수도 있었던 이야기가 문자로 기록된 텍스트로 남아 유영에게 전달되었으므로, 후대의 독자들에게까지 전해질 수 있었다는 상상을 가능케 하는 것이다.

3. 안평 대군, 천재와 폭군 사이

유영은 폐허가 된 수성궁 터에서 대체 무슨 꿈을 꾸었던가. 김 진사와 운영이라는 다른 세상 사람들이 유영에게 나타나 미주알고주알 늘어놓은 한 많은 인생의 경험이란 대체 무엇이었는가. 김 진사와 운영이 자신들의 사연을 전하기 위해 먼저 해야 하는 일은 수성궁 터를 다시 찾은 이유 즉 유영과 마주치게 된 개연성을 확인시키는 일이다. 그러다 보면 이 공간의 옛 주인이었던 안평 대군으로부터 이야기의 실마리를 끌어내지 않을 수 없다.

안평 대군은 우리에게 세종 대왕의 셋째 아들, 시서화(詩書畵)에 고루 능했을 뿐만 아니라 감식안마저도 뛰어났던 문인, 특히 글씨로는 당대의 으뜸이라 불릴 정도의 경지에 올라 있던 서예가, 둘째 형인 수양 대군과의 권력 투쟁에서 패하여 희생된 인물 등으로 기억된다. 하늘의 명을 타고나지 못해 왕이 될 수 없었던 비운의 왕자 이미지가 그에게 덧입혀져 있는 것이다.

그러나 자신만의 공간에서 다른 모든 이들에게 주군(主君)으로 군림했던 안평 대군의 모습을 상상하기는 쉽지 않다. 그때의 수성궁으로 직접 가서 확인할 수 없는 노릇이기 때문이다. 그가 어떤 남편이었고, 어떤 아버지였으며, 아랫사람에게는 어떤 상전이었는지 알기는 어렵다.

운영은 수성궁의 궁녀로 설정되어 있다. 안평 대군을 가장 가까이서 모신 열 명의 궁녀 중 하나였다고 하니 안평 대군에 대한 사람들의 궁금증을 풀어 줄 적임자라고 할 만하다. 작가가 소설에서 역사적 인물을 다루는 관점은 사관(史官)이 역사책을 쓰는 관점과 차이가 날 수밖에 없다.

수성궁에 거처하게 된 이후에도 대군께서는 밤에는 책을 읽고 낮에는 시를 읊거나 글씨를 쓰면서 조금의 시간도 허송하는 일 없이 학업에 힘쓰셨습니다. 당시의 유명한 문인들과 재주가 뛰어난 선비들이라면 누구나 수성궁에 모여 제 실력을 서로 겨루었고, 그러다가 새벽닭이 울 때까지 토론이 계속되는 날도 많았답니다. 안평 대군은 특히 서예에 뛰어난 재능을 보였지요. 대군의 글씨 쓰는 법은 더욱 공교해져서 나라 전체에 그 이름을 드날리게 되었습니다.

문종 대왕께서 아직 세자로 계실 적에, 집현전의 여러 학사와 함께 안평 대군의 글씨에 대해 논평하실 때면 항상 이렇게 말씀하시곤 하였습니다.

"내 아우가 만약 중국에서 태어났다면 비록 왕희에게는 미치지 못하겠지만, 조맹부에게는 뒤지지 않을 것이오."

문종 대왕께도 대군의 글씨는 그렇게 자랑스러움과 칭찬의 대상이었지요.

운영도 처음에는 안평 대군에 대해 널리 알려진 정보를 전달한다. 그런데 그게 다일 리가 없다. 바깥에서 보는 안평 대군과 안에서 보는 안평 대군이 반드시 모순된 면모로 나타나야 하는 것은 아니겠지만, 밖에서는 볼 수 없는 모습도 가진 존재라는 것을 설명하기 위해서 운영 자신과의 사이에서 있었던 일을 근거로 제시하는 것은 매우 효과적인 방법이다.

안평 대군은 운영을 각별히 아꼈던 것으로 서술되고 있다. 궁녀에게 주군의 사랑이 내려지는 것은 대단히 은혜로운 일로 받아들여질 수 있다. 그런데 운영은 안평 대군의 두터운 사랑을 있는 그대로 받아들이지 못한다. 그것은 안평 대군 부인의 존재 때문이다. 안평 대군의 부인이 무서워서가 아니다. 안평 대군 부인 또한 운영을 각별히 사랑하고 있고, 운영은 그 은혜를 배신으로 갚을 수 없기 때문이다.

이것만으로도 이미 비극은 싹튼 셈이다. 궁녀라는 신분 때문에 외부인과의 접촉이 엄하게 금지되어 있는데, 주군인 안평 대군과의 관계 또한 부인의 존재 때문에 극히 제한되어 있다. 아무도 악의를 가지고 남을 괴롭히려는 사람은 없는데, 고통당하는 사람은 있다. 사람 때문이 아니라 사람이 만든 제도 때문이다.

결국 운영은 철옹성 같은 제도를 스스로 허물어뜨리는 선택을 한다. 그러한 선택을 하지 않았다면 눈에 띄는 비극은 발생하지 않았을 것이다. 그러나 드러나지는 않지만 궁녀들의 가슴속에는 끝없는 고통이 쌓이고 맺혀 풀 수 없는 한이 되었을 것이다.

운영이 한 선택이란 주군인 안평 대군 아닌 궁 바깥의 존재 즉 김 진사를 사랑한 것이다. 자연스럽게 운영을 꼭짓점으로 한 애정의 삼각관계가 형성된다. 김 진사와 안평 대군은 이 삼각관계에서 경쟁자로 기능한다.

여기서 중요한 것은 운영의 마음이 가는 방향인데, 운영은 김 진사를 사랑하고 있다. 결국 안평 대군은 운영과 김 진사의 애정 관계를 방해하는 인물이 된다. 애초부터 김 진사와 안평 대군의 경쟁 구도에서 그 힘의 차이는 하늘과 땅만큼 크다. 안평 대군은 그 힘을 이용하여 김 진사와 운영의 사랑을 현실 세계에서 종식시킨다.

「운영전」에 나타나는 안평 대군의 형상은 이처럼 기존의 역사적 배경지식과 별 차이 없는 천재적 문인의 모습 외에 선남선녀(善男善女)의 사랑을 방해하는 폭군의 모습으로도 그려지고 있다.

입에서 입을 건넌 소문은 무섭게 서울 바닥에 쫙 퍼졌습니다. 궁궐 안에까지 이야기가 번져 결국 대군의 귀에까지 이르게 되었습니다.

크게 노하신 대군께서는 남궁 궁녀들로 하여금 서궁을 수색하라고 명하셨습니다. 남궁의 궁녀들은 살펴본 대로 제 의복과 온갖 보화가 모두 사라진 것을 대군께 아뢰었습니다. 그간의 의심과 소문이 모두 사실이었다는 것을 알게 된 대군께서는 배신감에 치를 떨며 소리쳤습니다.

"당장 마당에 형틀을 갖추고 서궁의 다섯 궁녀 모두를 끌어내라."

저희들은 공포에 떨며 마당에 엎드렸습니다. 죽음이 코앞에 닥친 것을 알고 몸은 저절로 얼어붙었으며 혀는 딱딱하게 굳었습니다. 대군께서는 궁궐 안의 모든 사람들이 들을 수 있도록 큰 소리로 말씀하셨어요.

"이들 다섯을 모두 죽여 나머지 궁녀들의 본보기로 삼으리라."

또 곤장을 든 형리들에게 단호하게 명하셨지요.

"너희들은 매질을 혹독히 하되, 곤장의 수를 헤아리지 말고 다만 죽음을 기준으로 하라."

운영을 향한 의심이 사실로 확인된 후 안평 대군은 운영뿐만 아니라 서궁의 궁녀 다섯 명을 모두 죽이라는 끔찍한 명령을 내린다. 매질의 수효를 미리 정하지 않고 죽을 때까지 치라는 서슬 푸른 목소리는 안평 대군의 숨겨진 제2의 얼굴을 극명하게 드러낸다.

4. 운영, 금기에 도전하다

그렇다면 운영은 왜 죽을 수밖에 없는 위험한 사랑을 꿈꾸었을까. 궁궐 안에서 먹고 사는 걱정 없이 평화로운 나날을 보낼 수도 있었을 텐데, 왜 굳이 자신뿐만 아니라 김 진사의 목숨마저 위태롭게 하는 선택을 한 것이었을까.

대군께서는 궁녀들 중에서 나이가 어리고 용모가 아름다운 열 명을 선발하여 직접 가르치셨습니다. (…중략…)

대군께서 저희들과 함께 시간을 보내실 때면 늘 시를 지어 읊게 하셨습니다. 간혹 잘못된 곳이 있으면 바로잡아 주시기도 하고, 누구의 것이 낫고 누구의 것이 못한지 가린 다음 상을 주거나 벌을 주어 격려하셨지요. 반복된 공부에 저희들의 솜씨는 눈에 띄게 늘었습니다. (…중략…)

궁녀 열 명은 각자 소옥(小玉), 부용(芙蓉), 비취(翡翠), 비경(飛瓊), 옥녀(玉女), 금련(金蓮), 은섬(銀蟾), 자란(紫鸞), 보련(寶蓮), 운영(雲英)이라는 이름을 가졌습니다. 그중 운영이 바로 저랍니다. 대군께서는 우리들을 매우 사랑하셨어요. 또 가련하게 여기며 보살펴 주셨지요. 그러나 궁궐 바깥으로 절대 나가지 못하게 했고, 다른 사람들과는 간단한 말을 주고받는 것도 엄하게 금지하셨습니다.

안평 대군은 궁 안의 여인들 중 엄정한 기준으로 선발한 열 명에게 글공부를 시켰다. 그저 글공부를 하도록 명한 것이 아니라 스스로 선생이 되어 지도하고 상벌을 주기까지 했다. 어찌 보면 이 궁녀 열 명은 궁 안에서 특별한 위치를 점한 존재이다. 태생에 따른 신분은 평범한 궁녀들과 다를 바 없지만, 대단한 특혜를 누리는 이들이라고 할 수 있는 것이다.

문제는 그러한 배려와 사랑의 반대급부로 요구되는 절대적 의무 때문에 발생한다. 궁궐 밖으로 출입하는 것조차 금지되어 있으니 언감생심 외부인과 소통하는 것은 입 밖에도 내지 못할 희망 사항이다. 즉 자유의지가 심각하게 훼손된 상태에서 복종을 강요당하고 있는 셈이다.

궁 안에서 나고 자라 바깥 물정을 모르는 사람이라면 자신의 처지를 비관하지 않을 수도 있었을지 모른다. 그런데 운영의 경우에는 그렇지 않았다.

> 그래서 저는 숲속과 시냇가를 마음껏 쏘다니며 뛰놀았지요. 매화나무, 대나무, 귤나무, 유자나무 그늘 아래에서 한가로운 시간을 보냈습니다. 아침저녁으로 이끼 낀 바위에서 물고기를 낚던 사람들, 소를 이끌고 피리를 부는 아이들과 정답게 어울리기도 했습니다. (…중략…)
>
> 그런데 제 나이 열세 살이 되던 해, 수성궁에서 저를 불렀습니다. 갑작스럽게 부모 형제와 헤어져 궁중의 사람이 되었답니다.
>
> 처음에는 날마다 집으로 돌아가고 싶은 생각이 간절했답니다. 그래서 일부러 흐트러진 머리에 꾀죄죄하게 때 묻은 얼굴을 하고 지저분한 옷을 입었습니다. 남들이 저를 추하다고 느끼길 바랐던 것

이지요. 그냥 땅에 엎어져 우는 날도 많았습니다. (…중략…)

지금 머물고 있는 서궁으로 온 후에는 거문고와 책에 더욱 마음을 기울여 조예가 더 깊어졌습니다. 그러고 나니 수성궁에 찾아오는 웬만한 선비들의 시는 하나도 마음에 들지 않았습니다. 제가 남자로 태어났다면, 당대에 이름을 떨칠 포부라도 가졌으련만, 홍안박명의 신세가 되어 깊은 궁 안에서 세월만 허비하고 있습니다.

어린 시절 사내아이처럼 산과 들을 뛰놀던 운영은 열세 살 되던 해에 차출되어 수성궁으로 들어왔다. 조롱(鳥籠) 속에 갇힌 새처럼 바깥세상을 그리워하며 일부러 자신의 용모를 지저분하게 꾸미기도 했다. 그런데도 안평 대군과 그 부인이 눈여겨보고 각별한 애정을 보였다는 것은 운영의 용모와 총기가 남달랐다는 것을 알 수 있게 한다.

궁궐에 들어온 이후로 자유를 잃었다는 것만으로 운영의 처지가 모두 설명되는 것은 아니다. 안평 대군은 다른 궁녀 아홉 명과 함께 운영에게 글공부를 시켰다. 지식이 쌓이면 쌓일수록 세상의 이치와 인간 존재에 대한 시야가 점점 넓어졌을 것은 당연하다.

그런데 그것을 써먹을 데가 없다. 그저 안평 대군에게 시를 보여 주고 칭찬을 받는 것만이 이들 궁녀들이 가질 수 있는 보람이다. 만약 양반 가문의 남자라면 자신의 재주나 능력을 세상에 선보이고 명성을 떨칠 기회라도 얻을 수 있었을 것이다. 궁녀 신분 그 이전에 여성으로서의 한계를 운영은 절실히 체감하고 있는 것이다.

5. 김 진사, 세상 물정 모르는 천상 시인

김 진사는 운영이 사랑한 남성이다. 수려한 용모와 천재적 글재주를 지닌 선비로서 아직은 그 존재를 완전히 세상에 드러내지 않은 인재이다. 그에 관한 소문을 듣고 안평 대군이 직접 김 진사를 불러 이야기를 나눈다. 김 진사는 안평 대군 앞에서 시에 대해 논하고, 자신이 쓴 시를 선보이게 된다. 안평 대군은 김 진사의 능력을 판단하고 인증하는 공식적인 통로가 될 수도 있다.

안평 대군이 김 진사를 처음 부른 자리에는 여러 궁녀들이 함께하고 있었다. 그중 운영은 김 진사와 가장 가까운 자리에서 벼루에 먹을 갈아 글을 쓰도록 돕는 역할을 한다. 다른 궁녀들이나 안평 대군이 미처 눈치채지 못하는 사이에 운영과 김 진사는 서로의 간절한 눈빛을 읽어 낼 수 있었던 것이다.

안평 대군은 김 진사의 시를 보고 '그대는 분명 지금 세상의 선비가 아니로세. 내가 자네 시의 수준을 비평할 자격이 없는 듯하네. 게다가 문장만 능숙한 것이 아니고 글씨 쓰는 솜씨 또한 지극히 신묘하네그려. 하늘이 그대를 우리나라에 나게 하신 것은 우연한 일이 아닐 걸세'라고 상찬한다. 또한 김 진사가 돌아간 후에는 '근보 성삼문과 자웅을 겨룰 만큼 뛰어나다. 청아한 맛이 있는 점에서는 오히려 더 낫다고 할 수도 있겠다'고 생각한다. 궁녀들 또한 그의 시를 보고 '왕자신의 환생'이라며 감탄한다.

"(…전략…) 이백(李白)의 시를 보면 그가 하늘나라의 신선이라고 하는 말을 믿지 않을 수 없습니다. 오래도록 옥황상제의 향안 앞에 머물던 그가 현포에 놀러 와서 옥액을 다 마시고, 그만 취한 흥을 이기지 못하여 온갖 나무의 기이한 꽃들을 꺾다가 비바람을 타고 인간 세상에 떨어져 내린 격이라고 할까요.(…중략…)

두보의 문장은 온갖 문체를 고루 구비했다고 말할 수 있는 것입니다. 그러나 만약 이백과 비교한다면 하늘과 땅이 다르고 강이 바다와 다른 것과 마찬가지입니다. 왕발이나 맹호연과 비교한다면 사정이 다르겠지요. 두보가 수레를 몰아 앞서 달리는 것이라 할 때 왕발과 맹호연이 채찍을 잡고 길을 다투며 뒤쫓는 형국이라고 할까요?"

대군께서는 진사님의 기개 있는 말과 행동을 보고 무척 기특하게 여기시는 것 같았다. 생각이 다른 것에 대해서는 더 다투지 않고 넘기시려 하시더구나.

"내 오늘 그대의 말을 들으니 가슴이 확 트이는 것 같네. 마치 긴 바람을 타고 태청궁에 오르는 것 같네그려. 그러나 두보의 시에 대한 그대의 비평은 그대로 받아들이기 어렵군. (…하략…)"

김 진사는 역대 시인들의 시세계를 논하는 자리에서 이백의 시를 으뜸으로 꼽는다. 그 반면 두보의 시에 대해서는 상대적으로 박한 평가를 내린다. 물론 두보의 시를 높은 경지에 오른 것으로 생각하지만, 이백의 시와는 견줄 수 없는 수준이라는 것이다.

이에 대해 안평 대군은 쉽게 동의하지 못하는데, 여기서 중요한 것은 김 진사가 이백의 시를 천상의 것으로, 두보의 시를 지상의 것으로 간주하고 있다는 점이다. 이백의 시가 천상의 경지를 획득하고 있음에 비해 두보의 시는 뛰어나기는 해도 사람 사는 세상의 인정세태를 그린 것이어서 비교의 대상이 되지 않는다는 주장인 셈이다.

이백이 인간세계의 존재와 근본이 다른 천상의 존재였으리라는 김 진사의 판단은, 김 진사 자신이 천상계의 존재였음을 유영에게 고백하는 이후의 장면과 관련된다. 김 진사의 천재성은 각고의 노력 끝에 후천적으로 획득한 것이 아니라 천부적으로 타고난 능력이라는 설정이다. 이는 운영의 경우도 마찬가지이다. 천상의 존재가 천상의 존재를 알아본다는, 이 운명적 만남에 대한 작가의 설명이라고 할 수 있다.

그런데 김 진사는 천상의 존재라서 그런지는 몰라도 인간 세상의 물정에 대단히 어둡다. 순수하다고 혹은 순진하다고 보아주기 어려울 만큼 어리석은 행동을 할 때도 많다.

"그놈이 본래 음흉하다는 건 나도 알고 있소. 하지만 내게는 늘 충성을 다했지요. 그대와 이렇게 아름다운 인연을 맺은 것도 따지고 보면 모두 특의 계교에 힘입은 바요. 기왕에 이렇게 충성을 다하던 놈이 나중에 배신할 리야 있겠소?"

김 진사는 특의 도움으로 처음 수성궁의 담장을 넘을 수 있었다. 특이 만들어 준 사다리와 덧신이 없었다면 불가능한 일이었을지도 모른다. 그러나 그 최초의 도움 이후 김 진사는 특의 말이라면 지나치게 신뢰하는 경향이 생겼다. 그래서 매번 특의 말을 따르다가 아무것도 얻지 못한 채 비극적인 최후를 맞이한다.

특이 음흉한 사람인 것은 알고 있으나 자신에게 나쁜 짓을 할 리 없다는 천진난만한 생각은 김 진사가 얼마나 세상 물정에 어두운 선비인지 잘 알게 해 준다.

6. 수성궁 궁녀들의 우정

안평 대군에게는 운영을 포함하여 특별히 선발된 궁녀 열 명이 있었다. 저마다 글솜씨가 출중하고 아름다운 외모를 지닌 여성이었다. 어쩌면 그들은 안평 대군의 총애를 얻기 위해 서로 경쟁하는 관계일 수도 있다. 서로 친하게 지내면서도 대군의 마음이 한쪽으로 기우는 것을 경계하며 때로는 질투 어린 시선을 보내기도 하는 것이 그 증거이다.

안평 대군이 운영의 시를 보고 의심의 마음을 품게 되자 궁녀들은 그동안 속에 가지고 있던 운영에 대한 질투심을 직접적, 간접적으로 드러낸다. 하지만 자란은 늘 운영의 곁에서 걱정하고 돌보는 벗으로서의 모습을 일관되게 보여 준다.

"운영아, 여자가 태어나면 그를 시집보내려 하는 것은 모든 부모의 마음이다. 더구나 당사자로서 시집을 가고픈 마음이 없는 처녀가 있겠니? 네 마음속에 품은 사람이 누구인지는 모르겠다만, 곁에서 보는 나는 안타깝구나. 네 얼굴은 날로 수척해져만 가는데, 친구가 되어서 해 줄 수 있는 것이 없으니 말이다. 진정으로 묻는 것이다. 나에게만이라도 귀띔해 주지 않으련?"

제 처지를 헤아려 주는 자란의 정성 어린 말에 왈칵 눈물이 쏟아질 뻔했습니다. 믿음직한 자란에게만큼은 비밀스러운 이야기를 해도 좋을 것 같았습니다.

운영의 고백을 들은 후 자란은 운영을 적극적으로 돕겠다는 결심을 한다. 운영과 김 진사가 서로 편지 한 통씩만을 주고받은 채 그리움의 고통을 당하는 것을 알고 있는 자란은 은밀히 두 사람을 만나게 할 계획을 세운다. 운영의 편지에 대해 쓴 김 진사의 답장을 전하는 데 도움을 주었던 동대문 밖 무녀를 다시 한번 끌어들이자는 계획이었다.

자란은 궁녀들의 연례행사인 비단옷 빨래 장소를 평소의 탕춘대에서 소격서동으로 옮기자고 다른 궁녀들을 설득하기 시작한다. 소격서동은 무녀의 집과 가까우니, 빨래를 하러 궁궐 문을 나섰을 때 잠깐 들를 수 있으리라는 계산이었다. 아침에 무녀의 집에 들러 김 진사에게 간단한 기별을 통지하고 저녁에 다시 한번 들러 그동안 와 있을 김 진사를 만나겠다는 것이다.

계획을 실행하기도 전에 부딪힌 난관은 장소 변경에 대해 궁녀들의 동의를 얻는 일이었다. 운영과 자란이 있는 서궁의 궁녀들을 먼저 설득한 자란은 남궁으로 가서 그곳 궁녀들을 만나는데, 소옥 등 남궁 궁녀들은 자란의 제의를 쉽게 받아들이지 않는다.

자란은 포기하지 않고 설득을 계속하는데, 이때 자란이 내세운 것은 나머지 궁녀들도 모두 운영과 같은 처지의 존재라는 점이었다. 사람이라면 누구나 가질 수 있는 감정을 숨기거나 억제하고 살 수밖에 없는 궁녀의 운명을 그들이라고 모를 리가 없는 것이다. 이는 궁녀들이 서로를 견제하고 질투하는 데에서 나아가 동질감 혹은 연대감으로 뭉칠 계기를 만들어 주었다.

결국 남궁의 리더 격인 소옥이 먼저 자란의 의견을 따르기로 하고 나머지 네 명의 궁녀들도 걱정스러운 마음을 억누르며 동의하기에 이른다.

"자란아, 너야말로 운영의 참된 벗이다. 하지만 우리가 계획하는 일이 곧 죽게 된 사람을 하늘 위의 제단에 올리고자 하는 것은 아닐까? 참으로 두렵구나. 그렇다고 하여 오늘의 계획을 이루지 못한다면 지하에 가서도 눈을 감지 못할 것이고, 그의 원한은 남궁 쪽으로 향할 테니 어찌해야 좋을지 모르겠다. 『서경』에, '선한 일을 하면 하늘이 백 가지 복을 내리시고, 악한 일을 하면 백 가지 재앙을 내리신다'고 했는데, 오늘 우리의 의논은 과연 선한 일이냐, 악한 일이냐?"

위 인용문은 평소 운영과 절친하던 남궁의 궁녀 비경이 한 말이다. 위험한 계획에 의하여 자신이나 궁녀들 전체가 화를 당할까 걱정하기보다는 이 계획이 진정으로 운영을 위하는 일일까를 먼저 고민하는 모습을 보여 주고 있다. 운영의 사랑을 뒤에서 돕는 일이야말로 운영의 죽음을 재촉하는 결과로 이어질 수 있음을 알기 때문이다.

비단옷 빨래 행사는 자란의 의견대로 장소를 변경하여 치러졌고, 운영과 김 진사는 짧은 만남의 기회를 가지는 데 성공했다. 그런데 그게 다가 아니었다. 그날 이후부터 김 진사와 운영은 매일 밤 만나 사랑을 나누는 사이가 되었다. 자란이 곁에서 도와주었음은 물론이다.

꼬리가 길면 밟히는 법이다. 운영과 김 진사의 애정 행각은 백일하에 드러나고야 말았고, 안평 대군의 진노는 극에 달했다. 안평 대군은 운영뿐만 아니라 서궁의 궁녀 모두를 죽이라는 명령을 내린다. 장형[1]이 막 집행되려는 때 서궁의 궁녀들은 안평 대군에게 소명[2]의 기회를 청한다. 그런데 그 소명의 내용이라는 것이 목숨을 살려 달라는 애원과는 썩 거리가 멀다. 궁녀들은 자신의 죽음을 담담하게 받아들이겠다고 표명하거나, 자신들의 행위가 결코 부당한 것이 아님을 주장하거나, 자신은 죽더라도 운영의 목숨을 살려 달라고 청원한다.

---

1 **장형(杖刑)** : 예전에 범죄자를 처벌하던 다섯 가지 형벌 중의 하나로 곤장으로 볼기를 때리는 형벌을 이르던 말
2 **소명(疏明)** : 자신과 관련된 일의 내용이나 원인 따위를 풀어서 밝힘

안평 대군의 마음이 흔들릴 법도 한 이 마당에 남궁의 궁녀들이 소식을 듣고 달려와 합세하는 장면은 자못 감격적이기까지 하다. 남궁 궁녀들 중 소옥은 죽음을 무릅쓰고 대군의 앞에 엎드려 다음과 같이 말한다.

"대군께서는 제 말씀도 들어주십시오. 지난 가을 비단옷 빨래를 갈 때 소격서동으로 장소를 정한 것은 제가 한 일입니다. 행사 전날 밤 자란이 남궁으로 와서 간곡히 청하기는 하였으나, 그 의중을 알면서도 막지 않았습니다. 그리고 그것에 반대하는 많은 궁녀들의 뜻을 물리친 것도 저였습니다. 궁녀들은 저를 믿고 소격서동으로 가는 결정에 따라 주었던 것입니다. 이것이 운영의 정절을 깨뜨린 동기가 되었습니다. 그러하오니 죄는 운영에게 있는 것이 아니요, 자란에게 있는 것도 아닙니다. 대군께서는 제게 죄를 물으시고 운영의 목숨을 살리시옵소서."

이와 같은 궁녀들의 단합된 외침은 비단 위험에 빠진 벗을 걱정하는 원초적인 감정뿐이 아니다. 궁궐 안에 갇혀 있다는 특수한 상황을 공유하고 있는 이들은 인간으로서의 존엄성을 부정당하고 자유를 제한당하는 것의 문제점을 직시하게 된 것이다. 봉건사회의 신분제 때문이든 수성궁의 주군인 안평 대군의 권력 때문이든 간에 인간다운 삶을 누리지 못하는 자신들의 처지가 결코 당연한 것이 아니며 그것에 반대하는 것이 오히려 정당한 행위임을 자각한 결과라고 할 수 있다.

7. 동대문 밖 무녀와 악한 하인 특

「운영전」의 다양한 인물들 중 독특하게 형상화된 주변 인물 두 사람을 더 살펴볼 만하다. 바로 동대문 밖 무녀와 김 진사의 하인으로 등장하는 특이다.

동대문 밖 무녀는 김 진사의 편지를 운영에게 전달하는 역할을 하기 위해 설정된 인물이다. 영험하다고 널리 소문이 난 무녀는 수성궁에 비교적 자유롭게 드나들 수 있다는 점에서 메신저의 역할을 수행하기에 적격이라고 할 만하다. 김 진사는 그녀의 존재를 알고 여러 번 찾아가지만, 자신의 사연을 차마 말하지 못하고 되돌아온다. 젊고 잘생긴 선비에게 호감을 느낀 무녀는 작심을 하고 김 진사를 유혹하기에 이른다. 이에 김 진사는 무녀에게 자신이 온 이유를 점쳐 보라고 한다.

"낭군께선 정말 가련하십니다. 순리에 맞지 않는 방법으로 이루기 어려운 일을 도모하고 있으니 말입니다. 그 뜻을 이루지 못할 것은 물론이고, 앞으로 삼 년이 채 되지 않아 황천 사람이 될 팔자입니다."

무녀의 이야기를 들은 진사님은 눈물을 흘리며 간절히 말했습니다.

"그대가 말하지 않아도 나 또한 그것을 알고 있네. 그러나 마음 가운데 이미 원한이 깊어 무슨 약으로도 고칠 수 없는 지경에 이르렀다네. 그대가 나를 좀 도와줄 수 없겠는가? 그대의 도움으로 요행히 내 편지가 전해질 수만 있다면, 나는 그 자리에서 죽더라도 여한이 없겠네."

진사님의 지극한 정성에 무녀는 적잖이 감동한 모양이었어요. 결국 어쩔 수 없다는 듯이 이렇게 답했다지요.

"제사를 지낼 때 가끔 수성궁을 출입하기는 하지만, 저는 그저 천한 무녀일 뿐입니다. 대군께서 명하여 부르지도 않으셨는데 함부로 들어갈 수는 없는 일이지요. 하지만 낭군의 사정이 딱하니 한번 가 보기는 하겠습니다."

김 진사의 정성에 감동한 무녀는 위험을 무릅쓰고 수성궁으로 향할 마음을 먹는다. 그리고 그의 편지를 운영에게 전해 주는 데 성공한다. 하지만 그게 끝이 아니었다. 이후 비단옷 빨래를 나온 운영이 또 무녀를 찾아 김 진사에게 전갈해 달라는 부탁을 하는 것이다. 두 번에 걸친 무녀의 도움이 없었다면 운영과 김 진사의 지속적인 만남과 사랑은 끝내 성사되지 못했을 것이다.

또 한 사람의 주변 인물 특은 김 진사의 하인이다. 김 진사로 하여금 수성궁 담장을 넘을 수 있도록 돕는 역할을 했다. 교활한 성격을 가진 특은 김 진사가 수성궁으로 진입할 수 있게 되자 운영과 함께 도망해 버리라는 충고를 한다. 그리고 운영이 가진 온갖 재물을 빼돌려 독차지하는 데 성공하고, 그것으로도 모자라 김 진사로부터 운영을 빼앗으려는 흉계마저 꾸민다.

「운영전」의 인물 구도에서 악역을 담당하는 인물로 안평 대군과 특을 들 수 있다. 안평 대군은 표면적으로 악인형 인물의 형상을 띠고 있지는 않지만, 결과적으로 김 진사와 운영의 사랑을 방해하고 결국 죽음에까지 이르게 하는 데 큰 역할을 한다. 그런가 하면 특은 그야말로 명실상부한 악인형 인물이다.

특은 하는 수 없다는 듯이 투덜거리며 냇가에 가서 대충 몸에 물을 묻혔습니다. 그리고 부처님 앞에 꿇어앉아서 빌기 시작했지요.

"오늘 당장 김 진사가 죽게 해 주십시오. 그리고 운영은 내일 다시 살아나서 특의 신부가 되게 해 주십시오."

사흘 동안 부처님께 밤낮으로 빌었다는 것이 오직 이뿐이었답니다.

절에서 돌아온 특은 바로 내 집을 찾았소. 내 앞에 꿇어앉아 한껏 예의 바른 체하며 이렇게 둘러대더군요.

"운영 아가씨는 반드시 다시 살아날 길을 얻을 것입니다. 재를 베풀던 날, 제 꿈에 나타나셔서는 이렇게 말씀하시지 뭡니까? '정성을 다하여 불공을 올려 주시니 고마운 마음을 말로 다할 수 없소.' 그렇게 인사를 하시면서 눈물을 흘리시겠지요. 저뿐만 아니라 절의 스님들도 모두 똑같은 꿈을 꾸었답니다."

특은 김 진사의 마지막 부탁이자, 죽은 운영의 넋을 위로하기 위한 절차마저 여지없이 훼손시켜 버리고 만다. 게다가 그것도 모자라 김 진사가 어서 죽었으면 좋겠다는 축원을 하고, 운영을 신부로 맞이하게 해 달라는 황당한 소원까지 빌었던 것이다. 그러고는 김 진사에게 돌아와 천연덕스럽게 거짓말을 한다.

특은 결국 비참한 최후를 맞이하게 되지만, 그의 죽음으로 운영과 김 진사가 감당해야 했던 비극을 상쇄할 수는 없다. 그렇다고는 해도 고전 소설로서는 드문 비극적 결말의 작품, 주인공의 죽음을 그린 「운영전」에서 독자를 위로하기 위한 악인 징벌 모티프는 꼭 필요했을 것이다.

8. 누가 말하고 듣는가 — '겉 이야기'와 '속 이야기' 서술자의 층위

앞선 장에서 서술했듯이 「운영전」은 '수성궁몽유록'이라고도 불린다. 몽유록은 기본적으로 꿈 바깥의 이야기와 꿈 속의 이야기가 구분된다. 꿈 바깥의 이야기가 꿈 속의 이야기를 감싸는 형식이라고 할 수 있다.

「운영전」의 경우 꿈 바깥의 인물은 유영 한 사람으로 한정된다. 그 외의 주변 사람들, 예컨대 수성궁으로 가는 길에서 만난 풍류객들 등은 유영과 관계 맺거나 갈등하는 일이 없다. 즉 성격화된 인물이라기보다는 배경에 불과하다.

(꿈 바깥 3인칭 서술자)

신축년(1601년) 3월 16일, 유영은 마침내 용기를 내어 수성궁 구경을 가기로 했다. 집을 나서는 대로 우선 막걸리 한 병을 샀다. 몸종도 없고 함께 가는 벗도 없이 술병만 차고 혼자 가는 길이었다. 터벅터벅 걸음을 옮기던 유영은 두근두근하는 가슴을 애써 가라앉히며 궁궐 문 안으로 들어섰다. 아닌 게 아니라 구경 온 사람들이 모두 서로 돌아보며 유영을 손가락질하고 비웃었다. 유영은 부끄러워 후원 쪽으로 얼른 자리를 피했다.

꿈 바깥의 서술은 3인칭 서술자에 의해 이루어진다. 3인칭 서술자가 유영의 동선을 따라가며 이야기하는 형식이다. 그런데 유영이 수성궁의 한구석에서 취해 잠이 들고 꿈속 세계에 진입하면서 서술자의 성격이 변화하고, 복잡해지는 양상을 띤다.

(꿈속 3인칭 서술자)

유영은 자리를 털고 일어나 소리가 나는 쪽으로 가 보았다. 그곳에는 한 젊은이와 절세의 미인이 자리를 깔고 마주 앉아 정답게 이야기하고 있었다.

두 사람은 유영이 다가오는 것을 보고 반가운 얼굴로 일어나 맞이했다.

유영은 젊은이와 공손하게 인사를 나누고 나서 물었다.

"수재께서는 어떠한 분이기에 낮에 이곳을 찾지 않으시고 이렇게 밤에 나와 계십니까?"

위에서 보듯 꿈속 이야기 또한 처음에는 3인칭 서술이 조금 더 이어진다. 유영이 김 진사와 운영을 만나 이야기를 나누는 부분까지이다. 그런데 꿈 바깥 이야기에 의해 감싸인 꿈속 이야기는 다시 한번 액자 구조를 통해 감싼 이야기를 낳는다. 근대소설의 액자 구조와 비슷한 형식이 꿈속 이야기 안에 내재해 있는 것이다.

그런데 꿈속 이야기의 속 이야기는 다시 운영을 1인칭 화자로 하는 부분과 김 진사를 1인칭 화자로 하는 부분으로 나누어진다. 운영이 서술하는 이야기가 작품의 가장 많은 부분을 차지하고 있고, 김 진사가 서술하는 부분은 말미 부분에 짧게 곁들여진다.

(꿈속 1인칭 서술자 - 운영 / 청자 - 유영)

궁녀 열 명은 대군 앞에서 물러나 모두 동방에 모였습니다. 돌아와서도 밤이 늦도록 촛불을 밝히고 책상에 당나라 때의 시를 모아 놓은 책 한 권을 펼쳐 놓았습니다. 그리고 옛날 궁중 사람들이 지은 시를 돌려 읽으며 비평하는 것이었습니다. 하지만 늘 하는 일인데도 저는 어쩐지 마음이 쉽게 잡히지 않았습니다. 그래서 홀로 병풍에 기댄 채 입을 다물고 진흙으로 빚은 인형처럼 조용히 근심에 젖어 있었습니다.

그런 저를 보고 소옥 언니가 무슨 눈치를 챘다는 듯이 말했습니다.

(꿈속 1인칭 서술자 - 김진사 / 청자 - 유영)

   며칠 후 저물녘이 되어서야 요행히 몸이 깨어나고 정신이 돌아왔소. 그러나 모든 일은 어그러지고 난 뒤였지요. 더 이상 살아갈 의미를 찾을 수 없었다오. 하지만 나는 마음을 가라앉히고 여러 가지 정리해야 할 일들을 헤아려 보았습니다. 우선 운영과의 약속을 저버릴 수 없으니 부처님께 공양을 드릴 준비를 해야 했소.

   더 자세하게 분석해 보면 운영이 서술하는 부분에서 다시 속 이야기가 발생하는 것을 알 수 있다. 운영이 서술하는 이야기는 대체적으로 운영이 유영에게 말하는 방식으로 이루어지는데, 그 속에 운영이 자란에게 이야기하는 부분이 앞뒤로 구분되어 있는 것이다.

   (꿈속 1인칭 서술자 - 운영 / 청자 - 자란)

   자란아, 너에게는 숨길 수가 없구나. 그동안 보고 듣는 사람이 하도 많아 소문이 두려워 말을 못 했는데, 네가 이렇게 간곡히 물으니 내 솔직한 마음을 이야기해 줄게.

   기억나니? 작년 가을 국화꽃이 피고 단풍잎이 떨어지기 시작할 무렵이었지. 대군께서는 서당에 앉아 비단 위에 시를 쓰고 계셨어. 우리 궁녀들은 곁에서 먹을 갈고 있었다.

   이처럼 복잡하게 전개되는 서술 구조에 의해 「운영전」은 입체적으로 조직된 작품이다. 독서 과정에서 세심한 주의가 필요할 것은 물론이다.

꿈속 이야기에서 꿈 바깥의 이야기로 전환되는 기점인 각몽(覺夢) 단계 이후 서두의 3인칭 서술자가 다시 전면에 나서게 된다.

유영은 김 진사의 책을 상자 깊숙이 숨겨 두었다. 때때로 쓸쓸하고 세상일이 허망하게 느껴지는 날에는 책을 꺼내어 뒤적여 보고 깊은 슬픔에 젖어 들었다. 그러다가 마침내 먹고 자는 일조차 잊어버리게 된 유영은 훌쩍 집을 떠나 이곳저곳을 유랑하였다고 한다. 이름난 산을 돌아다니며 노닐었다는 이야기가 있으나 언제 어디서 적막한 생애를 마쳤는지는 아무도 아는 이가 없다.

재미있는 것은 3인칭 서술자가 끝까지 유영의 뒤를 따르는 것이 아니라 언제 어디선가 누군가에게 들은 이야기처럼 작품을 끝맺고 있다는 점이다.

영영전

첫눈에 반하다

홍치[1] 연간에 성균관[2]의 진사였던 김씨 성을 가
진 선비가 있었다. 그의 이름은 잊혀 지금은 전하지
않는다. 김생은 용모가 수려하고 풍채도 뛰어났으며, 인품 또한 넉넉했
다. 그는 글솜씨가 출중했을 뿐만 아니라 재치 있게 우스갯소리도 곧잘
하는 사람이었다. 참으로 세상에서 보기 힘든 남자라고 여겨질 만하였으
니, 그를 아는 사람들은 모두 풍류랑[3]이라고 부르기를 주저하지 않았다.

그는 불과 약관[4]의 나이에 진사과에 급제하여 이름이 장안에 널리

---

1 **홍치(弘治)** : 중국 명나라 효종(孝宗) 때에 사용한 연호. 홍치제(弘治帝) 효종은
  1488년부터 1505년까지 재위하였다.
2 **성균관(成均館)** : 조선 시대에 인재 양성을 위하여 한양에 설치한 국립대학 격의
  유학 교육기관. 성균관 유생의 정원은 상재생(上齋生)과 하재생(下齋生)으로 구분
  되어 있었는데, 이 중 상재생은 생원, 진사로서 입학한 정규 생도였다고 한다. 이
  작품의 인물 김생은 성균관 진사이니 당대의 가장 우수한 인재로 공인된 상태였다
  고 할 수 있다.
3 **풍류랑(風流郎)** : 고상한 품격이 있고 멋들어진 젊은 남자
4 **약관(弱冠)** : 남자 나이 20세가 된 때를 이르는 말. 흔히 이십 대 젊은이를 기성세대
  의 시각에서 비유적으로 일컫는 말이다.

퍼졌다. 공경대부¹와 같은 지체 높은 가문에서 그를 사위로 맞아들이고 싶어 안달을 했다고 한다. 김생 집안의 재산이 많고 적음을 따지지 않고 그에게 자신의 귀한 딸을 시집보내려 한 것이다.

어느 날 김생이 반궁²에서 집으로 돌아가는 길이었다. 말 위에서 멀리 바라보니, 주막의 푸른 깃발이 버드나무와 살구나무 사이에서 은은히 비치는 것이 보였다. 김생은 괜스레 목이 말랐다. 봄날의 흥취에 젖어 술 생각이 간절히 일어나는 것이었다.

김생은 말고삐를 잡고 따르던 하인을 시켜 자신의 흰 모시 적삼을 저당 잡히고 돈을 빌려 오라고 했다. 그 돈으로 붉은빛 술을 사서 꽃무늬가 새겨진 사기 술잔에 따라 마셨다. 어느덧 술에 취해 술병 옆에 누워 있는데, 꽃향기가 옷에 스며들고, 대나무에서 떨어지는 이슬방울이 얼굴에 흩뿌려지곤 했다.

얼마 후 석양이 산봉우리에 가로 걸쳐졌다. 새들은 숲속으로 깃들기 시작했다. 김생은 잠결에 어서 집으로 돌아가자고 재촉하는 하인의 목소리를 들었다. 김생은 술집 누각에서 몸을 일으켜 말에 올랐다. 채찍을

---

1 **공경대부(公卿大夫)** : 벼슬이 높은 관료를 일컫는 말. 조선 시대에는 대개 삼정승과 육조판서를 삼공육경(三公六卿)이라고 불렀고, 대략 4품 이상의 벼슬아치들을 대부로 칭했다.

2 **반궁(泮宮)** : 성균관을 부르는 다른 이름. 태학(太學), 현관(賢關), 근궁(芹宮), 수선지지(首善之地)라고도 불렀다.

휘두르며 길을 나서는데, 물가에 길고 넓게 펼쳐진 하얀 모래밭이 눈에
들어왔다. 언덕 위에는 가녀린 버드나무 가지가 아래로 드리워져 너울
거리고 있었다. 한가로이 노닐던 사람들은 모두 집으로 돌아갔는지 길
에는 점점 인적이 드물어졌다.

김생은 흥에 겨워 저절로 시심[1]이 동했다. 떠오르는 대로 시 한 수를
지어 말 위에서 조용히 읊었다.

동쪽 언덕의 꽃과 버드나무 보고 있노라니,

건방지게도 자줏빛 말은 꿈쩍할 생각을 않네.

어느 곳에 아름다운 이가 있는가 하노니,

복사꽃 한창일 때 그리운 마음은 끝이 없어라.

김생은 시를 다 읊은 뒤에 취한 눈을 반쯤 들었다. 그 순간 거짓말처
럼 아름다운 여인이 눈에 띄었다.

나이는 겨우 열여섯 살 정도 되어 보이는데, 사뿐사뿐 옮기는 발걸음
은 한없이 가벼워 길가에 먼지조차 일지 않는 것 같았다. 허리와 팔다리
가 가냘프게 하늘거려 금방이라도 날아갈 것 같은 여인의 아름다운 자
태는 김생의 시선을 빼앗기에 충분했다.

여인은 어딘가를 바라보며 가는 것 같더니 갑자기 멈추어 서기도 하

---

1 **시심(詩心)** : 시상을 불러일으키는 마음

고, 동쪽으로 가려는가 싶다가는 서쪽으로 돌아서서 걷기도 했다. 장난기 가득한 얼굴로 거리에 떨어진 조그만 기와 조각을 주워 던져서 가지에 앉은 꾀꼬리를 날아오르게 하더니만, 금세 쓸쓸한 표정을 지으며 버드나무 가지를 붙잡고 서서 우두커니 석양을 바라보는 것이었다.

참으로 종잡을 수 없는 여인이었다. 그럴수록 더 크게 호기심이 일어났다. 잠시 옥비녀를 빼어 구름 같은 머리를 가볍게 매만지는 여인의 푸른 소매가 봄바람에 나부꼈다. 붉은 치마는 맑은 시냇물에 어려 환하게 빛났다.

김생은 넋을 잃은 채 그녀를 바라보고 있었다. 저도 모르게 뛰는 가슴을 진정시킬 수 없었다. 한번 움직인 마음은 그곳으로만 치달아 끝내 돌이킬 수 없을 것 같았다. 김생은 여인을 좀 더 가까이서 보고 싶어 채찍으로 말을 재촉했다. 그렇게 달려가 곁눈으로 힐끗 보니, 치아는 곱고 가지런했으며 얼굴은 진정 국색[1]이라고 할 만했다.

김생은 말 위에서 어쩔 줄을 몰랐다. 여인을 지나쳐 앞서기도 하고, 머뭇거리며 기다리다가 뒤를 좇기도 하면서 한시도 눈을 떼지 못했다. 지금부터 영영토록 그 여인을 놓쳐서는 안 된다고 생각하는 것 같았다.

여인도 김생이 자기를 따라오고 있다는 걸 눈치챘다. 괜스레 부끄러워져서 고개를 숙이고 감히 쳐다볼 생각을 하지 못했다. 시간이 갈수록 더욱 집요하게 자신을 살펴보는 김생의 시선이 부담스러워 여인의 발걸

---

1 **국색(國色)** : 나라 안에서 가장 아름다운 여자

음은 조금씩 빨라졌다. 그러나 여인이 멀리 나아가는 만큼 김생 또한 끈질기게 그 뒤를 쫓아갔다.

종종걸음을 하던 여인은 마침내 상사동[1]의 길가에 있는 서너 칸짜리 작은 초가 앞에 이르렀다. 그리고 그 집 안으로 냉큼 들어가 버렸다.

김생은 갑자기 목적을 잃고 어쩔 줄 몰랐다. 여인이 들어간 집 주변을 서성거리기도 하고 우두커니 서 있어 보기도 했다. 허전하고 처량한 마음을 견디지 못해하는 동안 해는 완전히 기울어 저녁이 되었다. 그곳에 계속 머물러 있어 봐야 아무 소용이 없음을 깨달은 김생은 쓸쓸히 발길을 돌렸다. 멍한 표정으로 제 집을 향해 가는 김생의 넋 나간 얼굴은 술에 취한 사람 같기도 했고, 바보처럼 보이기도 했다.

귀가한 후에도 여인의 아름다운 모습은 김생의 머리에서 떠나지 않았다. 밤이면 밤마다 베개를 끌어안고 뒤척이기만 했다. 밥을 놓고도 먹을 생각이 나지 않았으며, 먹더라도 음식이 목구멍으로 넘어가지 않았다. 몰골은 고목처럼 초췌해져만 갔고, 얼굴빛은 타 버리고 식은 재처럼 파리했다. 그러나 묵묵히 속을 끓이며 누구에게도 속마음을 털어놓지 않으니, 그 부모마저도 김생이 고민하는 까닭을 알지 못했다.

---

1 **상사동(相思洞)** : 현재 종로구 청진동과 종로1가동에 걸쳐 있던 마을이다. 골목을 좁게 만들었으므로 사복사(司僕寺)에서 기르는 상사마(相思馬)가 암내를 맡고 뛰면 이 골목으로 몰아넣고 붙잡았다고 하는 데서 유래한 이름이다. '상사(相思)'는 서로 그리워한다는 뜻이며, '상사마'는 발정 난 수말을 가리킨다.

막동의 꾀

김생이 이름 모를 여인을 만나고 나서 십여 일이 지난 어느 날이었다. 평소 김생을 잘 따르던 막동이라는 노비가 찾아와 안타까운 얼굴로 물었다.

"도련님께서는 말씀하시는 것이나 크게 한번 웃으시는 것이나 평소 거침이 없으셨고, 여느 선비들 가운데서도 감히 견줄 사람을 찾을 수 없을 정도로 출중하신 분이었습니다. 그토록 호방하신[1] 도련님께서 어쩐 일인지 요사이 눈에 띄게 울적해하시는 걸 보면 말 못 할 근심이 있으신 게 틀림없습니다. 혹시 마음에 둔 여인이 있으신 게 아닌지요?"

김생은 막동의 말을 듣고서 저도 모르게 눈물을 흘렸다. 막동의 사려 깊은 마음씨에 감동한 김생은 마침내 제 가슴속에 있는 말을 모두 털어 놓았다. 막동은 김생의 이야기를 곰곰이 듣고 있다가 말했다.

"도련님, 그 정도 일로 근심하셨습니까? 소인이 도련님을 위하여 마

---

1 **호방하다(豪放−)** : 기개가 있고 작은 일에 거리낌이 없다.

륵[1]의 계책을 올릴 터이니 그렇게 속을 태우실 것 없습니다."

김생은 막동에게로 바싹 다가앉으며 다급하게 물었다.

"마륵의 계책이라, 그것이 무엇이냐?"

막동은 차근차근 이야기를 시작했다.

"우선 도련님께선 좋은 술과 안주를 마련하십시오. 그런 다음 그 여인이 들어갔다는 집을 찾아가시는 겁니다. 그리고 그 집주인을 부르셔서, 멀리 떠나는 벗을 전별[2]해야 하니 방 한 칸을 빌리자고 말씀하셔야 합니다. 그 다음은 미리 마련해 두었던 술과 안주로 성대한 잔칫상을 벌여 놓아야지요."

김생은 막동이 무슨 얘기를 하는 것인지 도무지 알 수 없었지만, 덮어놓고 '옳지! 옳지!' 하면서 다음 말을 채근했다.

"그래, 그 다음은?"

막동은 김생의 표정에 생기가 도는 것을 보고 더 신이 나서 이야기했다.

"술자리가 다 마련되면 밖으로 소리를 질러 저를 부르십시오. '손님을 모셔 오너라' 하고 분부하시는 겁니다. 그러면 제가 다시 밖으로 잠

---

1 **마륵(磨勒)** : 당나라 배형(裵鉶)이 지은 전기(傳奇) 「곤륜노(崑崙奴)」에 나오는 인물. 최생이라는 사람이 고관대작의 집에 문병을 갔다가 그 집 시녀를 사랑하게 되었다. 마륵이라는 노비가 최생을 도와 여인을 빼내어 같이 살도록 해 주었다. '곤륜노'는 말레이 지역 출신의 피부 빛이 검은 노비를 뜻한다. 당나라 때에는 권문세가에서 곤륜노를 부리는 것이 성행했다고 한다.
2 **전별(餞別)** : 떠나는 사람에게 잔치를 베풀어 작별함

간 나갔다가 되돌아와서는, '손님이 조금 이따가 오신답니다' 하지요. 한참 후에 도련님께서 제게 또 명하여 손님을 청하라고 하시면, 저는 밖으로 나갔다가 이번에는 날이 저물 때쯤 되어 돌아옵니다. '손님께서 말씀하시기를 오늘은 찾는 사람이 많아 이미 취하였으니 오시기 어렵답니다. 내일은 꼭 오신다는군요' 하면서요."

"그러면 잔뜩 차려 놓은 음식들은 모두 어쩌라는 말이냐?"

"소인의 말씀을 조금만 더 들으십시오. 일단 도련님께서는 어쩔 수 없다는 표정을 지으시고 집주인을 부르십시오. 그리고 잔칫상에 앉혀 그 술과 안주를 함께 잡수시면 됩니다. 그리고 조금도 아까운 기색을 드러내지 말고 그대로 물러나 돌아오십시오. 다음 날 또 그렇게 하고, 그 다음 날도 또 그렇게 하면, 처음에는 고맙게 여길 것이고, 두 번째에는 감격해할 것입니다. 세 번째가 되면, 그때 가서는 반드시 의심을 하겠지요."

김생은 이야기를 들을수록 알쏭달쏭한 표정을 지었다. 막동은 빙그레 웃으며 계속 말했다.

"은혜를 느끼는 사람은 어떻게 보답할까 궁리하는 법입니다. 은혜에 감격한 사람은 죽음으로써 보답하리라 결심하지요. 의심이 생긴 사람은 틀림없이 까닭을 묻습니다. 이때 흉금을 털어놓고 이야기한다면 일은 거의 다 된 셈이나 다름없지요."

막동의 얘기를 들으면서 어두웠던 김생의 얼굴은 점점 밝아졌다.

"그래, 좋은 생각이다. 일이 잘 풀릴 것 같구나."

김생은 막동의 계책을 칭찬하며 하인들에게 서둘러 술과 안주를 준비하도록 시켰다.

김생은 준비한 음식을 싣고 곧바로 여인이 들어갔던 집을 찾아갔다. 집주인을 불러 벗을 전별하겠노라 말하고, 방 한 칸을 빌렸다. 그리고 미리 약속한 대로 막동을 불러 손님을 청해 오라고 일렀다.

막동은 집주인 모르게 김생과 눈짓을 주고받은 후 어디론가 갔다가 한참만에야 다시 나타났다. 김생은 아무것도 모른 체하고 막동에게 물었다.

"그래, 손님이 지금 온다고 하시더냐?"

막동은 능청스럽게 대답했다.

"나리, 손님께서 지금 만나고 계신 분이 있어 조금 늦게 오신답니다."

김생은 집주인더러 들으라는 듯이 목소리를 크게 하여 말했다.

"그래? 그러면 적당히 기다렸다가 다시 가서 내가 기다리고 있으니 꼭 오시라고 전하여라."

막동은 고개를 굽실거리며 다시 나갔다가 이번에는 날이 저물어 어둑어둑해진 후에 돌아왔다.

"나리, 그 손님께서는 오늘 이미 많이 취하셔서 오지 못하겠다고 하십니다. 내일은 꼭 오신다더군요."

김생은 못내 서운한 표정을 지으며 말했다.

"안타깝구나. 그 사람이 이처럼 좋은 때를 놓쳐 버리다니. 그나저나 준비해 놓은 귀한 춘주[1]를 다 버리게 생겼으니, 이 집주인을 불러서라도 한잔 마셔야겠다."

김생의 말에 막동이 집주인을 불러 왔다. 집주인은 나이 칠십 정도는 되어 보이는 노파였다.

"노인께서는 편히 앉으십시오. 내가 오늘 손님을 전별하려 이곳을 찾았는데, 그만 허탕을 치고 말았구려. 주인께서 기꺼이 허락해 주신 자리이니, 두터운 정에 감사를 드립니다."

김생은 막동에게 술과 안주를 들이라 분부했다. 방에 상이 다 차려지자 노파에게 술을 권했다. 처음에 안절부절못하던 주인 노파는 이날 김생과 함께 취하도록 마셨다. 나중에는 마치 평소에 알고 지내던 친한 벗처럼 허물없는 사이가 되었다. 하지만 김생은 자신이 온 이유에 대해서 한마디도 하지 않고 자리에서 물러나 집으로 돌아왔다.

사실 조바심이 나서 견딜 수 없는 김생이었다. 그날 보았던 여인이 정말 이 집 식구인지 헤아려 보았으나 도무지 알 수 없었다. 그는 헛일을 하는 게 아닌가 걱정이 되어 못 살 지경이었다. 어서 이 노파를 감동시켜 자기 속 이야기를 털어놓을 날이 왔으면 했다.

이튿날 김생은 좋은 술과 안주를 준비해서 또 그 집으로 갔다. 그날도 역시 막동이 부지런히 왔다 갔다 하느라 바빴고, 김생은 손님 대신 노파와 함께 술을 마셨다.

---

1 **춘주(春酒)** : 정월에 빚어 봄에 먹는 술

세 번째 날이었다. 김생이 막동과 함께 가서 지난 이틀과 똑같이 한 나절을 보내고 저녁때 주인을 청하니, 과연 막동의 예상대로 노파는 의심이 든 모양이었다.

"이 늙은이가 나리께 감히 여쭙습니다. 이 길거리에는 집들이 줄줄이 늘어서 있고 그 어느 집도 손님을 전별하기에는 이 집보다 못하지 않을 터인데, 나리께서는 왜 하필 누추한 저희 집을 고르신 것입니까? 또 나리께서는 서울의 이름난 가문 출신이시고 학식도 높으신 분 같은데, 저같은 늙은이는 뒷골목의 과부인데다 쓰러져 가는 초가에 사는 미천한 것이옵니다. 이렇듯 귀천의 차이가 있고 평소에 친분도 없었는데, 연거푸 사흘씩이나 찾아오셔서 두터운 인정을 베푸시니 어찌 감당할 수 있겠습니까? 도무지 까닭을 모르겠습니다."

노파의 공손한 물음에 김생은 느긋한 체하며 대답했다.

"나는 그저 우연히 눈에 띈 이 집에서 손님을 전별하려 했을 뿐이오. 그런데 온다던 손님이 오지 않아 이렇게 된 것뿐이지, 다른 뜻이 있겠소? 또 노인과 저는 특별한 다툼이 있는 사이도 아니지 않습니까? 그러니 손님과 주인의 예의로 보아 더불어 술을 나누는 것은 당연한 일이지요."

김생은 일단 그렇게 노파를 안심시켰다. 그날도 두 사람은 술이 다 떨어질 때까지 잔을 들어 마셨다. 자리가 파하기 전에 김생은 자줏빛 비단 적삼을 벗어 노파에게 선뜻 건네주었다.

"매번 노인을 번거롭게 하였는데 보답을 할 길이 마땅치 않으니, 이것이라도 제 정성으로 알고 받아 주시오. 혹시 다음에도 일이 있으면 잊지 말고 잘해 주오. 거절하지 않으면 좋겠소."

노파는 김생의 마음 씀씀이에 크게 고마워했다. 그러나 김생이 어쩐지 속마음을 내비치지 않는 것 같다는 의심을 완전히 지우지는 못했다. 노파는 연신 고개를 숙여 사례하며 김생을 보고 말했다.

"나리의 마음 씀씀이가 이토록 후하시니 늙은이는 몹시 감동스럽습니다. 그런데 혹시 제가 모르는 까닭이 있으신 건 아닌지요? 이 늙은이가 과부 되어 살아온 지가 벌써 오래되었지만, 이웃에 사는 사람조차 마음 써 주는 이가 없었습니다. 하물며 일면식¹도 없는 나리께서 이렇게 하시다니요? 나리께서 바라는 바가 있고 제가 도움이 된다면 죽음이라도 마다하지 않을 터이니 말씀해 주십시오."

김생이 웃기만 하고 대답하지 않자 노파는 끈질기게 되물었다. 김생은 비로소 미소를 지으며 말했다.

"이 동네 이름이 무엇이오?"

노파가 대답했다.

"상사동입죠."

김생은 넌지시 돌려서 운을 띄워 보았다.

"동네 이름 덕에 괴로운 것이라오."²

---

1 **일면식(一面識)** : 한 번 얼굴을 본 정도로 조금 알고 있는 일
2 **동네 이름 덕에 괴로운 것이라오** : '상사동'의 이름 '상사(相思)'가 서로 그리워한다는 뜻이니 김생이 상사병에 걸렸음을 말하는 것이다.

노파는 빙그레 웃음을 띠고 말했다.

"나리께서는 중매쟁이의 임무를 이 늙은이에게 맡기시려 하시는군요. 하지만 이 동네에는 운화¹와 같은 숙녀가 없으니 위랑²의 풍류는 어찌해야 할까요?"

김생은 노파의 표정에 거짓이 없는 것을 느꼈다. 그래서 그날 본 여인이 이 집과 아무 상관없는 사람일 것이라고 넘겨짚었다. 김생은 허탈한 마음에 금세 시무룩해졌다.

"이 몸이 이미 노인께 후하게 대접받았으니 어찌 사실대로 말하지 않겠소? 실은 한 보름 전쯤에 집으로 가다가 길에서 우연히 한 아가씨를 보았다오. 나이는 이제 겨우 열다섯이나 열여섯쯤 되어 보였는데, 푸른 적삼에 붉은 비단 치마를 입었더군요. 하얀 버선에 자줏빛 신을 신고 있었지요. 머리에는 진주 비녀를 꽂고 손에는 새하얀 옥가락지를 끼고서는 홍화문³ 앞길에서 이리저리 걸어가고 있었소. 내가 젊은 객기에 마음속이 일시에 환해지고, 문득 춘정을 이기지 못해 뒤를 밟지 않았겠

---

1 **운화(雲華)** : 명나라 초 이정(李禎)이 쓴 『전등여화(剪燈餘話)』 중 「가운화환혼기(賈雲華還魂記)」의 등장인물 가운화(賈雲華)를 말함. 위붕(魏鵬)과 가운화(賈雲華)는 서로 사랑하지만 운화 집안의 반대로 결혼하지 못하고 이별한다. 운화는 위붕을 그리워하다가 죽는다. 그 후 운화는 급사한 여인의 몸을 빌어 환생하고, 위붕을 만나 마침내 부부가 된다.
2 **위랑(魏郎)** : 「가운화환혼기(賈雲華還魂記)」의 등장인물 위붕(魏鵬)을 가리킨다. 위붕처럼 김생이 풍류랑이며, 운화와 같은 미인을 찾으려 한다는 뜻이다.
3 **홍화문(弘化門)** : 창경궁(昌慶宮)의 정문

소? 그런데 그 아가씨가 마지막으로 향하여 다다른 곳이 바로 이 집이 었소. 그날 이후로 마음이 뒤숭숭하여 만사가 흐리멍덩해지고, 머릿속으로는 온통 그 아가씨만 생각했다오. 맑은 눈동자와 하얀 치아가 꿈에도 잊히지 않아 상심하여 애태운 것이 하루 이틀이 아니라오. 이 집에 들어와 물어보고 싶기는 하나 방법이 없었소. 그런 연유로 손님 전별을 핑계 대고 여러 차례 노인을 번거롭게 하였구려."

노파는 김생의 이야기를 듣고 매우 안타깝게 여겼다. 하지만 그가 말하는 여인이 누구인지 몰라 한동안 말을 않고 있다가 문득 생각이 떠오른 듯 무릎을 한 번 탁 치고 말했다.

"그런 아이가 있기는 있지요. 아마도 나리께서는 제 죽은 언니의 딸을 보신 것 같습니다. 그 아이의 이름은 영영(英英)입니다. 자(字)는 난향(蘭香)이고요. 그런데…….."

노파는 갑자기 말을 끊고 김생의 표정을 살폈다. 김생은 다음 말이 궁금하여 안달이 났다.

"그런데 무슨 문제가 있소?"

한참 뜸을 들이던 노파가 작심한 듯 말했다.

"이 일은 어렵습니다. 나리께서 보신 이가 정말로 그 아이라면 결코 안 될 일입니다."

김생은 노파에게 매달리기라도 하고 싶은 심정으로 물었다.

"안 되는 이유가 뭐란 말입니까?"

노파의 표정에 나타난 안타까움은 김생보다 더하면 더했지 결코 못하지 않았다.

"그 아이는 회산군¹ 댁의 시녀랍니다. 궁에서 나고 궁에서 자라 문 앞길도 제대로 밟아 보지 못했지요. 얼굴이나 자태가 고운 것은 나리께 서 이미 보신 바이니 굳이 여러 말씀을 드리지 않거니와, 마음씨도 곱고 몸가짐도 얌전한 것을 보면 양반 댁의 규수와 다를 게 없답니다. 거문고 에도 능하고 노래도 잘하지요. 게다가 글을 쓰는 데도 재주가 있으니 회산군께서 어여삐 여기실 수밖에요. 장차 첩으로 맞으려 하신다는 이 야기도 있습니다. 하지만 회산군 부인께서 워낙 질투가 심한 데다 서슬 이 푸르시니 눈치를 볼 수밖에 없는 일이지요. 궁 안에 있으니 바깥 구 경하기도 어려운 데다가 회산군께서 애지중지하시는 아이를 넘보는 격 이니 잘못하면 화가 미치지 않겠습니까?"

김생은 지푸라기라도 잡는 심정으로 다시 물었다.

"그렇다면 지난번에는 어떻게 궁 밖으로 나온 것이오?"

노파가 대답했다.

"말씀드리지요. 그때는 한식²을 맞아 죽은 어미 제사를 지내려고 부 인께 말미를 청하여 이곳에 올 수 있었던 것입니다. 그리고 때마침 회산

---

1 **회산군(檜山君)** : 조선 성종 임금의 다섯째 아들 이염(李恬, 1481~1512). 성종의 후궁인 숙의 홍씨(淑儀 洪氏)의 소생이다.

2 **한식(寒食)** : 매년 동지 이후부터 105일째 되는 날. 불을 금하고 찬 음식을 먹는다 고 해서 붙여진 이름이다. 설날, 단오, 추석과 함께 전통 4대 명절에 해당한다. 계절 적으로는 한 해 농사가 시작되는 철이며, 조상을 추모하며 제사를 지내고 무덤을 보수하는 시기로 여겨진다.

군께서 외출하신 틈에 부인께 허락을 받았던 것이지요. 그렇지 않았다면 나리께서 어찌 그 아이의 얼굴을 볼 수 있었겠습니까? 아이고! 아무리 생각해 보아도 어렵습니다. 나리께서 다시 그 아이를 만난다는 건 참으로 어려워요. 되지 않을 일입니다."

김생은 허공을 바라보며 탄식했다.

"어허, 끝났구나. 이제 더 이상 살 방법이 없겠구나!"

노파는 김생의 상사병이 이만저만하지 않다는 것을 알았다. 그렇게 김생과 함께 침울하게 앉아 있다가 조심스럽게 입을 열었다.

"어쩔 수 없는 일이라면 한 가지 방법이 있기는 합니다."

김생은 눈을 번쩍 뜨고 노파의 다음 말을 기다렸다. 노파는 그래도 주저주저하다가 마침내 마음속의 계획을 털어놓았다.

"한 달 지나면 단오 때가 되지 않습니까? 단옷날 이 늙은이가 죽은 언니를 위해 다시 한번 제사상을 차리겠습니다. 그리고 이를 부인께 아뢰고 우리 영영에게 반나절만 말미를 주십사 청해 보겠습니다. 그러면 만에 하나라도 나리가 원하시는 바를 이룰 기회가 올 수도 있겠습니다. 그만 돌아가셔서 때를 기다려 보시지요."

만에 하나라는 말은 귀에 들어오지도 않았다. 김생은 일이 다 된 것처럼 기뻐하며 노파에게 거듭 사례했다.

"노인의 말씀대로 되기만 한다면 인간 세상의 오월 오일[1]은 곧 천상

---

1 **오월 오일** : 음력 5월 5일, 즉 김생과 영영이 만나게 될 단옷날을 뜻한다.

의 칠월 칠일[1]이나 다를 바가 없겠구려."

김생과 노파는 그렇게 서로 만복을 기원하며 헤어졌다.

김생이 지는 해를 바라보며 탄식하고 초조해하는 동안 밤이 찾아왔
다. 하루를 보내는 것이 마치 삼 년 같았고, 아름다운 기약은 이루어지
지 않을 것만 같았다. 김생은 붓과 먹을 벗 삼아 울적한 마음을 풀어
보려고 노랫말 한 곡을 지었다.

> 쓸쓸한 봄날
> 정원에 핀 배꽃
> 비바람이 부는 저녁
> 임을 그리워하나 서로 만나지는 못하고
> 소식조차 끊어졌네.
> 아까워라, 미인을 만났던 그때
> 내 마음을 돌처럼 단단하게 하지 못하여
> 헛되이 서로 그리워하네.
> 꽃을 바라보며 애를 태우고
> 바람결에 눈물을 흘리네.

─────────────

1 **칠월 칠일** : 음력 7월 7일은 견우와 직녀가 1년에 한 번 오작교(烏鵲橋)에서 만난다
는 칠월칠석(七月七夕)이다.

너무 짧았던 만남

마침내 노파와 약속했던 단옷날이 되었다. 김생은 날이 채 밝기도 전에 노파의 집으로 달려갔다. 그동안 별일 없었느냐는 인사는 하는 둥 마는 둥 다른 말을 할 겨를도 없이 다짜고짜 물었다.

"일이 어떻게 되어 가오?"

노파는 헐레벌떡 달려온 그가 우스꽝스럽기도 했지만, 어떤 장담도 할 수 없는 형편이라 조심스럽게 대답했다.

"어제 회산군 댁을 찾아갔습니다. 부인께 간절하게 청하였지요. 그러자 부인께서는 '회산군께서 평소에 영영의 바깥출입을 엄하게 금하시므로 네가 바라는 대로 해 줄 수가 없구나. 그러나 혹여 내일 조정 대신들의 초대로 나리께서 단오 모임에 가실지도 모르겠다. 그렇게만 된다면 영영에게 잠시 말미를 줄 수도 있겠다' 하시더군요. 부인께서는 틀림없이 그렇게 말씀하셨으나, 회산군께서 외출하실지 여부는 저야 알 수가 있나요?"

김생은 반신반의하여 기뻐하기도 하고 근심하기도 하면서 좀처럼 마음을 가라앉히지 못했다. 초조하게 책상에 기대어 앉아 문을 활짝 열어 놓고 밖을 내다보며 기다렸지만, 거의 정오가 가까웠는데도 영영은 그림 자조차 보이지 않았다. 가슴이 점점 답답해지고 애가 타서 우두커니 앉 아 멍하니 있노라니 김생의 몰골은 마치 서리를 맞은 파리처럼 보였다.

김생은 갑자기 자리에서 일어나 부채로 기둥을 치면서 노파를 불러 말했다.

"근심하느라 애가 끊어지고 목을 빼고 바라보노라니 눈이 다 침침하 오. 거리에는 행인들이 오고 가지만, 기다리는 영영은 아니니 내 소원은 물거품이 되는가 보오."

노파는 혀를 끌끌 차며 김생을 달랬다.

"나리, 지성이면 감천이라는 말도 있지 않습니까? 마음을 좀 편하게 가지시지요."

그때였다. 창밖 멀리서 발소리가 들리더니 점점 가까워졌다. 김생은 자리에서 벌떡 일어나 그 소리에 귀를 기울였다. 잠시 후 과연 한 사람 이 노파의 집 대문 앞에 다다랐는데, 다름 아닌 그때 그 여인이었다. 김 생은 언제 풀이 죽어 있었느냐는 듯이 활짝 얼굴을 펴고 기뻐하며 손뼉 을 쳤다.

"이 어찌 하늘의 도우심이 아니겠는가?"

노파 역시 어린아이가 기다리던 어머니를 본 듯이 기뻐하였다. 하지 만 영영은 제자리에서 머뭇거리며 들어오려 하지 않았다. 대문 앞 버드 나무에 난데없이 자줏빛 말이 매여 있고, 나무 그늘 밑에 하인들이 죽늘어선 것을 이상하게 여긴 탓이었다. 노파는 큰 소리로 영영을 불러 안으로 들어오게 했다. 그리고 거짓으로 둘러대는 것이었다.

"의심치 말고 어서 들어오너라. 여기 앉으신 도련님을 모르겠느냐? 이분은 돌아가신 네 이모부의 친척이시다. 때마침 우리 집에 오셔서 친구 분을 전별하려 하시는 중이다. 그런데 왜 이렇게 늦었느냐? 나는 네가 끝내 오지 못하는 줄 알고 벌써 네 어머니 제사를 혼자 지내 버렸구나. 아무려면 어떠냐? 어서 들어오기나 하려무나. 그리고 기왕 온 김에 빨리 술상을 차려 도련님께 한 잔 올려 드려라."

영영은 노파의 말을 순순히 따라 부엌으로 갔다가 잠시 후 술상을 받들고 들어왔다. 노파가 잘 알고 지낸 사이처럼 허물없이 김생과 잔을 주고받았다. 몇 차례 잔을 기울인 후 김생은 영영에게 말을 걸었다.

"낭자도 자리를 잡고 앉으시오. 잔을 받을 순서가 되었습니다."

그러나 영영은 몹시 부끄러워하며 고개를 숙이고 어쩔 줄 몰랐다. 그것을 본 노파가 웃으며 한 번 더 권했다.

"네가 깊은 궁중에서 자라나 세상 물정을 모르는구나. 글은 잘 안다면서 술잔을 주고받는 예의는 여태 배우지 않았느냐?"

영영은 마지못해 김생이 주는 술잔을 받았다. 그러나 썩 내키지 않는 눈치였다. 술잔을 잡고 한참을 주저하더니 잠깐 붉은 입술에 대기만 할 뿐이었다.

잠시 후 노파는 취한 척 벽에 등을 기대더니 기지개를 켜고 하품을 했다. 그리고 무척 졸음이 오는 듯 영영을 돌아보며 말했다.

"술 때문인가 기운이 없고 나른하구나. 나는 들어가서 좀 쉬어야겠으니 네가 나 대신 이 도련님을 잘 모셔라."

노파는 김생에게 양해를 구하는 척하고는 안으로 들어가 버렸다. 그러고는 평상에 누워 정말 잠을 자는 것처럼 우레같이 코를 골았다.

서먹서먹한 공기를 깨고 김생이 영영에게 물었다.

"지난 삼월 내가 성균관에서 나오다가 홍화문 앞길에서 낭자를 본 일이 있소. 낭자는 기억이 나지 않소?"

영영은 내내 시선을 아래로 두고 대답했다.

"그때 보았던 말은 기억하오나 사람은 기억하지 못하겠습니다."

"사람이 말보다 못하단 말이오?"

"말은 보았으나 사람은 보지 못한 것이지요."

"그렇다고 어떻게 말만 기억할 수 있단 말이오? 내 비록 지금은 얼굴이 초췌하고 모습이 야위어 그때와 같지 않지만, 아무 까닭 없이 이렇게 되기야 했겠소? 하기야 낭자는 내가 아니니, 어찌 내 마음을 알 수 있겠소?"

"낭군께서도 제가 아닌데, 어떻게 제 마음을 그렇게 잘 아십니까? 어찌 제가 낭군의 마음을 알지 못할 거라고 무작정 넘겨짚으십니까?"

영영의 낯이 붉게 물들어가는 것을 김생은 보았다.

'영영 또한 나를 기억하고 있는 것이 틀림없다. 말 이야기를 내가 먼저 꺼낸 것도 아닌데 말을 기억한다고 하지 않는가. 오늘 문 밖에 매어

놓은 말을 보고 머뭇거리더니, 그날의 기억을 떠올린 것이리라.'

김생은 즉시 영영 쪽으로 다가가 앉으며 속마음을 털어놓았다.

"아, 난향[1]이여! 그대가 왜 알지 못하겠소? 그대가 어찌 무정한 사람이겠소? 그대를 처음 본 날, 바보처럼 말 한마디 건네지 못한 뒤로 그저 그리워만 할 뿐 만날 수 없었던 숱한 낮과 밤들이 나를 이렇게 병들게 한 것이오."

영영은 잠자코 아무 말도 하지 않았다. 김생은 더욱 간절하고 안타까운 목소리로 영영을 불렀다.

"아, 난향이여! 그대인들 어찌 마음 아프지 않았겠소? 내가 어찌 그것을 모르겠소? 낭자를 몹시 기다렸는데 이렇게 와 주니, 나는 이제 살아났소."

영영은 여전히 대답하지 않았지만 숙인 고개 아래로 엷은 미소가 번지는 것을 김생은 보았다.

김생은 밤이 될 때까지 제 곁에 영영을 붙들어 두고 싶었다. 하지만 영영은 그럴 수 없다고 잘라 말했다.

"우리 나리께서 오늘 아침에 외출하셨으나 저녁이면 반드시 돌아오십니다. 그사이 잠깐 틈을 내어 이곳에 올 수 있었으나, 저녁이 되기 전

---

1 **난향** : '난향'은 영영의 자(字)이다. 노파가 한 달 전 김생에게 영영의 내력을 전할 때에 이름과 함께 가르쳐 주었다.

에 돌아가야 합니다. 나리께서 귀가하시면 언제나 저를 부르시니까요. 가냘프고 나약한 제가 만 번이고 죽을 곳에 빠질 수는 없습니다. 낮에는 몰라도 밤에는 절대 안 됩니다."

김생은 영영을 오래 머무르게 할 수 없다는 걸 알고 오히려 마음이 더 급해졌다. 그래서 아직 해가 지려면 멀었는데도 은근히 분위기를 바꾸려고 노력하기 시작했다.

"낭자의 말이 사실이라면 나는 어떡하오? 날은 곧 저물 것이고, 헤어질 시간은 다가오고……. 오늘 이후로는 마주치기도 쉽지 않을 뿐 아니라 이렇게 좋은 기회를 다시 만들기도 어려우니 말이오. 부디 나를 가엾게 여겨 잠시 동안의 기쁨을 허락해 주면 안 되겠소?"

그러고는 영영에게로 다가가 안으려 했다. 영영은 옷깃을 여미고 정색하며 말했다.

"제가 어찌 낭군의 속마음을 알지 못하겠습니까? 하지만 회산군께서는 저를 다른 시녀들처럼 소홀히 대하지 않으시고 한시도 곁에서 떠나지 못하게 하신답니다. 저를 신임하시는 탓에 믿고 맡기시는 일도 많고요. 대문은커녕 중문1 밖에도 나가지 못하게 하시지요. 오늘 여기 온 것만 해도 이미 엄명을 어긴 것입니다. 만약 멋대로 명을 어기다가 들켜 더러운 소문이라도 나면 어쩌겠습니까? 이는 죽고도 남을 죄이니, 지금 낭군의 청을 따를 마음이 있다손 치더라도 그럴 수는 없습니다."

---

1 **중문(中門)** : 가운데뜰로 들어가는 문

김생은 영영의 팔을 잡고 탄식하며 말했다.

"이렇게 하다가는 내가 살 수가 없어 그러오. 황천 사람이 되고 말 것이오."

김생은 다짜고짜 영영의 몸을 휘감았다. 그러나 영영은 힘을 다해 뿌리쳤다. 김생은 안달이 나서 영영을 안은 두 팔에 더욱 힘을 주며 온갖 말로 유혹하기를 그치지 않았다.

"새가 바삐 날아가고 토끼가 줄행랑을 치듯 세월은 흘러가지요. 붉은 꽃이 시들고 푸른 잎이 금세 마르면 나비들은 외면하기 마련입니다. 사람이라고 해서 어찌 다를 것이 있겠소? 잠깐 고개를 돌리는 사이에 꽃다운 얼굴은 그 빛을 잃고, 손가락을 한 번 튕기는 사이에 머리카락은 하얗게 세어 버린다오. 아침에 구름이 되고 저녁에는 비가 된다는 양대1의 신녀도 처음부터 작정을 하고 그런 것은 아니랍니다. 푸른 바다처럼 넓은 하늘의 달나라 항아도 불사약을 훔쳐 달아나 결국 남편과 헤어지게 된 것을 후회한다지 않소? 새와 같은 미물 중에도 비익조2가 있고, 천성이 무딘 나무 중에도 연리지가 있습니다. 하물며 암수가 한데

---

1 **양대(陽臺)** : 해가 잘 비치는 누대(樓臺). 남녀가 만나 서로 즐기는 곳의 의미로 쓰인다. 초나라 회왕(懷王)의 꿈에 무산(巫山) 신녀가 나타나 함께 즐긴 후, '저는 무산의 양지바른 언덕에 삽니다. 아침에는 구름이 되고 저녁에는 비가 되지요' 하였다는 옛 이야기에서 유래하였다.

2 **비익조(比翼鳥)** : 눈과 날개가 한쪽씩밖에 없어서 짝을 만나야만 날 수 있다는 전설의 새. 뿌리는 다르나 가지가 서로 붙어 하나가 된 나무라는 뜻의 연리지(連理枝)와 함께 서로의 반쪽이 되어 사랑을 나누는 관계를 비유하는 말로 쓰인다.

어울리려 하는 것에 사람과 사물이 어찌 다르겠소? 봄바람에 꾼 나비의
꿈¹은 독수공방²하는 이에게 더욱 괴롭고, 달 밝은 밤 두견새 우는 소
리는 외로운 잠자리의 심화를 돋우니, 어찌 두목지³처럼 뒤늦게 봄꽃
을 찾는단 말이오?"

영영은 그래도 말을 들으려 하지 않았다. 김생도 또한 포기하려 하지
않았다.

"위나라 우언⁴에 '항아를 만남이 더디니 청춘의 시간을 헛되이 저버리
고 공연히 무덤에 한만 남겼구나. 서릉⁵의 푸른 나무는 황량한 언덕에서

---

1 **나비의 꿈** : 호접몽(胡蝶夢) 혹은 호접지몽(胡蝶之夢). 중국의 장자가 꿈에 나비가
되어 즐겁게 놀다가 깬 뒤에 자기가 나비의 꿈을 꾸었는지 나비가 자기의 꿈을 꾸고
있는 것인지 알기 어렵다고 한 고사에서 유래한 말. 인생의 덧없음을 비유하는 뜻으
로 쓰인다.

2 **독수공방(獨守空房)** : 홀로 빈방을 지키며 사랑하는 사람이 오기만을 기다린다는
뜻으로 무엇인가를 간절히 바라는 모양을 비유적으로 이르는 말

3 **두목지(杜牧之)** : 당나라 시인 두목(杜牧, 803~853)의 자(字)이다. 두목이 호주(湖
州)로 유람을 떠났을 때, 열 살가량 된 아름다운 여자아이를 보았다. 두목은 그 여자
아이와 십 년 후에 결혼할 것을 아이 어미와 약속했다. 하지만 10년이 훌쩍 넘은
14년 후에야 두목은 태수가 되어 호주로 돌아왔고, 그 아이는 이미 3년 전에 결혼
하여 세 아이의 어머니가 되어 있었다. 두목은 누구도 탓하지 못하고 '꽃을 탄식하
며'라는 제목의 시를 지어 아쉬움을 표현했다고 한다.

4 **우언(寓言)** : 다른 사물에 빗대어서 의견이나 교훈을 은연중에 나타내는 말

5 **서릉(西陵)** : 중국 항주(杭州) 전당강(錢塘江)의 서쪽에 있는 언덕. 남북조 시대 제
나라 기생이었던 소소소(蘇小小)의 거처를 말함. 항주에서 이름난 기생이었던 소소
소는 귀족 집안의 자제와 만나 사랑했으나 그 집안의 반대로 사랑을 이루지 못하고
꽃다운 나이에 세상을 떠났다. 소소소가 남긴 유명한 시에 '어디에서 우리 마음을
맺을까요? 서릉의 송백나무 아래지요' 하는 구절이 있다.

천 년을 적막하게 서 있고, 장신궁은 쓸쓸히 닫힌 채 며칠 밤이나 가을비에 젖었던가' 하는 말이 있소. 나의 삶이 애석하고 낭자의 무정함이 원망스러우니, 이렇게 살아서 무엇 하겠소? 그만 죽어 버리는 게 낫지.”

영영은 김생을 밀어내며 말했다.

“낭군께서 이렇게 군이 천한 저를 놓치지 않으려 하신다면 훗날 다시 만날 방법이 있을 것입니다.”

김생은 영영의 말을 곧이 믿으려 하지 않았다.

“지금 당장 낭자와 헤어지면 궁궐 문은 여러 겹이라, 단지 소식만 전하고자 해도 전달할 방법이 없을 것이오. 하물며 직접 만나는 것까지야 어떻게 바랄 수 있겠소?”

영영은 한숨을 쉬며 김생을 달랬다.

“낭군께서 이렇게 말씀하시는데, 어찌 저를 안다고 말씀하실 수 있습니까? 마음을 가라앉히시고 제 말씀을 좀 들어 보세요. 이달 돌아오는 보름날에 회산군께서 형제간의 모임을 갖고 함께 달구경을 하기로 약속하셨습니다. 그날은 밤이 늦어서야 돌아오실 거예요. 또한 궁의 담장 한쪽이 지난번 비바람에 무너졌는데, 회산군께서는 집안일에 둔감하신 편이라 아직 고치지 않으셨습니다. 낭군께서는 그날 어둠을 틈타 오십시오. 무너진 담장을 통해 들어오면 안쪽에 겹으로 싸인 낮은 담장이 있는데요, 제가 그쪽 문을 미리 열어 놓고 기다리겠습니다. 그 문으로 들어와서 계단을 따라 내려가면 동쪽으로 열 걸음 정도 떨어진 곳에 몇 칸짜리 침실이 있답니다. 잠시 그곳에 몸을 숨기고 계시면 제가 가서 맞이

할 수 있겠지요. 낭군과 저의 아름다운 약속을 위한 것이라면 어려울 것이 있겠습니까?"

　김생은 영영의 말이 그럴듯하다고 여겼다. 몇 번이고 신신당부를 하며 약속을 다짐한 후에 영영을 놓아 주었다. 노파의 집에서 동시에 나온 두 사람은 제각기 남북으로 발길을 재촉했다. 한참 만에 말을 세우고 돌아보니 멀어져 가는 영영의 뒷모습이 눈에 들어와, 김생은 그 자리에서 넋이 녹아내리는 것 같았다. 너무 짧았던 만남 이후 그리움이 더욱 깊어진 김생은 시 한 수를 지어 읊으며 스스로를 달랬다.

　　궁문 안쪽 깊은 곳에 갇혀 있는 아름다운 그대
　　한 번 이별하니 목소리도 얼굴도 아득하네.
　　오늘 저녁 이토록 그대의 마음과 모습을 잊지 못하니,
　　틀림없이 우리는 전생에도 좋은 인연을 맺었으리.
　　마음은 괴롭고 언짢은 가슴에 근심은 비처럼 내리는데,
　　아름다운 약속을 고대하니 하루가 일 년 같네.
　　보름날 밤에 꽃다운 그대를 만나기로 하였는데,
　　누각에 올라 달을 바라보니 언제나 둥글어지려나.

허물어진 담장 틈으로

열흘 후 보름날이었다. 김생은 영영과의 약속을 손꼽아 기다리며 열흘을 보내고, 보름날이 되자 아침부터 하늘을 바라보며 해가 지기만을 또 기다렸다. 저녁 무렵 김생이 회산군 댁에 도착하여 어슬렁거리면서 궁궐 담을 둘러보니, 과연 한구석이 이가 빠진 듯 무너져 쪽문처럼 되어 있었다. 오가는 사람이 없나 곁눈질을 하며 다가가 무너진 담을 통해 남몰래 깊은 곳까지 들어가니 나지막한 담장의 문이 나타났다. 김생은 시험 삼아 슬쩍 밀어 보았다. 과연 그 문은 잠겨 있지 않았다.

삐걱거리는 소리가 날까 봐 조심조심 문을 열고 안으로 들어간 김생은 주위를 연신 살피며 동쪽으로 내려갔다. 그곳에 영영이 말한 것처럼 따로 떨어진 침실이 있었다. 김생은 마음속으로 자축하며 말했다.

'난향이 나를 속이지 않았구나.'

김생은 누가 볼세라 얼른 침실로 들어가서 몸을 숨기고 영영이 오기를 기다렸다. 밝은 달이 막 솟아오르고 시원한 바람이 문득 일었다. 계단 위에 핀 꽃의 향기가 은은하게 밀려들어 오고 있었다. 뜰 앞의 푸른 대나무는 우수수 성긴 소리를 내었다.

갑자기 문을 여는 소리가 들려왔다. 그리고 김생이 있는 곳 쪽으로 다가오는 발소리가 있었다. 김생은 두근거리는 가슴을 애써 억누르며 숨을 죽인 채 귀를 기울였다. 발걸음 소리가 점점 가까워지면서 비단옷의 향기가 밀려들었다. 고개를 들어 바라보니 그곳에 영영이 있었다. 김생은 몸을 숨겼던 곳에서 나와 영영의 등을 어루만지며 말했다.

"그대가 사랑하는 김 아무개가 여기 왔소."

영영이 대답했다.

"낭군께선 참으로 신의 있는 선비이시군요."

영영은 김생의 손을 마주 잡고 가까이 앉으며 그간의 안부를 물었다. 김생은 말도 말라는 듯이 한숨을 쉬면서 대답했다.

"그동안 만 번은 죽을 고비를 넘긴 것 같구려. 겨우 참아 내며 숨만 쉬고 있었다오."

영영은 은근히 미소를 지으며 짐짓 모르는 체하고 되물었다.

"무슨 일로 그러셨답니까?"

김생도 웃으며 대답했다.

"땅은 가까운데 사람은 멀리 있기에 그리 되었지요."

두 사람은 서로 이야기를 주고받으며 시간 가는 줄도 모르고 있었다. 그러다 문득 하늘을 쳐다보니 밤이 이미 깊었다. 김생은 밝은 달을 쳐다보고 화들짝 놀라며 말했다.

"내가 처음 이곳에 왔을 때 저 달은 동쪽에 떠 있었소. 그런데 지금은 하늘 한가운데 있으니 이미 밤이 절반쯤은 지나가 버린 셈이 아니오? 지금 사랑을 나누지 않는다면 또 어느 때를 기다리란 말이오?"

김생은 다급하게 영영의 옷깃을 붙들었다. 영영은 김생의 손을 떼어 놓으며 말했다.

"낭군께선 어찌 저를 뽕나무 밭1에서 즐기는 여자처럼 대하십니까? 제 침실이 따로 있으니 그곳으로 가서 밤을 보내는 것이 좋겠습니다."

김생은 고개를 저으며 사양했다.

"나는 이미 법을 어겼소. 죽음을 각오한 채 험난한 고비를 여러 번 넘어 이곳까지 온 것이오. 여기까지 오는 동안 들키지 않은 것만 해도 하늘이 도우신 일일 텐데, 어디로 또 가자는 말이오? 한 번도 힘든데 어찌 두 번을 하겠소? 모든 일은 처리하기 전부터 만전을 기해야 하는 법이오. 삼가지 못하고 당돌하게 행동하다가 들키면 어쩌려고 그러시오? 나는 우리 일이 누설될까 봐 몹시 두렵소."

영영은 겁에 질린 김생의 모습을 물끄러미 바라보며 말했다.

"일이 누설되고 아니 되고는 오로지 제게 달려 있는 것입니다. 낭군께서는 공연히 애를 태우지 마십시오."

그러고는 김생의 손을 잡아 이끌었다.

---

1 **뽕나무 밭** : 남녀의 밀회나 풍속의 퇴폐를 의미하는 '상중지희(桑中之喜)'라는 말이 있다. 위(衛)나라의 공실(公室)이 뽕나무 밭에서 정을 통했다는 고사에서 유래하였으며, 『시경(詩經)』의 내용 가운데 수록되었다.

김생은 어쩔 수 없이 영영이 이끄는 대로 따라갔다. 두려움에 떨며 몸을 구부리고 살금살금 걸어가는데, 중문 안쪽으로 들어갈 때는 마치 깊은 연못을 내려다보는 듯했고, 땅을 밟는다는 것이 살얼음판 위를 걷는 듯했다. 매번 한 발을 옮길 때마다 아홉 번은 넘어지는 것 같았고, 땀이 발뒤꿈치까지 흘러내릴 지경인데도 도무지 느껴지지 않았다.

굽이굽이 계단을 오르고, 회랑¹을 빙빙 돌아서 문을 두세 번 통과한 뒤에야 커다란 안채에 도달할 수 있었다. 궁녀들은 모두 잠이 들었는지 대부분의 방에는 불이 꺼져 있고 뜰은 고요하였다. 오직 비단으로 바른 창문 하나에만 가물가물하는 맑은 등불이 비쳐 보였다. 김생은 그곳이 회산군 부인의 침소일 것이라고 짐작했다.

영영은 김생을 어느 한 방으로 들여보내며 말했다.

"조금만 기다리세요. 여기서 편히 쉬고 계시면 됩니다."

영영은 문을 닫고 어디론가 가 버렸다. 그리고 오랫동안 돌아오지 않았다. 김생은 빈방에 우두커니 홀로 있자니 따분해서 견딜 수 없었다. 자리에 앉아도 보고, 누워도 보았지만 편히 쉬기는커녕 불안해지기만 했다. 문득 일어서서 방 안을 둘러보고 다시 앉았다가는, 안절부절못하는 자신이 한심한지 벌렁 누워 눈을 감았다. 그렇게 시간이 흐를수록

---

1 **회랑(回廊)** : 건물과 건물을 연결하는 복도의 성격을 지닌 건축물. 특성상 지붕은 갖추고 있으나 벽체는 한쪽은 폐쇄하고 한쪽은 개방하는 형태를 취하는 것이 일반적이다.

무언가 이상하다는 생각이 점점 커져갔다.

갑자기 바깥이 소란스러워지더니 분주한 발자국 소리가 들렸다. 이윽고 중문 쪽에서 누군가가 안쪽을 향해 큰 소리로 아뢰었다.

"나리께서 들어오십니다."

이윽고 뜰 가득히 등불이 휘황찬란하게 밝혀져 대낮같이 빛났다. 궁녀들과 하인들이 이리저리 분주하게 왔다 갔다 하면서 회산군을 둘러싸고 부축하였다. 휘청거리며 안으로 들어온 회산군은 제대로 몸을 가누지 못하더니 아예 뜰 한가운데 대자(大字)로 누워 버렸다. 궁녀들의 걱정에도 아랑곳없이 그는 여전히 깨어나지 않고 오히려 점점 더 크게 코를 골았다. 안채에서 부인의 명을 받들어 나온 영영이 주위를 돌아보며 일렀다.

"차가운 땅바닥에 오래 누워 계시면 바람이 들어 몸을 상하실까 두려우니, 어서 왕자님을 일으켜 안으로 모시랍신다."

여러 사람들이 힘을 모아 회산군을 일으켜 세웠다. 잠시 후 사람들의 오가는 소리가 점차 잦아들었다. 불빛도 하나둘씩 꺼졌다.

잠시 동안이었지만 김생의 긴장은 극에 달했다. 벽에 바싹 붙어 앉아 두 발을 감싼 채 웅크리고, '이제는 꼼짝없이 죽었구나' 생각하며 떨고 있었다. 그러다가 주위가 다시 적막해지고 어두워지자, 계속 영영을 기다려야 할지 이 틈에 빠져나가야 할지 고민스러워졌다. 하지만 방바닥에 발이 달라붙은 듯 꼼짝달싹할 용기도 나지 않았다.

마침내 영영이 왼손으로는 옥등을 잡고, 오른손으로는 은병을 들고 나와 김생이 숨어 있는 방문을 열었다. 그 순간 김생은 그만 가슴이 덜컥 내려앉았다. 겁에 질린 김생의 모습을 본 영영은 웃으면서 말했다.

"조금 놀라셨지요? 제가 위로해 드리려고 따뜻한 술을 가져왔답니다."

영영은 금빛 연꽃을 새긴 술잔에 술을 따라 김생에게 권했다. 김생은 그것을 받아 목을 축이고 숨을 돌렸다. 영영이 다시 한 잔을 권하자 이번에는 사양하며 김생이 말했다.

"내 뜻은 그대를 생각하는 정에 있지, 술에 있는 것이 아니라오."

김생은 그만 술을 치우자고 하였다. 그리고 이젠 조금 안심이 된 듯 주위를 다시 한번 둘러보았다. 깔끔하게 치워진 방 안에 별다른 물건은 없고 다만 붉은 책상 하나가 놓였는데, 그 위에는 두초당¹의 시집 한 권이 백옥 서진²으로 눌려 있었다. 그리고 비취 탁자 위에는 거문고 하나가 가로놓여 있었다.

김생은 문득 생각난 듯 두 구절을 지어 먼저 읊조렸다.

---

1 **두초당(杜草堂)** : 당나라 때 시인 두보(杜甫, 712~770)를 부르는 이름 가운데 하나. 파란만장했던 인생을 살았던 두보는 한때 성도(成都) 교외에 터를 잡고 완화계(浣花溪)에 초가를 지어 평화롭게 살았는데, 그 집을 '완화초당(浣花草堂)'이라고 한다. 당시의 두보는 자연 생활을 노래한 시를 주로 남겼다.
2 **서진(書鎭)** : 책장이나 종이쪽 따위가 바람에 날리지 않도록 누르는 물건

거문고와 책은 맑고 깨끗하여 티끌 하나 없으니,
정녕 그 사람을 방 안의 옥이라고 일컬을 만하구나.

영영이 그 뒤를 이어서 두 구절을 읊었다.

오늘 밤은 어떠한 밤인지 나는 모르겠네.
비단 이불과 구슬 방석에 고운 임과 마주 앉았네.

김생과 영영은 꿈결 같은 눈빛을 주고받으며 다시 한 구절씩 서로 화답하여 여덟 줄 시를 완성했다.

보배 비파를 느릿느릿 조용히 타니
매화 아로새겨진 창에 계수나무 그림자 겹쳐지네.
오늘 밤 생사를 같이하자는 말들은
다만 귀신에게만 듣도록 허락하노라.

그러고는 누가 먼저랄 것 없이 서로를 이끌어 한자리에 누웠다.

생이별의 슬픔

 새벽닭이 날 밝기를 재촉하는 듯 홰를 치며 우는 소리가 들려왔다. 애틋했던 밤이 벌써 다 지나가고 있었다. 멀리서 은은하게 하늘로 퍼져 나가는 종소리가 파루[1]를 알렸다. 김생은 자리에서 일어나 옷을 갖추어 입으며 깊이 탄식했다.

"좋은 밤은 몹시도 짧구려. 사랑하고자 하는 두 마음은 끝이 없는데, 일찍 찾아온 이별을 어찌한단 말이오? 궁궐 문을 한번 나가면 다시 만날 기약을 하기 어려운데, 이 마음을 어찌해야 한단 말이오?"

영영은 애써 울음을 삼키다가 끝내 눈물을 터뜨렸다. 흐르는 눈물을 고운 손으로 닦아 흩뿌리면서 김생을 향해 말했다.

"홍안박명이라는 말은 옛날부터 있었으니, 팔자가 기구하고 사나운 여인이 비단 저뿐만은 아니겠지요. 그러나 보잘것없는 이 몸은 살아서 이별을 당하게 되니, 언젠가 죽더라도 이렇듯 원통할 것입니다. 살고 죽

---

1 **파루(罷漏)** : 조선 시대 도성 내의 야간 통행금지 해제를 알리기 위하여 종각(鐘閣)의 종을 치던 제도

는 것은 꽃이 시들고 잎이 떨어지는 것과 같아서, 굳이 추운 계절을 기다려야 하는 것은 아니지요. 낭군께서는 철석같이 굳은 마음을 지녀야 할 사나이입니다. 어찌 자잘하게 아녀자를 염려하느라 스스로 마음을 해치려고 하십니까? 부디 낭군께서는 오늘 이별한 후에 제 얼굴을 가슴속에 두어 그리워하지 마시고, 천금같이 귀한 몸을 잘 지켜 가십시오. 또 학업에 정진하여 과거에 급제하시고 당당히 벼슬길에도 올라 평생의 소원을 다 이루시기를 간절히 바라고 또 바라옵니다."

영영은 그렇게 신신당부한 뒤에 토호관¹을 들고 용미연²을 열었다. 그리고 쌍난봉전³을 펼쳐 놓고 칠언율시⁴ 한 수를 지어 이별 선물로 주었다.

얼마나 그리워하다가 오늘에야 만났는가.
비단 창문 휘장 안에서 서로 얼굴 대하였네.
등불 앞에서 마음을 다 털어놓지도 못했는데,
베갯머리에 울리는 새벽종에 놀라 깨네.
은하수에 까막까치 흩어짐을 막지 못하니,
무산의 비구름은 언제 다시 짙어지려나.

---

1 **토호관(兎毫管)** : 토끼털로 만든 붓
2 **용미연(龍尾硯)** : 용의 꼬리를 새긴 벼루
3 **쌍난봉전(双鸞鳳牋)** : 난새와 봉황이 그려진 고운 종이
4 **칠언율시(七言律詩)** : 한 구가 일곱 글자씩으로 된 여덟 줄의 한시

이별한 후에는 소식 없을 것을 알지만,

고개 돌려 겹겹이 잠긴 궁궐 문을 바라보네.

김생은 영영의 시를 보고 슬픔을 이길 수 없었다. 눈물이 흘러내리는 것도 깨닫지 못한 채 붓을 적셔 화답시를 썼다.

등불 꺼진 비단 창문에 지는 달이 비끼니,

견우와 직녀는 은하수를 사이에 두고 바라보네.

좋은 밤의 일각¹은 천금과 같으니,

두 줄기 이별 눈물에 온갖 한이 사무쳤네.

이제 아름다운 기약은 막히기 쉬우리니,

예로부터 좋은 일에는 탈이 많다네.

먼 훗날 다시 만난다 하더라도,

한없이 쌓인 회포가 어찌 시들겠는가.

영영은 김생의 시를 펼쳐 놓고 보려고 하였으나, 눈물방울이 떨어져 글자를 적시니 다 볼 수가 없었다. 그래서 그것을 거두어 품속에 간직했다. 두 사람은 말없이 손을 맞잡고 서로 애틋하게 바라만 보고 있었다.

---

1 **일각(一刻)** : 하루를 100으로 나눈 시간, 즉 15분가량이다. 아주 짧은 시간을 뜻하는 말로 쓰인다.

새벽 등불이 희미해지는가 싶더니 동쪽 창문이 밝아 왔다. 영영은 김생의 손을 잡아 이끌었다. 무너진 담장 밖으로 김생을 내보낸 영영은 손짓으로만 작별 인사를 했다. 두 사람은 서로 목이 메었지만 소리 없이 흐느낄 뿐 통곡하지도 못하니, 죽어서 이별하는 것보다 더 비참하게 느껴졌다.

　김생은 집으로 돌아왔다. 벌써 한참 전에 넋을 잃어버린 사람처럼 멍하니 앉아 세월을 흘려보냈다. 봐도 보이지 않고 들어도 들리지 않았다. 그날 이후로는 만사가 귀찮은 듯 세상의 어떤 일에도 마음을 쓰지 않고 사는 것이었다.

　그러다가 어느 날 문득 한 통의 편지를 써서 간절한 그리움을 전하고 싶은 마음이 생기기는 했다. 하지만 그 길로 상사동 집을 찾아가 보니 노파는 이미 저 세상 사람이 되어 있었다. 다시는 편지를 부칠 길도 없으니, 김생은 모든 희망을 잃고 헛된 몽상 속에서 다만 슬퍼할 뿐이었다.

변치 않는 그리움

세월은 덧없이 흘렀다. 해와 달은 잠깐 사이에 자리를 바꾸어 온갖 근심 속에서도 삼 년이라는 시간이 훌쩍 지나가 버렸다. 사람의 마음은 닥친 일에 따라 변하니, 영영을 잊지 못하는 김생의 그리움도 점차 줄어들었다.

김생은 다시 학업을 일삼아 경전과 서적에 침잠하고 힘써 문장을 갈고 닦았다. 회화나무 꽃이 노랗게 물드는 시절[1]을 기다려 나라 안의 내로라하는 선비들과 과거 시험장에서 재주를 겨루었고, 매번 과거를 볼 때마다 장원 급제는 김생의 차지였다. 김생의 이름이 나라 안에 널리 빛나니, 당대에는 그와 견줄 만한 사람을 찾을 수 없었다.

장원 급제를 한 김생은 사흘 동안의 유가[2]에 나섰다. 김생은 머리에

---

1 **회화나무 꽃이 노랗게 물드는 시절** : 당나라 수도 장안(長安) 거리의 회화나무 꽃이 지는 음력 7월에 과거가 있어서, 당시 사람들이 '회화나무 꽃이 노랗게 물들면 과거 응시생들이 바쁘다'고 한 데서 유래한 말이다.

2 **유가(遊街)** : 예전에 과거에 급제한 사람이 광대를 데리고 사흘 동안 풍악을 울리면서 거리를 돌며 시험관, 선배, 친척 등을 찾아보는 일을 이르던 말

계수나무 꽃을 꽂고 손에는 상아로 만든 홀[1]을 잡았다. 앞에서는 두 개의 일산[2]이 인도하고 뒤에서는 천동[3]들이 옹위[4]하였다. 양 옆에는 비단옷을 입은 광대들이 신기한 재주를 부리고, 악공들은 온갖 곡조를 함께 연주하며 나아갔다. 길거리를 가득 메운 구경꾼들은 김생을 마치 하늘나라의 신선 보듯 우러러보았다.

말에 올라탄 김생은 얼큰하게 술에 취해 호탕한 기세로 채찍을 잡고 수많은 집들을 내려다보며 거리를 돌았다. 문득 길가의 한 집이 눈에 띄었는데, 높고 긴 담장이 백 걸음 정도 집터를 둘러싸고 있었으며, 푸른 기와와 붉은 난간이 사면에서 빛났다. 온갖 꽃과 초목들이 계단과 뜰에서 향기를 내뿜고, 어울려 희롱하듯 노니는 나비와 벌들이 그사이를 어지러이 날아다니고 있었다.

그곳은 바로 회산군의 궁이었다. 마치 어제인 것처럼 삼 년 전의 기억이 되살아났다. 김생은 마음속으로 은근히 기뻐하며 취한 척하면서 일부러 말에서 떨어졌다. 그러고는 땅에 누워 일어날 생각을 하지 않았다.

---

1 **홀(笏)** : 관직에 있는 사람이 관복을 하였을 때 손에 드는 판자. 상아 또는 나무로 만들었으며, 수판(手板) 혹은 옥판(玉板)으로도 불리었다.
2 **일산(日傘)** : 왕이나 관리들의 행차에 볕을 가리기 위해 사용한 큰 비단 양산(陽傘)
3 **천동(天童)** : 궁중의 경사나 과거 급제자를 발표할 때 춤을 추는 아이들. 천동군(天童軍)이라고도 한다.
4 **옹위(擁衛)** : 곁에서 보호하며 지킴

회산군 댁에서도 장원의 유가를 구경하려고 많은 사람들이 대문 밖에 나와 있었다. 김생이 말에서 떨어져 미동도 하지 않으니 구경꾼들이 한꺼번에 몰려 마치 시장통처럼 북적거렸다.

이때는 회산군이 세상을 떠난 지 이미 삼 년이 되어 궁궐 안 사람들이 막 상복을 벗은 시기였다. 부인 또한 소복을 처음 벗고 쓸쓸히 홀로 거처하며 마음 둘 곳 없어 하던 중이었다. 그러던 차에 광대들과 악공들이 지나가니 구경을 하고 싶은 마음이 굴뚝같았다.

부인은 궁녀들에게 김생을 부축하여 안으로 모시라고 명했다. 궁녀들은 김생을 서쪽 별채로 들여 비단 자리에 누이고 죽부인을 베도록 했다. 김생은 눈을 가물가물하게 감고 누워 좀처럼 깨어나지 못하는 척했다.

광대와 악공들은 궁궐의 뜰 한가운데 늘어서서 일제히 풍악을 울리고 온갖 놀이를 선보였다. 궁중의 시녀들은 마당에 나오지 않고, 안쪽에서 주렴을 걷은 채 구경하고 있었다. 붉게 단장하고 고운 얼굴에 분을 바른 아름다운 여인들이 수십 명이나 되었다.

김생은 자리에 누워 반쯤 뜬 눈으로 흘끗흘끗 궁녀들을 엿보면서 영영을 찾았다. 하지만 그 가운데 영영은 보이지 않았다. 김생은 속으로 이상하게 여겼다. '살아 있기는 한 걸까?' 하고 생각하니 괜스레 속이 울컥해졌다.

그런데 가만히 실눈으로 살펴보니, 한 여인이 나오다가 김생을 보고는 들어가서 눈물을 훔치는 것이었다. 여인은 잠시 후에 다시 나오려다가 뒤돌아 들어가고, 그렇게 안팎을 들락거리며 어쩔 줄 모르고 있었다.

김생을 보고서 흐르는 눈물을 참을 수 없으니, 그 모습을 남이 보고 의심할까 봐 두려워하는 것이었다. 그 여인이 바로 영영이었다.

영영을 바라보는 김생의 마음은 처량하기 그지없었다. 그러나 당장 아무것도 해 줄 수 있는 것이 없었다. 그러는 가운데 어느덧 날이 저물고 있었다. 김생은 이곳에 더 이상 머물러 있을 수 없다는 것을 알았다.

김생은 크게 기지개를 켜면서 자리를 털고 일어났다. 주위를 한번 둘러보고는 놀라는 척하며 아무에게나 물었다.

"여기가 대체 어디인가?"

궁중의 늙은 하인이 얼른 달려와 아뢰었다.

"회산군 댁입니다."

김생은 이제야 술에서 깨었다는 듯 더욱 놀란 얼굴을 지으며 말했다.

"내가 어쩌다가 여기 온 것인가?"

늙은 하인은 자신이 본 대로 그날 일어난 일을 이야기했다. 김생은 송구스러워하며 얼른 자리에서 일어나 궁궐 밖으로 나가려 하였다. 안채에서 이것을 본 부인은 막 술에서 깬 김생의 갈증을 염려하였다. 부인은 김생을 잠시 기다리게 하고, 영영으로 하여금 차를 받들어 내가도록 분부했다.

드디어 두 사람은 가까운 곳에서 서로를 볼 수 있게 되었다. 그러나 말 한마디도 주고받지 못한 채 단지 안타까운 눈짓으로만 뜻을 전할 뿐이었다.

잠시 후 김생이 차를 다 마시고 영영이 안으로 들어가려 할 때 화전1 한 통이 품에서 떨어졌다. 김생은 얼른 그것을 주워서 소매 안에 집어넣었다. 부인께 사례하는 뜻을 전하고 물러 나와 말을 타고 돌아오는 길에도 김생의 머릿속은 오로지 소매 안의 편지 생각으로 가득 찼다.

마침내 집에 도착하여 펼쳐 보니 그토록 그리던 영영의 필적이 아로새겨져 있었다.

　박명2한 영영은 삼가 절하고 낭군께 말씀 올립니다.

　저는 살아서 낭군을 따를 수 없었고, 또 그렇다고 죽을 수도 없었습니다. 그래서 앙상한 몸으로 남은 목숨을 부지하며 아직까지 살고 있습니다. 어찌 제게 지극한 성의가 없었겠어요? 제가 어찌 낭군을 그리워하지 않았겠습니까? 하늘은 어찌 그리도 아득하던지요. 땅은 어찌 그리도 막막하던지요!

　복사꽃, 오얏꽃 피어나는 봄날에도 저는 깊은 궁궐 안에 갇혀 있었습니다. 비가 오동나무를 촉촉하게 적시는 밤에도 저는 빈방에 갇혀 있었어요. 거문고를 타지 않은 지 오래되니 거문고 갑에는 거미줄이 생겼고, 공연히 간직하고만 있을 뿐 들여다보지 않아 경대

---

1 **화전(華牋)** : 고운 종이. 혹은 고운 종이에 쓴 편지
2 **박명(薄命)** : 팔자나 운명이 복이 없고 사나움

에는 먼지만 가득합니다. 해 지는 저녁 하늘이 제 한을 부추기는데, 새벽의 별들과 이지러진 달인들 제 마음을 알겠습니까? 누각에 올라 먼 하늘을 바라보면 구름이 제 눈을 가리고, 베개를 베고 누워 잠을 청하려 할 때는 근심하는 마음이 제 넋을 끊어 놓았습니다.

아, 낭군이여! 어찌 슬프지 않을 수 있었겠어요? 그사이 불행하게도 늙으신 이모님께서 돌아가시니 편지를 부치고자 하여도 전달할 길이 없었습니다. 헛되이 낭군의 얼굴 그려 볼 때마다 가슴이 메고 창자가 끊어지는 듯했습니다. 설령 이 몸이 다시 한번 낭군을 뵈올 수 있다 하여도 꽃다운 얼굴은 이미 시들어 버렸으니, 낭군께서 어찌 제게 예전과 같은 사랑을 느끼겠습니까?

낭군 또한 저를 그리워하고 있었는지 모르겠습니다. 하늘과 땅이 제 수명을 다할 만큼 오랜 시간이 흘러도 제 한은 끝이 없을 것입니다. 아! 어쩌겠어요? 다만 죽음밖에는 길이 없을 듯합니다.

편지를 봉하자니 처연한 마음이 일어 무엇을 말씀드려야 할지 도무지 모르겠습니다.

영영이 눈물로 쓴 사연 말미에는 칠언절구¹ 다섯 수가 덧붙어 있었다. 첫 번째 시는 다음과 같았다.

---

1 **칠언절구(七言絶句)** : 한 구가 일곱 글자씩으로 된 네 줄의 한시

좋은 인연이 나쁜 인연 되었으나,

낭군이 아니라 하늘을 원망하네.

옛정이 아직 끊어지지 않았다면,

먼 훗날 황천에서 나를 찾으시라.

영영은 편지에 적은 사연이나 첫 번째 시에 담은 뜻이나 김생과 마지막 헤어질 때의 마음을 그대로 표현하고 있었다. 김생은 영영이 그때의 마음을 변치 않고 몇 해가 지난 지금까지 간직해 오고 있었음을 잘 알 수 있었다. 김생은 계속해서 두 번째 시를 읽었다.

하루를 똑같이 열두 시각으로 나누었으니,

어느 날 어느 때인들 그리워하지 않았으랴.

언제나 다시 만나기를 기약할까 생각하다가,

세상에 이별이 있음을 깊이 한탄하노라.

한 수 한 수의 시를 읽어 내려갈수록 김생의 마음은 찢어졌다. 상사동에서 처음 말을 붙인 날, '낭자는 내가 아니니, 어찌 내 마음을 알 수 있겠소?' 하고 물었던 자신이 몹시 부끄러웠다. 그것은 영영이 김생에게 할 말이었던 것이다.

버들이 메마르고 꽃이 시듦은 내 마음 때문인 듯,

거울 속 백발이 자라남을 안타까워하는 것 같네.
이제부터 가인[1]에겐 기쁜 일이 없을 터인데,
담장 위 새벽까치는 누굴 위해 우는가?

세 번째 시를 읽고 나서는 무너진 담장을 통해 몰래 궁궐로 들어가 사랑을 나누던 날이 고스란히 머릿속에 되살아났다. 새벽이 오기 전에 도망치듯 궁궐을 빠져나오고 난 후 이제야 영영을 다시 만난 것이니, 그동안 영영은 얼마나 많은 날의 새벽을 뒤척이며 잠 못 이루었을까. 김생은 이어 네 번째 시를 읽었다.

이별한 뒤 방석 틈의 먼지도 차마 털지 못하는 것은,
낭군이 앉았던 자취가 있음을 소중히 여기기 때문이라.
깊고 적막한 궁궐에 소식은 끊어지고,
봄비에 지는 꽃은 겹겹으로 닫힌 궁궐 문을 가리네.

이부자리와 방석에 조금의 흔적이라도 남아 있을까 하여 애태우는 영영의 모습이 눈에 보이는 것 같았다. 김생이 흐르는 눈물을 닦지도 못하고 통곡하며 읽은 영영의 마지막 다섯 번째 시는 다음과 같았다.

---

1 **가인(佳人)** : 아름다운 사람. 주로 얼굴이나 몸매가 아름다운 여자를 이른다.

그윽한 마음을 편지에 담아 얼굴 대신 보내려고,
녹창[1] 안에서 몇 번이나 언 붓을 녹였던가.
이별한 뒤 부질없이 흘린 그리움의 눈물은
꽃무늬 종이에 방울방울 떨어져 얼룩지네.

　김생은 다 읽은 뒤에도 오랫동안 편지를 만지작거리며 차마 손에서
놓지 못하였다. 영영을 그리워하는 마음은 이전보다 갑절 이상 더 깊어
졌다. 그러나 소식을 전해 줄 푸른 새가 오지 않으니 어쩔 도리가 없고,
흰 기러기도 사라진 지 오래였다. 끊어진 거문고 줄은 다시 맬 수 없고,
깨진 거울은 다시 붙일 수 없으니, 마음을 졸이며 근심을 한들 아무 소
용이 없었다. 이리저리 뒤척이고 잠을 이루지 못하는 것도 아무 도움이
될 수 없었다. 김생은 마침내 비쩍 야위고 병이 깊이 들어 자리에 누운
채로 몇 달을 보냈다.

---

1 **녹창(綠窓)** : 집 안에서 부녀자가 거처하는 방

마침내 이룬 사랑

 어느 날 김생과 함께 급제하여 정자[1] 벼슬을 하고 있는 이씨 성을 가진 친구가 문병을 왔다. 이 정자는 김생이 갑자기 병이 난 것을 이상하게 여겨 무슨 사연이 있는지를 물었다. 김생은 그의 손을 잡아 정을 표하고 그간에 있었던 일들을 모두 털어놓았다. 이 정자는 김생을 위로하며 말했다.

"자네의 병은 이제 곧 나을 걸세. 몰랐는가? 회산군 부인은 내게 고모뻘이 되는 분이라네. 나와는 절친한 사이이니 어떤 사정이든 어렵지 않게 전할 수 있네. 또 부인께서는 남편을 일찍 보내신 이후로 저승의 보응[2]을 믿어, 집안의 재산과 보배를 아낌없이 베푸신다네. 내 자네를 위하여 부인께 가서 한번 애써 보겠네."

김생은 뜻밖의 말을 듣고 너무 기뻐서 자리를 털고 벌떡 일어나 앉았다.

---

1 **정자(正字)** : 조선 시대 홍문관(弘文館), 승문원(承文院), 교서관(校書館)에 소속된 정9품 관직
2 **보응(報應)** : 착한 일과 악한 일이 그 원인과 결과에 따라 마주 갚아짐을 뜻하는 말. 즉 남에게 입은 은혜나 원한을 자기가 입었던 것만큼 갚게 된다는 뜻

"별일이로군. 오늘 내가 영산의 도사¹를 다시 보네그려."

김생은 이 정자의 손을 잡고 신신당부하였다. 이 정자는 굳게 약속하고 김생의 집을 나섰다.

이 정자는 내친 김에 회산군 댁으로 바로 달려가서 부인을 뵙고 말했다.

"얼마 전에 장원 급제한 사람이 취하여 대문 앞을 지나다가 말에서 떨어진 것을 보셨다지요? 그 사람이 정신을 차리지 못하는 것을 고모님께서 시녀들을 시켜 안으로 들어오도록 하신 일이 있습니까?"

여러 달이 지났지만 부인이 그날의 일을 기억하지 못할 리는 없었다.

"있지."

이 정자는 다시 물었다.

"그리고 그 사람이 목을 축일 수 있도록 영영으로 하여금 차를 올리게 한 일도 있으시고요?"

부인이 대답했다.

"그랬지."

이 정자는 안심한 표정으로 사연을 이야기하기 시작했다.

"그 사람은 바로 저와 친한 벗이고 이름은 김 아무개라고 합니다. 재주가 남보다 월등히 뛰어나고 하는 말이나 행동에 세속의 티가 없으니

---

1 영산(靈山)의 도사(道士) : 영취산(靈鷲山)에서 설법하던 석가모니를 가리킨다.

장차 큰일을 할 사람이지요. 그런데 요사이 그 사람이 병으로 몸져누웠답니다."

부인은 김생의 얼굴과 풍채를 기억하고 있었다. 아까운 사람이 병들었다고 하니 가엾게 생각되기도 했다.

"그래, 무슨 병이 들었다고 하더냐?"

부인의 안타까워하는 표정을 읽고 이 정자는 이야기를 계속했다.

"저도 그것이 궁금했지요. 문을 닫고 누워서 신음한 지가 벌써 두어 달이 되었다고 하니, 제가 아침저녁으로 왔다 갔다 하면서 문병을 했는데, 나날이 초췌해지고 숨이 가늘어져 도무지 나을 기미가 없지 않겠습니까? 몹시 안타까워 병이 난 이유를 물었더니, 그가 대답하기를 영영 때문이라고 합니다. 상사병이지요."

부인은 놀라 눈이 휘둥그레졌다. 이 정자는 부인에게 간곡히 청해 보았다.

"영영을 그리워하다가 생긴 병이고, 영영 또한 사정이 다른 것 같지 않으니 어쩌시렵니까? 살려 주실 수 있으시겠습니까?"

부인은 사연을 듣고 깊이 감동하여 말했다.

"내가 어찌 영영 한 사람을 아껴서 네 친구가 원통하게 죽도록 내버려 두겠느냐?"

부인은 바로 영영을 불러내어 김생의 집으로 가라 명하였다. 꿈에도 그리던 두 사람이 서로 만나니, 그 기쁨은 이루 말할 수 없었다. 김생은 금세 기운을 차렸고, 며칠 후에는 자리에서 일어나게 되었다.

이후 김생은 공명심[1]을 버리고 평생 동안 만족하며 살았다. 또한 정실부인[2]을 얻지 않고 영영과 더불어 해로하였다고 한다. 김생과 영영이 함께 지어 읊던 시와 문장이 매우 많아 책을 묶을 만큼 되었으나, 그들에게 자손이 없어 세상에 전해지지 않으니, 아! 애석하도다.

---

1 **공명심(功名心)** : 공을 세워 이름을 떨치려는 마음
2 **정실부인(正室夫人)** : '정실(正室)'은 첩에 대하여 본래의 아내를 이르는 말이다. '정실부인'은 남의 정실을 높여 부르는 말이다. 이 작품에서 영영은 신분의 차이로 인하여 김생의 정실이 되지 못한 것이다.

영영전

작품 해설

「영영전」 꼼꼼히 들여다보기
- 「운영전」과 겹쳐 읽기

1. '운영'과 '영영'

「운영전」과 「영영전」은 여러 모로 닮은 점이 많은 두 작품이다. 각 작품이 서로의 거울처럼 보이기도 하고, 하나가 나머지 하나의 그림자처럼 여겨지기도 한다. 궁녀와 선비라는 주인공의 신분이 동일하고, 금지된 사랑을 꿈꾼다는 기본적인 설정 또한 차이가 없다. 물론 두 작품은 결말 구조에서 근본적인 차이점을 드러내지만, 인물 구도를 비롯하여 서사의 진행에 활용된 많은 요소들이 일부러 의도한 것처럼 겹쳐 보이는 것을 알 수 있다.

「영영전」의 여성 주인공인 영영부터 「운영전」의 운영을 꼭 닮았다. 같은 듯 다른 두 사람을 비교해 보는 것도 재미있다.

"그 아이는 회산군 댁의 시녀랍니다. 궁에서 나고 궁에서 자라 문 앞길도 제대로 밟아 보지 못했지요. 얼굴이나 자태가 고운 것은 나리께서 이미 보신 바이니 굳이 여러 말씀을 드리지 않거니와, 마음씨도 곱고 몸가짐도 얌전한 것을 보면 양반 댁의 규수와 다를 게 없답니다. 거문고에도 능하고 노래도 잘하지요. 게다가 글을 쓰는 데도 재주가 있으니 회산군께서 어여삐 여기실 수밖에요. 장차 첩으로 맞으려 하신다는 이야기도 있습니다. 하지만 회산군 부인께서 워낙 질투가 심한 데다 서슬이 푸르시니 눈치를 볼 수밖에 없는 일이지요. 궁 안에 있으니 바깥 구경하기도 어려운 데다가 회산군께서 애지중지하시는 아이를 넘보는 격이니 잘못하면 화가 미치지 않겠습니까?"

운영은 안평 대군의 궁녀였다. 영영은 회산군의 궁녀이다. 아름다운 외모나 글 쓰는 솜씨까지 운영이 가진 것을 함께 가졌다. 그러나 안평 대군이 궁녀 열 명을 특별히 아끼고 가르쳤다는 등의 설정은 「영영전」에서 반복되지 않는다. 「영영전」의 분량 자체가 「운영전」에 비해 절반 정도로 짧으니, 많은 부분이 요약되어 빠른 전개를 보인다고 할 수 있다.

운영과 영영의 근본적인 차이점은 언제 궁에 들어갔느냐에 따라 갈린다. 운영이 열세 살 철들 무렵에 궁녀가 되었다면, 영영은 '궁에서 나고 궁에서 자란' 것으로 제시되어 있다. 바깥세상을 그리워하거나 궁궐 안 생활에 염증을 느끼는 강도는 영영에 비해 운영이 훨씬 클 것이라고 예상할 수 있다.

여인은 어딘가를 바라보며 가는 것 같더니 갑자기 멈추어 서기도 하고, 동쪽으로 가려는가 싶다가는 서쪽으로 돌아서서 걷기도 했다. 장난기 가득한 얼굴로 거리에 떨어진 조그만 기와 조각을 주워 던져서 가지에 앉은 꾀꼬리를 날아오르게 하더니만, 금세 쓸쓸한 표정을 지으며 버드나무 가지를 붙잡고 서서 우두커니 석양을 바라보는 것이었다.

운영의 성격이 주위의 여러 인물들과의 대화나 크고 작은 사건에 의해 드러나는 데 비해 영영의 성격은 위 인용문에서와 같이 서술자가 내적, 외적으로 묘사하는 부분에 의해 드러난다. 위 인용문은 영영이 오랜만에 궁궐 문을 나서서 바깥 공기를 맡는 장면이다. 마치 처음 보는 신기한 세상을 목격한 듯한 소녀의 설레는 마음을 읽을 수도 있고, 다시 궁궐로 돌아가야 한다는 것을 깨닫고 자신의 처지를 곰곰이 생각하는 쓸쓸한 표정도 엿볼 수 있다.

2. '김 진사'와 '김생'

「운영전」의 김 진사와 비교할 수 있는 인물은 「영영전」의 김생이다. 「운영전」의 속 이야기에서 처음 등장하는 김 진사의 모습은 운영의 1인칭 시점 서술로 묘사되는데, 「영영전」은 영영보다 먼저 김생을 등장시키고 3인칭 서술자가 그에 관한 설명을 한다.

홍치 연간에 성균관의 진사였던 김씨 성을 가진 선비가 있었다. 그의 이름은 잊혀 지금은 전하지 않는다. 김생은 용모가 수려하고 풍채도 뛰어났으며, 인품 또한 넉넉했다. 그는 글솜씨가 출중했을 뿐만 아니라 재치 있게 우스갯소리도 곧잘 하는 사람이었다. 참으로 세상에서 보기 힘든 남자라고 여겨질 만하였으니, 그를 아는 사람들은 모두 풍류랑이라고 부르기를 주저하지 않았다.

　　그는 불과 약관의 나이에 진사과에 급제하여 이름이 장안에 널리 퍼졌다. 공경대부와 같은 지체 높은 가문에서 그를 사위로 맞아들이고 싶어 안달을 했다고 한다.

　　위 인용문에서 볼 수 있듯 김생은 당대의 걸출한 선비로 소개되고 있다. 영영을 만나기 전 성균관의 진사가 되어 있었으니, 「운영전」의 김 진사와 별 차이가 없는 듯하다. 하지만 김생은 대단히 외향적인 성격을 가지고 있고 이미 장안에 널리 이름을 알렸다는 점에서 '숨어 있는 보석'과 같은 이미지를 가졌던 김 진사와 약간의 차이를 보인다고 할 수 있다.

　　「운영전」의 김 진사와 운영은 궁궐 담을 한 번 넘은 이후 파국에 이르기까지 수개월 간 만남을 지속하는데, 「영영전」의 김생과 영영은 단 한 번 궁궐 안에서 안타까운 사랑을 나눈 것뿐이었다. 이후 김생의 심리는 물론 슬프고 쓸쓸한 것으로 그려지지만, 곧 마음을 가다듬고 학업에 정진하여 입신양명의 길을 질주한다. 이 또한 「운영전」의 김 진사에게서는 찾아보기 힘든 현실적인 대처 능력이다.

세월은 덧없이 흘렀다. 해와 달은 잠깐 사이에 자리를 바꾸어 온 갖 근심 속에서도 삼 년이라는 시간이 훌쩍 지나가 버렸다. 사람의 마음은 닥친 일에 따라 변하니, 영영을 잊지 못하는 김생의 그리움도 점차 줄어들었다.

김생은 다시 학업을 일삼아 경전과 서적에 침잠하고 힘써 문장을 갈고 닦았다. 회화나무 꽃이 노랗게 물드는 시절을 기다려 나라 안의 내로라하는 선비들과 과거 시험장에서 재주를 겨루었고, 매번 과거를 볼 때마다 장원 급제는 김생의 차지였다. 김생의 이름이 나라 안에 널리 빛나니, 당대에는 그와 견줄 만한 사람을 찾을 수 없었다.

김 진사가 천상에서 적강[1]한 존재처럼 맑고 자유로우면서도 꾀바르게 세상일에 대처하는 데는 둔감한 사람이라면, 김생은 인정세태에 밝고 임기응변에도 뒤지지 않는 인간적인 모습으로 나타나는 것이다.

간절한 그리움의 힘을 옮겨 성공을 위한 거름으로 삼은 김생은 장원 급제 후 유가에 나섰다가 영영을 다시 만나게 된다. 아직 식지 않은 사랑을 확인한 두 사람은 주위의 도움을 얻어 마침내 혼인할 수 있었다. 영영과의 사랑을 성취한 이후 김생은 더 큰 욕심을 내지 않는다. 즉 세속적인 성공을 위해 애쓰는 삶의 태도를 버렸다는 뜻이다.

---

1 **적강(謫降)** : 천상의 존재가 인간 세상에 내려오거나 사람으로 태어남

이후 김생은 공명심을 버리고 평생 동안 만족하며 살았다. 또한 정실부인을 얻지 않고 영영과 더불어 해로하였다고 한다.

김생은 영영과 평생을 해로하게 되었지만, 영영을 정실부인으로 맞아들일 수는 없었다. 그것은 신분적 한계 때문이다. 영영은 양반 집안의 규수가 아니었으므로 김생을 지아비로 섬긴다고는 해도 첩의 지위만을 얻을 수 있을 뿐이다.

봉건사회에서 본부인과 첩의 위계는 혼인의 선후 관계에 의해 규정되는 것이 아니다. 먼저 결혼했어도 천한 신분의 아내라면 첩이 되고 나중에 결혼했어도 양반 가문의 규수라면 정실부인이 된다. 공경대부의 집안에서 그를 사위 삼고자 애썼다는 발단 부분의 서술을 생각해 보면, 김생이 세속적인 욕심을 버렸다는 것의 의미를 잘 알 수 있다.

3. 안평 대군과 회산군

남녀 주인공의 위험한 사랑이 이루어지는 장소이자 여성 인물을 속박하는 굴레이기도 한 공간적 배경으로 「운영전」은 안평 대군의 집 수성궁을, 「영영전」은 회산군의 집을 각각 채택하고 있다. 이 두 궁궐은 주군인 안평 대군과 회산군이 절대 권력과 권위를 가지는 성역이다. 외부인이 함부로 침입하는 것도, 내부인이 멋대로 외출하는 것도 철저히 금지된다. 궁성 안의 것이라면 사람을 포함하여 모든 것이 주군의 권위 아래 종속된다.

"우리 나리께서 오늘 아침에 외출하셨으나 저녁이면 반드시 돌아오십니다. 그사이 잠깐 틈을 내어 이곳에 올 수 있었으나, 저녁이 되기 전에 돌아가야 합니다. 나리께서 귀가하시면 언제나 저를 부르시니까요. 가냘프고 나약한 제가 만 번이고 죽을 곳에 빠질 수는 없습니다. 낮에는 몰라도 밤에는 절대 안 됩니다."

운영이나 영영의 처량한 신세는 안평 대군과 회산군의 굴레에 갇혀 있다는 것에 기인한다. 그런데 「영영전」의 회산군은 「운영전」의 안평 대군만큼 자주 등장하지도 않고 특별한 사건에 연루되지도 않는다. 즉 「운영전」의 안평 대군은 작중인물로서 잘 성격화되어 있는 반면, 「영영전」의 회산군은 영영의 숙명적 상황을 규정하는 절대적인 전제조건으로만 기능하는 인물이라고 할 수 있다.

"지금 당장 낭자와 헤어지면 궁궐 문은 여러 겹이라, 단지 소식만 전하고자 해도 전달할 방법이 없을 것이오. 하물며 직접 만나는 것까지야 어떻게 바랄 수 있겠소?"
영영은 한숨을 쉬며 김생을 달랬다.
"(…전략…) 이달 돌아오는 보름날에 회산군께서 형제간의 모임을 갖고 함께 달구경을 하기로 약속하셨습니다. 그날은 밤이 늦어서야 돌아오실 거예요. 또한 궁의 담장 한쪽이 지난번 비바람에 무너졌는데, 회산군께서는 집안일에 둔감하신 편이라 아직 고치지 않으셨습니다. 낭군께서는 그날 어둠을 틈타 오십시오. (…후략…)"

회산군의 외출은 영영과 김생에게 절호의 기회가 된다. 작품은 두 번에 걸쳐 회산군이 궁을 비우는 사이 그때마다 영영과 김생의 짧은 만남을 성사시킨다. 한 번은 궁궐 밖의 상사동 노파 집에서이고, 한 번은 회산군의 궁궐 안에서이다.

회산군의 부재 상황은 김생과 영영이 마침내 사랑의 결실을 맺게 되는 결말의 내용과도 관련되어 있다. 회산군이 이미 타계한 이후 두 사람은 재회했다. 김생과 영영이 다시 만났을 때, 친구의 도움을 얻고 부인의 허락을 받았더라도 회산군이 살아만 있었다면 모든 노력은 물거품이 되고 말았을 것이다.

4. 무녀와 노파

「운영전」에 동대문 밖 무녀가 있다면, 「영영전」에는 상사동 집의 노파가 있다. 두 사람은 각각의 작품에서 남녀 주인공의 소식이나 인연의 끈을 이어 주는 역할을 한다.

"이 동네 이름이 무엇이오?"

노파가 대답했다.

"상사동입죠."

김생은 넌지시 돌려서 운을 띄워 보았다.

"동네 이름 덕에 괴로운 것이라오."

노파는 빙그레 웃음을 띠고 말했다.

"나리께서는 중매쟁이의 임무를 이 늙은이에게 맡기시려 하시는
군요. (…하략…)"

그런데 「운영전」의 무녀가 어딘가 못마땅한 표정으로 김 진사와
운영을 바라보고 있었다면, 「영영전」의 노파는 김생과 영영의 만남에
발 벗고 나서며 적극적으로 행동한다. 김생의 지극한 정성에 감동한
탓도 있겠지만, 노파의 경우 무녀와는 달리 남성 주인공을 사이에 두
고 여성 주인공과 애정의 경쟁 관계에 놓일 만한 인물이 아니기 때문
이다. 즉 무녀가 운영에게 질투심을 느낀 것처럼 노파가 영영을 질투
할 가능성은 없다는 뜻이다. 게다가 노파는 영영과 친척 관계이기도
하다.

노파는 김생의 이야기를 듣고 매우 안타깝게 여겼다. 하지만 그
가 말하는 여인이 누구인지 몰라 한동안 말을 않고 있다가 문득 생
각이 떠오른 듯 무릎을 한 번 탁 치고 말했다.

"그런 아이가 있기는 있지요. 아마도 나리께서는 제 죽은 언니의 딸을 보신 것 같습니다. 그 아이의 이름은 영영(英英)입니다. 자(字)는 난향(蘭香)이고요. 그런데……."

노파는 영영의 이모뻘이다. 그러니 김생이 노파를 찾아와 부탁하는 장면은 조카사위 후보를 면접하는 자리의 모양새가 되어 버렸다.

그러나 노파는 김생이 영영을 만날 수 있는 자리를 주선하고는 곧 세상을 떠났다. 김생과 영영의 입장에서는 가장 강력한 후원자를 잃은 셈이다. 소식을 전할 통로가 없어진 두 사람은 3년 이상의 생이별을 고통스럽게 겪어 내야 했다.

5. '특'과 '막동'

「운영전」에서 특은 단연 두드러지는 악인형 인물이다. 처음 한 번 김 진사가 운영을 만날 수 있도록 도운 이후에는 계속해서 자신의 사리사욕만 채우는 비인간적인 모습으로 일관한다. 순진한 김 진사를 이용하여 잇속을 챙기고 운영마저 차지하려는, 흑심으로 가득 찬 인간이다.

「영영전」에도 꾀 많은 하인이 등장한다. 하지만 교활하고 음흉한 것이 아니라 지혜롭고 충성스러운 하인이다. 「영영전」의 주변 인물 막동은 김생의 마음을 읽어 내고 계책을 세워 답답한 상황을 타개해 나가는 데 주도적인 역할을 한다.

"도련님께서는 말씀하시는 것이나 크게 한번 웃으시는 것이나 평소 거침이 없으셨고, 여느 선비들 가운데서도 감히 견줄 사람을 찾을 수 없을 정도로 출중하신 분이었습니다. 그토록 호방하신 도련님께서 어쩐 일인지 요사이 눈에 띄게 울적해하시는 걸 보면 말 못 할 근심이 있으신 게 틀림없습니다. 혹시 마음에 둔 여인이 있으신 게 아닌지요?"

김생은 막동의 말을 듣고서 저도 모르게 눈물을 흘렸다. 막동의 사려 깊은 마음씨에 감동한 김생은 마침내 제 가슴속에 있는 말을 모두 털어놓았다. 막동은 김생의 이야기를 곰곰이 듣고 있다가 말했다.

"도련님, 그 정도 일로 근심하셨습니까? 소인이 도련님을 위하여 마륵의 계책을 올릴 터이니 그렇게 속을 태우실 것 없습니다."

그가 세운 계책이라는 것도 세상살이를 오래 경험한 자가 지닐 수 있는 지혜에 기반한 것이다. 「운영전」의 특이 사다리나 덧신 등 담장을 넘는 데 사용되는 기구 등을 쓰도록 권한 것은 그것이 도적질 등의 범죄에 쓰이는 물건이고, 특 자신이 그 불온한 물건들에 익숙한 사람이라는 뜻도 된다. 반면 「영영전」에서 사용되는 계책이란 음흉한 술책이나 범행의 수단과는 사뭇 다른 느낌의 것이다. 막동은 사람의 마음을 읽고 그것을 움직이는 방법을 알고 있다.

"은혜를 느끼는 사람은 어떻게 보답할까 궁리하는 법입니다. 은혜에 감격한 사람은 죽음으로써 보답하리라 결심하지요. 의심이 생긴 사람은 틀림없이 까닭을 묻습니다. 이때 흉금을 털어놓고 이야기한다면 일은 거의 다 된 셈이나 다름없지요."

막동의 얘기를 들으면서 어두웠던 김생의 얼굴은 점점 밝아졌다.

"그래, 좋은 생각이다. 일이 잘 풀릴 것 같구나."

김생은 막동의 계책을 칭찬하며 하인들에게 서둘러 술과 안주를 준비하도록 시켰다.

상사동 노파의 집을 찾아가기 전에 주인과 하인이 머리를 맞대고 이리저리 궁리하는 모습은 정다워 보이기까지 한다. 막동은 김생에게 단순한 하인이나 휘하의 모사(謀士)가 아니라 진정한 조력자요 동반자의 형상으로 나타나는 것이다.

상사동으로 가서 김생과 막동이 자신들의 각본대로 연기를 하고 짐짓 딴청을 부리는 장면은 독자들에게 해학적인 재미까지 선사한다. 「영영전」의 주변 인물들은 이처럼 주인공을 충실하게 돕는 조력자로서의 기능적인 역할에 충실할 뿐만 아니라 친근한 얼굴로 독자와의 정서적 거리를 좁히는 데도 일조하고 있다.

6. '자란'과 '이 정자'

「운영전」의 전체 서술 중 가장 많은 부분은 운영의 시선에 초점이 맞추어져 있다. 운영이 관찰하고 생각하고 그 뜻을 해석한 내용이 서술되고 있는 것이다. 그런 운영에게 없어서는 안 될 소중한 친구가 있다. 운영의 속내를 가장 잘 알고 그림자처럼 뒤에 붙어 일일이 챙겨 주는 존재, 즉 자란이다.

「영영전」의 경우 궁궐 안에서의 위험한 만남이 단 한 번에 그치고 더이상 지속되지 않았으므로 여러 주변 인물들이 동원되지는 않았다. 또한 안평 대군이 양성한 열 명의 궁녀처럼 하나하나 소개되는 회산군의 궁녀들도 없다. 물론 회산군의 궁에도 여러 궁녀들이 있었을 것이나 그들의 얼굴이나 내면은 거의 묘사되지 않고 있으며 심지어는 언급되는 일조차 드물다.

「영영전」은 3인칭 서술로 시종을 일관하는데 서술자가 가장 주목하는 인물은 영영이 아닌 김생이다. 그런 김생에게도 이 정자라는 친구가 있다. 운영이 자란에게 심중의 고통스러운 사연을 가장 먼저 털어놓았듯이 김생도 이 정자에게 자신의 사연을 솔직하게 고백한다. 이 정자는 김생의 고민에 깊이 공감하고 인맥을 동원해서라도 실질적인 도움을 주기 위해 발 벗고 나선다. 고통을 당하고 있는 친구에게 위로가 될 뿐만 아니라 한발 더 나아가 문제 해결에까지 동참하는 참된 벗의 형상이다.

어느 날 김생과 함께 급제하여 정자 벼슬을 하고 있는 이씨 성을 가진 친구가 문병을 왔다. 이 정자는 김생이 갑자기 병이 난 것을 이상하게 여겨 무슨 사연이 있는지를 물었다. 김생은 그의 손을 잡아 정을 표하고 그간에 있었던 일들을 모두 털어놓았다. 이 정자는 김생을 위로하며 말했다.

"자네의 병은 이제 곧 나을 걸세. 몰랐는가? 회산군 부인은 내게 고모뻘이 되는 분이라네. 나와는 절친한 사이이니 어떤 사정이든 어렵지 않게 전할 수 있네. 또 부인께서는 남편을 일찍 보내신 이후로 저승의 보응을 믿어, 집안의 재산과 보배를 아낌없이 베푸신다네. 내 자네를 위하여 부인께 가서 한번 애써 보겠네."

김생은 뜻밖의 말을 듣고 너무 기뻐서 자리를 털고 벌떡 일어나 앉았다.

"별일이로군. 오늘 내가 영산의 도사를 다시 보네그려."

김생은 이 정자의 손을 잡고 신신당부하였다. 이 정자는 굳게 약속하고 김생의 집을 나섰다.

물론 이 정자는 「운영전」의 자란과 비교할 때 서사적 지분이 그리 크지 않은 인물이다. 그러나 김생과 영영의 사랑이 이루어질 수 있도록 최종적인 조력을 하는 인물이므로 그 역할의 비중은 만만치 않다.

7. '빨래하는 날'과 '단옷날'

「영영전」의 김생과 영영은 결말 부분에서의 혼인 이전에 작품 전체를 통해 단 네 번 만난다. 발단 부분에서 김생이 성균관을 나와 귀가하다가 길가에서 우연히 마주친 것이 첫 번째 만남이다. 두 번째 만남은 상사동 노파가 김생의 부탁으로 꾀를 내어 영영을 궁 밖으로 나오게끔 한 날, 즉 단옷날의 만남이다. 세 번째는 영영의 인도로 김생이 궁궐 안에 진입하였던 보름날의 만남이다. 마지막 네 번째는 김생이 장원 급제 이후 유가를 돌다가 취한 척 말에서 일부러 떨어지고, 회산군 댁에 들어가 차를 얻어 마시던 때의 순간적인 마주침이다.

이 중 두 번째 만남인 단옷날의 만남은 「운영전」의 비단옷 빨래하는 날의 만남과 겹쳐 놓고 비교할 만하다. 「운영전」의 김 진사와 운영이 서로의 존재를 알고 상사병에 빠졌을 때, 궁궐 밖으로 나올 수 있는 날을 이용하여 만날 기회를 잡으려 했던 것을 상기할 필요가 있다. 거기에서도 만남의 장소는 메신저 역할을 하던 무녀의 집이었다.

「영영전」에서도 궁녀 영영이 외출할 수 있는 날을 고르고 그때를 이용하여 만날 기회를 잡으려는 시도가 나타난다. 시기는 음력 오월 오일 단옷날이고, 장소는 두 사람의 인연을 이어 주는 끈인 노파의 상사동 집이다.

"어쩔 수 없는 일이라면 한 가지 방법이 있기는 합니다."

김생은 눈을 번쩍 뜨고 노파의 다음 말을 기다렸다. 노파는 그래도 주저주저하다가 마침내 마음속의 계획을 털어놓았다.

"한 달 지나면 단오 때가 되지 않습니까? 단옷날 이 늙은이가 죽은 언니를 위해 다시 한번 제사상을 차리겠습니다. 그리고 이를 부인께 아뢰고 우리 영영에게 반나절만 말미를 주십사 청해 보겠습니다. 그러면 만에 하나라도 나리가 원하시는 바를 이룰 기회가 올 수도 있겠습니다. 그만 돌아가셔서 때를 기다려 보시지요."

만에 하나라는 말은 귀에 들어오지도 않았다. 김생은 일이 다 된 것처럼 기뻐하며 노파에게 거듭 사례했다.

"노인의 말씀대로 되기만 한다면 인간 세상의 오월 오일은 곧 천상의 칠월 칠일이나 다를 바가 없겠구려."

「운영전」에서 빨래하는 날의 만남, 「영영전」에서 단옷날의 만남은 아쉬움만 남기고 일단 끝나게 되지만, 이후의 만남과 죽음을 무릅쓴 사랑을 기약하는 기점으로서의 의미 또한 지닌다. 「운영전」의 사랑이 한동안 지속되는 데 비해 「영영전」의 위험한 사랑은 단 한 번으로 끝난다. 대신 「영영전」은 사별보다도 더 견디기 힘든 생이별의 기간을 그사이에 배치해 두고 있다.

「운영전」과 「영영전」에 대하여

1. 「운영전」, 금지된 사랑이 낳은 비극

「운영전(雲英傳)」은 안평 대군(安平大君)의 집 수성궁(壽城宮)을 배경으로 궁녀 운영과 선비 김 진사의 사랑을 다룬 소설이다. 고전 소설에서는 찾아보기 힘든 비극적 성격의 작품으로 주목되고 있다.

간혹 작품 속의 인물인 유영을 작자라고 보는 견해도 있으나, 작자 미상으로 간주하는 것이 타당해 보인다. 또한 「운영전」이 지어진 시기에 대해서도 이론이 존재한다. 대개 두 가지 정도로 나누어지는데, 첫째는 이 작품이 선조 연간에 지어졌을 것이라는 견해이고, 둘째는 실학사상이 싹튼 이후에 지어졌을 것이라고 보는 견해이다. 아무튼 「운영전」은 조선 후기에 지어진 작품이며 그에 걸맞은 당대적 가치관 및 현실 인식을 담고 있다고 하면 무리가 없을 것이다.

「운영전」은 여러 이본이 존재하고, '수성궁몽유록(壽聖宮夢遊錄)' 또는 '유영전(柳泳傳)'이라는 이름으로도 불린다. 그중에는 한문본도 있고 한글본도 있다. 이본에 따른 부분적인 차이는 있으나 대체적인 줄거리는 같다. 굳이 따지자면 원본은 한문으로 지어졌을 것이다. 이후 한문 원본을 번역하는 과정에서 한글본이 이본으로 출현하였을 것이다. 그러나 현재 전하는 많은 이본들 중 무엇을 원본으로 혹은 먼저 지어진 것으로 볼 것인가는 또 다른 문제다. 최초의 판본이 전해지지 않고 있을 가능성이 크기 때문이다.

「운영전」은 몽유록의 형식을 채택한 작품이다. 분량으로 따져 볼 때 꿈속 이야기가 대부분을 차지한다. 그 줄거리는 다음과 같다.

세종의 셋째 아들 안평 대군의 수성궁은 세월이 흘러 폐허가 되었다. 유영이라는 한 선비가 그곳을 찾아가 홀로 술잔을 기울이다가 문득 잠이 든다.

유영은 꿈속에서 낯선 남녀를 만나 함께 술을 마시고 이야기를 나눈다. 그들은 자신을 옛적 사람인 김 진사와 운영이라고 소개한다. 두 사람에게 무슨 곡절이 있음을 짐작한 유영이 사연을 캐묻자 운영이 먼저 이야기를 시작한다.

안평 대군은 수성궁에 재주 있는 선비들을 두루 불러 시회를 여는 한편, 궁녀 열 명을 선발하여 별궁에 두고 따로 공부를 시킨다. 어느 날 안평 대군은 운영이 지은 시를 읽고 누군가를 그리워하고 있다는 의심을 하기 시작한다.

사실 운영은 수성궁에서 우연히 만난 젊은 선비 김 진사에게 연정을 품고 있었다. 김 진사 또한 운영에게 호감을 가지고 있었다. 안평 대군이 술자리를 베풀어 당대의 문인들에게 김 진사를 소개하는 날 운영은 김 진사에 대한 마음을 적어 벽 틈으로 전한다. 김 진사도 수성궁에 출입하는 무녀를 통하여 답신을 보낸다. 운영과 김 진사의 관계를 눈치챈 안평 대군은 궁녀들을 나누어 남궁과 서궁에 다섯 명씩 거처하게 하고 계속 운영을 떠 보지만 운영은 끝내 부인한다.

그러던 중 한가위 무렵 궁녀들이 비단옷 빨래를 하러 가는 날에 운영은 무녀의 집을 찾아 연락하고 그곳에서 김 진사를 만난다. 이후 김 진사는 하인 특의 계략에 힘입어 매일 밤 궁궐 담을 넘고, 두 사람은 뜨거운 사랑을 나눈다.

두 사람의 불안한 관계는 곧 궁인들의 구설수에 오르게 된다. 안평 대군의 의심도 더욱 커진 것을 안 김 진사와 운영은 탈출을 계획한다. 김 진사는 특을 통하여 운영의 재물을 모두 궁 바깥으로 옮기는 데 성공한다. 그러나 그 재물은 특의 간계에 의하여 모두 빼앗기게 된다.

마침내 사실이 발각된 후 안평 대군은 크게 노하여 서궁의 궁녀들을 불러 문초하고 모두 죽이려 한다. 궁녀들의 한결같은 호소에 힘입어 운영은 형을 모면하고 하옥되지만, 스스로 한 많은 목숨을 끊는다.

운영이 죽자 김 진사는 운영이 지녔던 보물 중 겨우 건진 금비녀와 거울을 팔아 운영의 명복을 빌려 하지만, 다시 한번 특의 먹잇감이 되었을 뿐이다. 김 진사는 부처님 앞에서 간절히 기원하여 특을 죽게 하고, 운영의 뒤를 따라 자결한다.

운영과 김 진사의 이야기가 차례로 끝나자 유영은 그들을 위로한다. 두 사람은 자신들의 이야기를 후세에까지 전해 달라고 유영에게 부탁한다.

이후 유영이 술에 취해 졸다가 문득 산새 소리에 놀라 깨어 보니 이미 새벽이 밝았는데, 함께 있던 사람들의 자취는 사라지고 다만 책 한 권이 남아 있었다. 유영은 그것을 가지고 돌아와 상자에 감추어 두고, 세상일에 흥미를 잃어 이곳저곳을 유랑하였다고 한다. 그가 어디서 생을 마쳤는지는 알 수 없다.

「운영전」의 비극은 봉건사회의 모순과 직결되어 있다. 작품은 궁궐이라는 특수한 공간을 설정하고 그 안에서 살아가는 사람들의 고통을 사실적으로 그려 내는 데 성공하고 있다. 두텁고 높은 장벽 안에 숨겨진 궁녀들의 비밀스러운 탄식이 생생하게 묘사되어 있는 것이다.

또한 「운영전」은 비극적 결말로 귀결되기는 하지만, 한계 상황을 뛰어넘으려는 인물들의 비장한 노력을 보여 주고 있다는 데서도 그 의의를 찾을 수 있다. 자유연애를 향한 김 진사와 운영의 무모해 보이는 적극적 행동은 조선 후기에 이르러 부쩍 성장한 과감한 시대 의식의 발로일 것이다.

이와 더불어 궁녀 열 명이 보여 준 죽음을 불사한 연대와 협력은 자유를 억압하는 당대적 질서에 저항하고, 유린당한 인권을 회복하려는 필사의 부르짖음이라고 할 수 있겠다. 명백하게 규율을 위반한 운영을 변호하며 그에게는 죄가 없다고 외치는 데에는 규율 자체에 대한 회의와 자유를 갈망할 권리에 대한 옹호가 뚜렷하게 나타난다.

바로 이 지점에서 「운영전」은 당대 모순의 폭로와 비판이라는 의미를 획득한다. 신분적인 제약을 넘어 사랑하다가 희생된 주인공의 운명이 봉건사회의 붕괴를 촉구하는 의미를 가질 수 있게 되는 것이다.

2. 「영영전」, 금기를 깨뜨린 사랑의 완성

「영영전(英英傳)」은 구성 및 소재 면에서 「운영전」과 매우 비슷한 작품이다. 두 작품 모두 궁녀와 선비의 사랑을 그 소재로 하고 있는 것이다. 깊은 궁궐 속에 있는 궁녀와 사랑에 빠진다는 이야기는 굳이 조선 사회의 엄격함을 말하지 않더라도 실제로 일어나기 어려운 일이다. 이런 흔치 않은 소재가 두 소설의 공통점이 된다는 것은 두 작품 간에 모종의 연관성이 있음을 짐작케 한다.

「운영전」과 마찬가지로 저작 연대나 작자가 밝혀지지 않은 이 작품은 한문 필사본으로 전하며, 이본에 따라서 '상사동기(相思洞記)' 혹은 '회산군전(檜山君傳)' 등으로 불리기도 한다.

이 작품의 대략적인 내용은 다음과 같다.

명나라 효종 연간에 성균관 진사 김생이라는 사람이 있었다. 그는 용모가 뛰어나고 호방한 성격을 가졌는데, 어느 날 취중에 한 미인을 만나 짝사랑에 빠졌다. 하인 막동의 도움으로 미인이 방문한 집의 주인 노파와 친해지게 된 김생은 그녀가 노파의 조카이며 회산군 댁의 궁녀 영영임을 알게 된다.

노파의 주선으로 김생과 영영은 단옷날에 잠깐 만난다. 김생은 자신의 마음을 고백하고 영영을 끌어안지만, 끝내 뜻을 이루지 못한다. 영영은 그달 보름날에 회산군 댁 자신의 침소에서 만나자고 제안하고 헤어진다.

보름날 밤 영영이 가르쳐 준 대로 무너진 담장을 통해 궁궐 안으로 잠입한 김생은 숱한 위험과 두려움을 견디며 전진하여 영영을 만나고 마침내 하룻밤 사랑을 나누는 데 성공한다. 그러나 이후 다시 만날 기약을 할 수 없으니, 두 사람은 끝이 보이지 않는 생이별의 아픔을 견뎌야 할 뿐이다.

그렇게 삼 년의 세월이 흘렀다. 그리움과 절망의 늪에서 허덕이던 김생은 정신을 차려 학업에 매진하고 마침내 장원 급제를 한다. 삼일유가(三日遊街) 도중 회산군의 집 근처에 다다른 김생은 일부러 취한 척 낙마하여 그 집으로 들어간다. 차 시중을 들러 온 영영은 찰나의 사이에 김생에게 편지를 전하는데, 그 안에는 3년 동안 한시도 변치 않았던 그리움과 사랑의 마음이 절절하게 담겨 있었다.

김생이 영영에 대한 그리움으로 앓아눕자 회산군 부인의 조카인 이정자라는 친구가 찾아와 자세한 사연을 들은 끝에 김생을 돕기로 한다. 회산군은 이미 삼 년 전에 죽었고, 부인 또한 너그러운 말년을 보내고 있으니, 잘 부탁하여 영영을 김생에게 보내려는 것이었다. 이 정자의 계획대로 부인은 영영이 김생에게 가는 것을 허락한다. 김생은 이후 벼슬도 사양하고 영영과 해로하며 여생을 보낸다.

「영영전」은 일반적인 고전 소설의 특징으로 여겨지는 전기적 요소의 개입이 전혀 이루어지지 않은 작품이다. 철저히 현실에서 일어날 수 있는 일들을 소재로 하여 구성된 작품이라는 것이다. 비슷한 내용을 지닌 「운영전」의 비극적 결말과 달리, 이 작품은 주인공 남녀의 사랑이 현세에서 성취되는 행복한 결말을 택함으로써 큰 차이를 드러내지만, 불가능을 가능케 하는 힘으로 비현실적 모티프를 끌어들이지는 않았다.

「영영전」의 두 주인공 김생과 영영이 사랑을 이루는 공간은 다름 아 닌 현실의 공간이며, 이들의 만남과 헤어짐은 우연이 아닌 필연에 의해 서만 이루어진다. 작품 속 시간과 공간은 철저히 계산되어 있고 치밀하 게 설계되어 있다. 당시로서는 뛰어난 구성력과 현실감을 보여 주는 작 품이라고 할 만하다.

요컨대 이 작품은 유교적 덕목을 강조하기 위한 방법으로서 권선징 악을 시도하지도 않았고, 순수한 남녀의 애정에 초점을 맞추어 관념적 인 세계보다는 감정의 문제에 충실했다. 그리하여 현실적이고도 모험적 인 사랑을 파격적으로 보여 준 보기 드문 작품으로 평가할 수 있다.